中國新文學廣告研究

彭林祥——著

目 次

新文學廣告研究

新文學廣告與作家佚文

　　在新文學發展的三十餘年間，許多文學期刊和書籍上出現了大量的書刊宣傳廣告，它們是書局、出版社為了促銷而刊載的宣傳文本。新文學作品能順利的到達讀者，新文學廣告在其中發揮出了獨特的仲介作用。由於文學期刊、書籍與出版社特殊的關係，一般會在本社出版的各種雜誌和書籍上刊登大量的文學廣告。雜誌上的廣告，大抵放在裏封、底封以及前後的襯頁；書籍上的廣告，大抵放在底封的襯頁。新文學史上的一些重要刊物，如二〇年代的《小說月報》、《語絲》、《新月》，三〇年代的《現代》、《文學》、《七月》，四〇年代的《文藝復興》、《文藝陣地》等刊物都刊載了大量的新文學廣告。一些新文學書籍上也刊載了部分書刊廣告，如「文藝連叢」、「未名叢刊」、「烏合叢書」等的廣告就附於原書之後。「良友文學叢書」的廣告刊載在書底封的襯頁上。此外，一些發行量大的報紙如《申報》、《大公報》、《新華日報》等也適時刊載了許多書店的圖書廣告。可以說，新文學從產生始，就伴隨著新文學廣告的出現，它見證了新文學發展的歷史。

　　新文學史上許多著名的新文學作家如魯迅、巴金、葉聖陶、徐志摩、施蟄存、胡風、老舍、卞之琳、葉靈鳳、黎烈文等又是著名的編輯家，在編輯生涯中，為了推薦文壇新人，推動新文學作品的銷售等，他們親自參與了新文學廣告的製作，撰寫了大量的文學廣告。作家寫廣告使文學廣告既充滿了現代文人的智慧，又蘊含著濃郁的文化底蘊。從內容上看，它們貯存有新文學生產、銷售、傳播

等方面的大量歷史資訊，隱含有大量作品的修改和版本變遷的史料，揭示了許多文學期刊的創辦、發行過程的內幕，留下了文學運動、文藝鬥爭的痕跡，呈現了作家或編輯之間關係……等等。就文本而言，其版式設計新穎，匠心獨具。其廣告詞有許多是精美的文章，不乏凝練、靈動、幽默和詩意，理應成為現代廣告詞寫作的經典範本。這些提供了新文學作家生存狀況、作品的創作和接受情況和當時新文學出版界、期刊界現狀的文字都是作家們精心構思的傑作，是他們文學創作中重要的組成部分，具有重要的研究價值和史料價值。

但遺憾的是，後人在編輯這些作家的全集或文集時，這些廣告文字很少收入，已成了不受重視的佚文。以魯迅為例，魯迅在一生的文學生涯中撰寫了大量的文學廣告，但現在《魯迅全集》（二〇〇五年版）中收錄能確定為魯迅所寫的文學廣告僅四十餘則。可以肯定，在長達三十餘年的文學（其中編輯的文學刊物數十種）生涯中，魯迅為自己、為他人寫的文學廣告遠遠不止這個數，現在收錄的僅是他所寫文學廣告的一小部分。而如能大量收集並考證出魯迅所寫的文學廣告，不但是對魯迅作品的補充，豐富魯迅的文學活動，也是考察魯迅作為一位傑出的文學編輯家的實證材料。如考證出魯迅所擬《蕭伯納在上海》一書的文學廣告已被最新版《魯迅全集》收錄。讀了這則廣告，對當時的上海文壇可見一斑。又如有學者在〈談談魯迅時期的《莽原》廣告〉[1]中通過合理的考證和推斷，發掘出魯迅所寫多篇廣告文字，而這些文字未收入最新版《魯迅全集》。但是，對魯迅廣告文字的考證還遠不夠，還有很多沒有歸屬的廣告文字需要加以辨認。

與《魯迅全集》中的廣告數量相比，《茅盾全集》、《老舍全集》、《巴金全集》、《郁達夫文集》等中收有作家的廣告文字就更少了，

---

[1] 廖久明，〈談談魯迅時期的《莽原》廣告〉，《魯迅研究月刊》，2008 年第 4 期。

而這些作家在文學生涯中，也寫了大量的文學廣告。作為新文學史上著名的編輯家，他們的廣告文字不僅是對其編輯身分的最好證明，也是大大豐富作家們文學活動的原始文獻。而這方面的文字材料卻往往被忽視，實在是個缺憾。如三〇年代編撰的《中國新文學大系》，為了推廣宣傳，主編趙家璧邀請了參加編選工作的十位作家為它寫了〈編選感想〉（加上蔡元培先生，共十一位），全部影印了作家的手跡，這些手跡印在大系樣本和單張宣傳廣告上。可是，事隔四十多年才被作為重要的佚文發現，至今還有部分作家的《編選感想》沒有收入他們的作品集中（《魯迅全集》、《茅盾全集》、《郁達夫文集》、《知堂書話》、《阿英文集》已收入，《蔡元培全集》、《鄭振鐸文集》、《胡適文集》、《鄭伯奇文集》、《洪深文集》、《朱自清全集》還沒有收入）。所以，許多新文學作家所撰寫的眾多文學廣告同樣需要考證和輯錄。

對於新文學作家所寫廣告的輯錄和考證，就目前所能見到的成果實在是屈指可數。《葉氏父子圖書廣告集》（上海三聯出版社，一九八八年版）可能是唯一的圖書廣告個人專集。但是，此書收集的葉氏父子的書刊廣告也只是他們所寫廣告的一部分，還有許多沒被收錄。李濟深編著的《巴金與文化生活出版社》（上海文藝出版社，二〇〇三年版）中，以附錄的形式僅摘錄了巴金創作的十九篇廣告。張永勝的〈雞尾酒時代的記錄者——《現代》雜誌〉（上海人民出版社，二〇〇三年版）以專章的形式考察了《現代》上的書刊廣告，但卻沒有指出每則廣告為誰所寫。范用編的《愛看書的廣告》（生活・讀書・新知三聯書店，二〇〇四年版）收錄了大量的書刊廣告，也列出了許多作家寫作的廣告，如魯迅、葉聖陶、胡風等，但對許多廣告的寫作者，仍然沒有加以說明。此外，張擇賢的《書之五葉——民國版本識見錄》（上海遠東出版社，二〇〇五年版）中簡略地提到了魯迅、巴金、葉聖陶等人的廣告文字。也有一些編

輯家和書評家如趙家璧、錢伯城、歐陽文彬、王建輝等注意到了新
文學作家撰寫的廣告的價值。但是，對新文學廣告的收集、整理、
研究還並不為大多數現代文學研究者所重視，他們在閱讀新文學期
刊的時候並沒有對新文學廣告加以有意識的收集。由此，對新文學
作家文學廣告的考辨和輯錄也鮮有研究成果。至今，許多新文學作
家的廣告文字仍然沒有收入他們的作品集中，對他們編輯身分等方
面的考察與研究無疑缺失了許多有價值的原始文獻。

　　當然，不可否認，要全面地對新文學廣告進行考證和輯錄是一
項艱巨的工程。正如樊駿先生所說：「……有關文學作品的廣告等，
也都理應在文學史料中佔有一席位置，它們散佈的範圍很廣，有用
的內容又大多相當零碎，宛如在大海中撈針，不易搜羅，更容易為
人們所忽視。」[2]要仔細辨別每則廣告由誰所寫更是難上加難，許
多新文學作家和編輯早已作古，而且他們對文學廣告的創作僅僅是
作為「副業」來看待的，很多是現寫現刊，沒留下文字的記載。更
為殘酷的是這些廣告文字正隨著老期刊雜誌的銷蝕腐爛而逐漸消
失（我們一般的研究者只能讀到一些影印期刊，而這些影印期刊中
許多廣告頁就沒有被影印）。但是，這些都不是文學研究者籍以推
脫的藉口，關鍵的是我們對待文學研究的態度，史料收集和考辨確
實是一件費力不討好的事，以至許多碩士、博士研究生都不願選擇
這一方向，但這又是文學研究的基礎。任何在現代文學研究領域取
得成就的學者，無不是從史料的收集與整理起步的。對作家作品力
求收錄齊全，不僅是對作家本人負責，也是全面研究該作家的基礎
性工作，這是任何一位文學研究者的義不容辭的文化責任。因此，
收集、整理、辨認、輯錄作家的文學廣告是一項緊迫的任務。

---

[2]　樊駿，〈關於中國現代文學史料工作的總體考察〉，《中國現代文學論集》，
　　人民文學出版社，2006 年版，第 349 頁。

新文學廣告與文化鬥爭

一九二八年，國民黨完成統一後，逐漸加強了對文化領域的控制。一九三〇年三月，中國左翼作家聯盟成立，更引起了國民黨宣傳部門的緊張，查禁進步作品、逮捕或殺害進步作家成為壓制、打擊進步文化勢力的常用手段。同時，文學界也進行了不屈的鬥爭。新文學廣告成為文學界的鬥爭武器。下面以「丁玲被捕」事件為例來進行說明。

繼一九三一年的「左聯」五烈士事件以後，一九三三年五月

十四日，上海又發生了一件轟動整個文藝界的大事，「左聯」女作家丁玲被國民黨秘密逮捕。四五天後，文藝界差不多都知道了這個消息。丁玲的被捕，作為國民黨壓制進步文藝，加強思想控制的典型事件，自然會遭到一些進步人士的反對。在文藝界，為了不使廣大讀者忘記丁玲，為了表達對此事的關注和抗議，發表她的文章和出版她的作品當然是一種最好的方式。而這自然要大作廣告。這裏結合《現代》、《文學》、《人間世》三份刊物上有關丁玲的文學廣告，來再現這場文藝界「無聲」而又機智的抗爭。

　　《現代》雜誌首先打破了沉默，在第三卷二期（1933.6.1）的〈編者綴語〉中，表達了對此事的關注：「在五月十四日那天，我們就聽到她因政治嫌疑被捕了。一個生氣躍然的作家，遭了厄運，我們覺得在文藝同人的友情上，是很惋惜的，願她平安。」緊接著的第三卷三期（1933.7.1）特別編印了一頁圖版，題為〈話題中的丁玲女士〉，除有丁玲女士的近照、胡也頻遺孤照片、丁玲之母照片外，還有一段文字說明：「女作家丁玲於五月十四日忽然失蹤，或謂系政治性的綁架，疑幻疑真，存亡未卜……」魯迅在得知丁玲傳言被槍斃後，奮筆寫下了〈悼丁君〉一詩，並「建議馬上出版丁玲未完成的長篇小說《母親》，要在各大報上登廣告，大事宣傳。」[1]一九三三年六月，良友出版公司把《母親》作為「良友文學叢書」之一單行出版，並在《文學》、《現代》和《人間世》等刊物刊出了廣告，《文學》（創刊號）上的廣告文字如下：

> 這是寫前一代革命女性的典型作品，作者以一九一一年辛亥革命為背景，敘述自己的母親在大時代未來臨以前，以一個年輕寡婦，在舊社會中遭遇了層層的苦痛和壓迫，使她覺悟到女性的偉大使命，而獨自走向光明去。

這則廣告頗有意味，一九三一年二月，丁玲的丈夫胡也頻作為「左聯五烈士」被國民黨殺害，她也成了寡婦，而她現在正在努力奮鬥的未竟事業，不也正是她走向光明去的實際行動嗎？表面上是在讚美《母親》，實際上是讚美丁玲，對丁玲的革命事業給予了高度評價。稍後，在《現代》第三卷五號（1933.9）和《文學》第一卷三號（1933.9）上，又登出了《母親》的書評，《現代》上的書評第一句為：「《母親》出版了，但丁玲卻在這以前的時候失蹤了。」開

---

[1]　孫瑞珍、李揚，〈丁玲是屬於人民的〉，《新文學史料》，1982 年第 1 期。

篇就對此問題給予了關注，目的也是為了讓讀者引起注意。《文學》上的書評第一段有這樣的文字：「現在她的蹤跡還是一個『謎』，這部《母親》便是她最近或許也就是最後的作品了。」關切和惋惜之情溢於言表。在《文學》創刊號上，還刊出了丁玲的《一個女人》（中華書局發行）的廣告：

> 丁玲女士是我國成功的女作家之一，她以流暢動人的文筆，描寫了現代新女性的心理和行為，無處不獨具隻眼，本書包括她的六篇創作小說，可以說是一般現代女性的寫真集。

篇幅儘管短小，但給予丁玲的才華很高的評價，能激起讀者強烈的閱讀興趣。接著，在《文學》第一卷二期（1933.8.1）上，又刊出丁玲的《水》（新中國書局出版）的廣告：

> 《水》是丁玲女士最近的小說集，女士在中國的文藝界可說是最進步的作家之一，凡讀過她的小說的無不覺得她的作品寫得確實而有強力，能夠抓住讀者的一顆心，本集中的〈水〉，長三萬餘字，係寫我國去年大水災的情形，句句呼出農民的苦痛，希望我們不要忽視過大多數人的苦痛，應該來替這大多數人謀點利益。其餘像〈田家沖〉等數篇也沒有一篇不是思想新穎，給我們一條向新社會之路的。全書約十萬言，用道林紙精印。

讀了這則廣告文字，我們不得不感到震撼，在這白色恐怖下，還有這麼大膽的編輯。在許多報紙和刊物都保持沉默，不作報導的情況下，而剛創刊的《文學》上就刊出了這麼「左」的文字。此外，在《文學》第一卷三期（1933.9.1.）的《文學畫報》欄裏也特別編印了一頁圖版，題為〈丁玲留影及其手跡〉，以示對她的「懷念」。

　　丁玲的好友蓬子在丁玲失蹤以後，不但四處奔走展開營救，而且也用自己的筆表達了對丁玲的懷念。蓬子迅速選編出《丁玲選集》，由天馬書店發行出版，先在《文學》第一卷五期（1933.11.1）上發出了預售廣告：

> 關於丁玲，用不著我們再來介紹了，這一個選集是蓬子編輯的。蓬子是丁玲所認為知道她最深切的朋友之中的一個，對於編輯她的選集，自然是最適當的，卷首有丁玲的近影和她的原稿墨蹟，並蓬子萬餘言的長序，附錄二個，一是丁玲對創作的自述。一是關於丁玲的記載和批評。凡是要知道丁玲，紀念丁玲的，對這選集的出版，當然是很同情的吧。為優待直接讀者起見，我們也來一次特價預約。

而在《文學》第一卷六期（1933.12.1）刊登的該書正式出版的廣告文字又有變化，部分抄錄如下：

> 丁玲女士是中國今日文壇上最前進的青年作家，她的忽然失蹤，已引起了國內外文藝界的極大注意，因之她的作品便格外被重視了，這一個集子，是蓬子選編的，全書共選七篇，依著作的先後，依次排列著，正如展開了一幅丁玲的思想行進的圖案……

這兩段文字結合起來理解，會使我們對該書的認識更全面。文章按先後順序編排，無疑給讀者一個成長中的丁玲形象。兩段文字均包含了對「逝者」的無限懷念，也隱含了對反動當局的強烈控訴。

　　現代書局也在一九三三年十月出版了丁玲的又一部著作《夜會》，並連續在《現代》的第三卷三期（1933.7）至第四卷四期（1934.2）上刊發廣告，有如下文字：

丁玲女士失蹤了，她留下給我們的婉約的作風，奔放於紙上的熱烈的情感真是抓住每個時代青年的心而使之奮起的。本集是她失蹤前的最終的近作。

接著，在第四卷五期（1934.3）上，又有《丁玲選集》的書評，較詳細地介紹了丁玲一生和她的創作。

國民黨當然不會允許如此名目張膽的抗議。一九三四年二月，國民黨中央宣傳委員會發出密令，一舉查禁圖書一百四十九種。丁玲不但被軟禁，而且她的書也被禁止出版或發賣。如《夜會》以有「鼓吹階級鬥爭，詆毀政府當局之激烈表現」而被禁，《水》因「或描寫農民暴動或描寫地主與佃戶對抗情形或描寫學生在工人群眾宣傳反動情形」被禁，《一個人的誕生》、《韋護》亦被禁止發售，《一個女人》暫緩發售。《自殺日記》和《在黑暗中》被列入暫緩執行查禁之書目。[2]但是，文化界並未因此被嚇倒，而是更巧妙地抗爭。由於《母親》未被禁，所以良友圖書出版公司就大肆宣傳《母親》，如從《人間世》第五期（1934.6.5）開始，連續數期刊載《母親》的廣告。作為丁玲的又一位朋友沈從文以「女作家丁玲的一生」寫了《記丁玲》一書，儘管當局無端要求作大量刪改，但最終還是作為「良友文學叢書」之一於一九三四年九月出版。分別在《文學》的第三卷四期（1934.10.1）和《人間世》第十一期（1934.9.5）上登出了廣告。內容如下：

2　倪墨炎編注，〈三十年代反動派壓迫新文學的史料輯錄〉（續二），《新文學史料》，1989 年第 1 期。

丁玲女士的一生，可以說只有沈從文先生知道得最清楚。本書從丁玲的故鄉和她的父母寫起，作者特有的那枝生花妙筆，把一個衝破了舊家庭束縛到大都市裡來追求光明的新女性活現在讀者的眼前，是中國新文藝運動以來第一部最完美的傳記文學。

在很短的文字裏，極力表達出對丁玲的讚美，也傳達出對傳主的懷念。

在「良友一角叢書」系列廣告（如《人間世》第十六期）中，因為涉及部分被禁書目，於是就在書名的前面用「×」注出，特別注明「有×者暫停發售」，丁玲的《法網》就是這類。在現代書局的「現代創作叢刊」系列中，丁玲的《夜會》由於被禁，所以在廣告中，除對本書進行內容介紹外，在著者名下特別標出「發賣禁止」（如《現代》第四卷六期）。這些廣告是曲折的反抗，使我們更加看清了反動派對進步文藝進行殘酷「圍剿」的本質。這些廣告也是一種巧妙的宣傳。它抓住了讀者越禁越想讀的心理。「雪夜閉門讀禁書」曾是被視為讀書人的一大樂事。

透過丁玲被捕以後所刊發的廣告文字，我們可以清晰地瞭解當時圍繞丁玲所作出的不懈的鬥爭。這些零散的廣告文字，對研究三〇年代文化上的「圍剿」與「反圍剿」很有價值。它們雖然短小，卻蘊藏著文學運動和文學鬥爭的豐富資訊。

新文學廣告與文學傳播

新文學廣告本身就是一種傳播方式。它傳遞著新文學作品或期刊的出版、發行的資訊，它宣傳了新文學作家和作品，是擴大新文學影響、壯大新文學實力的重要傳播媒介。以《語絲》為例，據筆者不完全統計，這份雜誌前後共推出了五十餘位新文學作家作品的廣告，如魯迅、周作人、郁達夫、沈從文、蘇雪林、許欽文、李健吾、馮沅君、林語堂等的作品廣告。從這些廣告的內容上看，包含了對作家、作品中肯的評價及其它許多資訊，無疑是對新文學成果的大力傳播，而讀者購買了廣告中所宣傳的作品，就更使新文學的傳播落到了實處。如綠漪女士（蘇雪林）的《綠天》（《語絲》第四卷第一期）廣告是這樣寫的：

> 綠漪女士是博學多能的，對於中國古文學研究很深，又在法國讀過多年的西洋文學，今集其近作散文及小說共七篇，編成此集。大抵寫伉儷間的情愛、家庭的風趣，細膩老練，靈活生動，為近今文壇少有之傑作。

這一則廣告對作者才能、作品內容及語言風格等進行了全方位介紹。先是介紹作者，既有古文功底，又有西文學養，中西貫通。然後介紹此書內容，主要寫夫妻間的情愛（似有「隱私」的暗示）和家庭生活（以「風趣」二字引人神往），最後在文筆上給予「細膩老練，靈活生動」之評價。讀者讀了此文，自然會產生購閱此書的

欲望。這一則廣告雖然簡短，但無疑對綠漪
女士及其作品進行了很好的宣傳。

　　新文學在發展過程中，始終面臨著與舊
文學、通俗文學爭奪讀者的態勢。作為新文
學「行家」的編輯或作家在寫文學廣告時，
就必須承擔新文學的社會使命，培養大眾的
新文學審美趣味。羅貝爾・埃斯卡皮爾認
為：「讀者是消費者，他跟其他各種消費者
一樣，與其說進行判斷，到不如說受著趣味
的擺佈；即使事後有能力由果溯因地對自己
的趣味加以理性的、頭頭是道的說明。」[1] 所以，在文學廣告中要
盡力體現出作品的文學性、通俗性和趣味性，以調動讀者的閱讀興
趣，從而為新文學爭取到大量的讀者。關於郭箴一女士的《少女之春》
（《現代》第三卷五號）的廣告就是一個典型的例子：

> 本書是由女性來描寫女性的心理，而獲到極深刻極偉大的成
> 功的。黃天鵬先生在介紹本書的時候，說了這樣最中肯的
> 話：「在過去有許多描寫女性的作品，也有許多藝術沉醉在
> 紅綠的幻夢，然而所表現和流露出來的卻只有淡薄的回
> 味。……在寥寥的女作家中，有的歌頌著海和母親，有的詛
> 咒著結婚的痛苦，還有沉醉在鄉村的素描裏，而忠實地把整
> 個女性心理解剖出來的卻不多見。……郭箴一女士是位對於
> 文學很有涵養的女作家，在這創作集裏充溢著又天真又深刻
> 的描寫，因為由女性來描寫女性的心理總比男性幻想著的真
> 摯動人。……」

---

[1]　（法）羅貝爾・埃斯卡皮爾，《文學社會學》，浙江人民出版社，1987年版，
　　第86頁。

如果從性別上看，當時新文學的讀者多為男性，男性對女性心理的好奇是一個賣點。編輯就是抓住這一點，大肆渲染了本書的獨特之處，激發出讀者的閱讀興趣。

姚斯認為：「一部文學作品，即便它以嶄新面目出現，也不可能在資訊真空中以絕對新的姿態展示自身。但它卻可以通過預告、公開的或隱蔽的信號、熟悉的特點、或隱蔽的暗示，預先為讀者提示一種特殊的接受。它喚醒以往閱讀的記憶，將讀者帶入一種特定的情感態度中，隨之開始喚起『中間與終結』的期待，於是這種期待便在閱讀過程中根據這類文本的流派和風格的特殊規則被完整地保持下去，或被改變、重新定向，或諷刺性地獲得實現。」[2]新文學廣告無疑是讓讀者產生期待視野的「前文本」。用一二百字的內容能讓讀者利用「在既往的審美經驗（對文學類型、形式、主題、風格和語言的審美經驗）基礎上形成的較為狹窄的文學期待視閾；」或「在既往的生活經驗（對社會歷史人生的生活經驗）基礎上形成的更為廣闊的生活期待視域。」[3]從而提高讀者的閱讀經驗，增強對新文學作品的接受力。

新文學廣告還可以為新文學傳培養有一定接受水準的穩定的讀者群。由於文學書、刊和文學出版有緊密的利益關係，使得書、刊上的文學廣告體現出明顯的定位意識。具體來講，就是出版社由於經營方向不同，在它所屬或所出的文學書、刊上刊載的廣告也帶有一定的針對性。在文學廣告、文學書刊和書局或出版社之間形成了一個相對穩定文學場。以《新月》為例，它是一批「新月社」成員創辦的文學刊物，這些人大多留學歐美，他們的作品帶有高雅的

---

[2] （德）姚斯，〈文學史作為向文學理論的挑戰〉，《接受美學與接受理論》，遼寧人民出版社，1987 年版，第 29 頁。

[3] 朱立元主編，《當代西方文藝理論》，華東師範大學出版社，1997 年版，第 289 頁。

審美趣味。《新月》上多發表同人或與自
己的審美趣味相近的作者的作品。新月
書店是《新月》的發行方，也是新月社
成員作品的出版書局。《新月》上的文學
廣告以介紹新月社成員的作品最多，以
徐志摩、聞一多、梁實秋、胡適等為主
要的宣傳對象。這樣，以新月書店為依
託，在文學廣告的宣傳下，逐漸形成了
以《新月》雜誌為中心的有新型審美品
位的讀者群。

新文學三十餘年間，文學期刊的數
量數以千計，要想在激烈的競爭中立於
不敗之地，廣告宣傳必不可少。如《現
代》雜誌就是在廣告的呼喚下登上上海
文壇的。一九三二年五月三日，在《申報》第四版左上方的位置刊
登了《現代》雜誌的創刊廣告，列出了「施蟄存主編」字樣，還有一
段介紹性的文字，內容如下：

> 本雜誌每期十萬餘言，凡是屬於文藝這園地的，便是本雜誌
> 的內容，擔任經常執筆的都是現代文壇第一流的作家。每期
> 並附有精美名貴文藝畫報四頁，為一九三二年最偉大最充實
> 的純文藝刊物。此種刊物為本局之基本定期雜誌，本局當以
> 全副力量經營務使出版時間提早，與出版前送達訂戶，決無
> 脫期之弊……

先指出主編，利用其名氣來號召讀者，然後對雜誌的整體風格進行
定位，簡單說明其性質。同時，還列出了創刊號的欄目，分「詩」、
「文」、「小說」、「畫報」等五項，從本期的作者看，「擔任經常執

筆的都是現代文壇第一流的作家」，此言不虛，戴望舒、穆時英、
張天翼、巴金、魏金枝等都是活躍在三○年代上海文壇的著名作
家。這則在《申報》上的廣告無疑大大擴大了《現代》的知名度。
同時，施蟄存在《現代》的創刊號上，對刊物有一個定位：「本志
所載的文章，只依照編者個人的主觀為標準。至於這個標準，當然
是屬於文學作品的本身價值方面的。」[4]主編的標準又保證了刊物
的雜誌發行者的商業宣傳和刊物本身的品質，使讀者迅速地認可了
這本雜誌。張靜廬在〈在出版界二十年〉中寫道：「《現代》——純
文藝月刊出版後，銷數竟達一萬四五千份，現代書局的聲譽也連帶
提高了。」正是雜誌的成功，使書局經濟上也取得了驕人的成績，
「第一年度的營業額從六萬五千到十三萬元。」[5]

　　作為現代書局的隸屬刊物，《現代》雜誌自然要為本書局服務。
在這本發行量較大的刊物上發佈書局所出的新書廣告是當然的選
擇。在《現代》雜誌的六卷共三十四期中，共有約五百三十則廣告，
平均每期雜誌約有十五則廣告，其中絕大多數都是現代書局自己出
版的雜誌和書籍廣告。這些文學廣告都比較注重廣告文本的文化含
量，體現出《現代》編輯群的文人傾向，編輯們所撰寫的文學廣告
把推銷的本意體現在優美的文辭中。既為期刊打開了銷路，為書局
獲得利潤，又使新文學得以廣泛傳播。

　　由此看來，在新文學生產和傳播的過程中，文學廣告發揮出了
的重要作用，它是作家、作品重要的宣傳工作，是期刊、書局能正
常運轉的「潤滑劑」，也是保證文學生產資訊能快速傳達到讀者的
「綠色通道」，也是提高讀者審美經驗的重要文本。新文學廣告的
傳播作用應該被重視。

---

[4]　施蟄存，〈創刊宣言〉，《現代》第 1 卷 1 期，1932 年 5 月 1 日。

[5]　張靜廬，《在出版界二十年》，江蘇教育出版社，2005 年版，第 102 頁。

新文學廣告與作家創作歷程

　　許多新文學作家首先是在報刊上露面，因不斷在報刊上刊載作品，從而贏得文壇的關注，但報紙、期刊作為一種具有臨時性、短暫性的載體，具有很強的時效性，且不易保存。作家要奠定自己的文壇地位，還是要出書。出單行本是作家得以鞏固讀者，最終讓讀者接受的重要方式。正如章克標所說：「一作家的有出版的書，像武人手下的有指揮得動的兵，沒有實力的光桿武將，誰也不會看重他，沒有書出版的文人，很難叫人企敬的。」[1]新文學作品出版時，往往又都有出版廣告相伴隨，由於文學廣告中包含了對著者作品的評價，這些隻言片語對研究作家的創作歷程也具有重要的參考價值。下面僅以沈從文為例，從文學廣告的角度來考察他在二三○年代的創作歷程。

　　一九二二年，沈從文隻身赴京，懷著對新文化運動的強烈憧憬來追求他的文學之夢。但北京並未對他顯示出友好，參加大學考試未被錄取。他開始練習寫作，過著無經濟來源、靠朋友接濟、賒帳度日的困窘生活。一九二五年，開始出現轉機，在《民眾文藝》、《語絲》和《晨報副刊》上發表了幾篇散文、小說。一九二六年又開始在《小說月報》上發表作品，本年十一月，沈從文的第一本創作集

---

[1]　章克標，《文壇登龍術》，四川文藝出版社，1999 年版，第 170-171 頁。

《鴨子》以「無須社叢書」名義由北新書局出版，內收戲劇、小說、詩歌、散文共三十篇。儘管他當時還並不為人所共知，以至書的封面上連作者的姓名都沒有署，書名用很小的宋體字。但這部收短劇、小說、散文、詩歌共三十篇的集子，初步表現出湘西鄉風民俗和作者獨特的寫作風格。書局還在《申報》、《語絲》和《北新週刊》等刊物上登載了該書的廣告。如在《北新週刊》第二十期（一九二七年一月一日出版）登載的廣告內容：

> 這是沈先生的創作集。內分戲劇、小說、散文、詩歌四輯。係沈先生把他近年來勞力經營的作品經過一番精選後集成的。沈先生的作品，在國內各種刊物上，已經見過不少，並且深受讀者的歡迎。他的作品有幾種特點：富有獨創的精神，文筆靈活而細膩，內容清新而饒有興趣，描寫鄉村景物，兒童生活，青年男女的心理等等，尤為擅長，這在本集的九篇短篇小說裏極易看出。他的戲劇便於表演，他的散文富有詩意。至於他的作品的價值究竟如何，留給讀者諸君讀後來下更深刻的批評吧！

作為圖書廣告，自然要讚揚作家作品的特色，儘管有的廣告詞並不恰當，如徐霞村就認為沈從文的戲劇並不是便於表演[2]，但借助廣告使沈從文的作品為更多人所知。

　　由於沈從文結識了楊振聲、徐志摩、胡適等新月派同仁，他們對沈的才華極為賞識。當新月書店創辦後，沈從文的作品自然得到了出版的機會。一九二七年九月，上海新月書店出版了他的短篇小說集《蜜柑》，在廣告中，對他及他的作品大肆吹捧了一番：

2　徐霞村，《沈從文的〈鴨子〉》，《北新》第 34 期，1927 年 4 月 16 日。

　　沈從文先生的天才，看過《鴨子》的讀者們總該知道了吧。就大體上說，他的小說，更在他的詩同戲劇之上。假使我們說《蜜柑》這是作者的真代表，真能代表他的天才，那決不是過分的話。

　　《蜜柑》裏面有六七篇已經由昭瀛先生等譯成幾國文字在中西各洋文報章雜誌上發表過了，外國文藝界已經有人起了特別的注意了。這不但是《蜜柑》的作者沈從文先生個人的榮譽，也是我們大家共有的榮譽。

有新月諸君的大力宣傳，又有自己不懈地努力，「天才」沈從文自然要被廣大讀者注意了。

　　如果說在北京的沈從文已經看到了聞名的曙光，但一九二八年初從北京到上海的南遷卻是他為了追求和尋找更大的文學生存空間。到上海的第一年，他的收穫是豐富的。北新書局出版了他的《入伍後》，廣告為：

　　這是沈君的短篇小說集，包含〈入伍後〉，〈我的小學教育〉，〈嵐生和嵐生太太〉，〈松子君〉，〈屠棹邊〉，〈爐邊〉，〈記陸發〉，〈傳事兵〉，〈蒙恩的孫子〉等篇，大都寫幼年及軍營中的生活，淡而有致，頗有法國小說家法郎士的風趣。

《入伍後》出版不久，新月書店又出版了他一部長篇小說和一部短篇小說集。以《阿麗思中國遊記》為例，他們共寫了三則出版廣告來隆重介紹這位文壇新星和評介他的作品，分別如下：

《阿麗思中國遊記》　沈從文著

　　沈先生說：「我需要，是一種不求世所知的機會。一切青年天才，一切大作家，一切文壇大將與一切市儈，你們在

你們競爭叫賣推擠捌打中，你們便已將你們的盛名建立了……」

　　然而此一本稀有的巨著，卻使讀者與沈先生發生一種不可分開的友誼。此書足當一九二八年出版物中一名作，在過去的十年來出版品中難尋出一部與此書同樣的偉大作品。中國的文藝，若說漸可進而與世界的文學比肩，這不求世所知的沈先生，這第一個長篇，已給了我們中國一個光明的希望了。

《阿麗思中國遊記》第二卷出版預告　下月出版

沈先生寫小說，短篇我們已經讀過很多了，如今卻印了幾個長篇。長篇中的《阿麗思中國遊記》，當第一卷出版了，不到一月第一版就所剩不多，第二卷則其中所描寫的轉入沈先生的故鄉中去，平時有素樸風味的文壇，寫鄉下似乎更把他的長處顯出了，在本卷中一切事情，誠如書中所說，不是哈葛君中國旅行指南上所寫過，我們讀過這本書，正好自己在另一個國度中旅行，所得到的是趣味與知識的補養。

《阿麗思中國遊記》一二部　沈從文著

長篇小說的創作，現在中國真是稀貴極了，寫長篇難，而寫得有結構，有見解、有幽默、有嘲諷……那便難之又難。

《阿麗思中國遊記》是近年來中國小說界極可珍貴的大創作。著者的天才在這裏顯露得非常明顯，他的手腕在這裏運用得非常靈敏，這是讀了《蜜柑》和《好管閒事的人》更可以看得出的。沈從文先生是用不著我們多介紹的，讀者自己去領試這本小說的趣味罷。

可以說，在廣告宣傳中沈從文幾乎每一部小說都受到了好評。他的創作激情得到了抒發，他的創作更加自信，創作的速度也是令人驚歎。有研究者這樣論述沈從文在上海的文學創作：「在上海，沈從文作為一個職業作家，像現代機器一樣以瘋狂的速度生產著小說、詩歌、戲劇、隨筆等各種類型的文學產品，以每本一百元的價格儘快地出賣給上海街頭新興的小書店。僅僅在一九二八年至一九二九年一年多的時間裏，幾乎上海所有的雜誌和書店就遍佈他的文學產品。現代、新月、光華、北新、人間、春潮、中華、華光、神州國光等書店分別出版了他十多個作品集。」[3]可見，一九二九年的沈從文已是上海的文壇明星了。

經過兩年來創作的「井噴」，又加之沈從文赴武漢大學任教，在一九三〇年裏，他出版的著作就明顯減少，只有《旅店及其他》、《沈從文甲集》、《舊夢》、《一個天才的通信》四部，但作品品質上並未降低，如中華書局出版的《旅店及其他》在出版廣告中，是這樣寫的：

> 本書把現代中國社會的各種生活方式赤裸裸地描寫出來。讀者看了，有時要笑，有時要哭，有時要恨，有時要怒，而同時又處處暗示著教訓，喚醒人們走上光明之路。

可見，沈從文正是利用了他特殊的人生經歷和獨特的生活體驗，深刻體味到了下層民眾的歡樂與苦難，他的筆觸無疑是敏銳而獨到的。

一九三一到一九三三年，沈從文既經歷了失去朋友的悲傷，又享受到了愛情的甜蜜和幸福。有過在青島大學短暫而平靜的教授生活，也有主編《大公報·文藝副刊》繁忙而充實的編輯生活。但沈

---

[3] 曠新年，《1928：革命文學》，山東教育出版社，2002 年版，第 22 頁。

的創作力仍然旺盛，這三年他共出版了十一部小說。下面以一九三
一年的短篇集《石子船》和一九三三年的《月下小景》的出版廣告來
看沈從文在這三年間的創作新追求。《石子船》的廣告是這樣寫的：

> 本書包含〈石子船〉〈夜〉〈還鄉〉〈漁〉〈道師與道場〉〈一
> 日的故事〉六篇小說，其文學上的藝術較著者以前諸作，另
> 成一種風格。

《月下小景》的出版廣告文字是：

> 本書是作者最近新作風的集子，即被文藝界注目的「新十日
> 談」。故事是如何的動人，情感是如何的真摯，凡讀過他零
> 星發表各篇者，無不為之流淚的。

可以看出，作者在創作上已經在不斷地超越自己，不斷地創作新風
格，而且他的一次又一次嘗試均獲得了成功。

　　一九三四年可以看作是沈從文創作上的第二次「井噴」，這一
年，出版的作品有《沫沫集》、《遊目集》、《如蕤集》、《邊城》、《從
文自傳》、《記丁玲》六部。特別是
他的代表作中篇小說《邊城》的出
版，標誌著沈從文文壇地位的最終
確立。為了從不同角度瞭解《邊
城》，這裏選取了兩則出版廣告。

　　第一則：

> 這是一個中篇，寫川湘邊境
> 一個山城裏祖父跟孫女兒的
> 故事。祖父是撐渡船的，對
> 於孫女兒愛護周至，可是老

年人的心情常常為青年人所誤解，因而孫女兒的婚姻問題得不到美滿的解決。故事既纏綿曲折，作者寫人物心性，山水風景，又素有特長，這篇小說就成為樸實美妙的敘事詩。作者善於創造高妙的意境，見得到而且達得出，讀者幾乎都有這樣的印象，讀了這本書這種印象必將更見深刻。

第二則：

本書為作者最近寫成的一個中篇。《北平晨報》批評本書說：「《邊城》整個調子類牧歌，可以說極近於風，然而章法嚴，針線密，又覺雅多餘風。文章能融化唐詩意境而得到可喜成功，其中鋪敘故事，刻鏤人物，皆優美如詩，不愧為精心結構之作，亦今年出版界一重要收穫也。」

這兩則廣告對《邊城》給予了極高的評價，廣告中的評論無疑是極富見地，也可以說是當時評論界對《邊城》剛誕生時的一種共識。

從一九三五開始，沈從文的創作又進入了噴湧之後的平靜期，一九三五到一九三七年這三年時間只出版了五部創作。在以後時間裏，他的創作活力再也沒有如此強烈的展現。倒是隨著政治形勢的變化，沈從文被研究者和讀者一度忘卻，直到新時期的到來，沈從文其人其文才再度被人談起，他的作品再度成為出版界的寵兒。

新文學廣告與版本研究

　　韋勒克認為:「在文學研究的歷史中,各種版本的編輯占了一個非常重要的地位;每一版本,都可算是一個滿載學識的倉庫,可作為有關一個作家的所有知識的手冊。」[1]阿英先生早在三〇年代中期就談到新文學書刊版本的學術價值,他指出:「注意版本,是不僅在舊書方面,新文學的研究者,同樣的是不應該忽略的。無論研究新舊學問,中外學問,對於版本,是應該加以注意的⋯⋯」[2]要研究新文學作品的版本,最基本的工作是弄清版本的源流及變遷,而新文學廣告恰恰可以提供許多版本方面的資訊。

　　版權頁是研究版本的重要依據,我們可根據版權頁,很方便地識別出一本書的版本。版權頁上,往往有書名、著者(譯者/編者)、出版發行的書局及出版年代和印數、版次等。⋯⋯版權頁上,還要印上該書的定價。新文學廣告一般也包含有版權頁上的大部分資訊,可以作為版權頁的替代物(尤其是在版權頁被損毀掉時)。如徒然的《徒然小說集》(《文學》第一卷第一期)的第一次廣告:

> **《徒然小說集》徒然著,一冊五角,上海生活書店發行**
>
> 本集內容收短篇小說八篇,為作者十年來努力於文藝創作的僅為收穫。凡是讀過《生活週刊》裏「望遠鏡與顯微鏡」一

---

[1] （美）勒內・韋勒克、奧斯丁・沃倫,《文學理論》,江蘇教育出版社,2005年版,第 56 頁

[2] 阿英,〈版本小言〉,《阿英文集》,生活・讀書・新知三聯書店,1981 年版,第 241 頁。

攔的人，沒有不知道徒然先生其人，深信讀者一定會用歡迎望遠鏡與顯微鏡的熱忱來歡迎他這部小說。

這則廣告在介紹了本書的篇數等內容之外，還含有書名、著者、出版發行的書局、定價等資訊。這是許多新文學廣告常有的文字。

對於新文學作品，在對它進行研究前必須搞清此書出版的時間，這也是文學研究者的必備常識，版本研究的首要內容，因為這涉及到書是否是初版本。而初版本與再版本之間經常是有內容上的變化。文學研究中出現的「版本互串」和「版本籠統所指」就是忽視了書的出版時間，把初版本與再版本當一回事。而新文學廣告為了宣傳書店最近出版的新書，它就很注重時效性。幾乎在書出版的同時，報刊上就了此書的廣告了，有些還提前做了出版預告。這些廣告對我們瞭解書的出版時間，從而確定書的版本源流，自然是非常直接的材料了。

正如豐子愷所說：「書的裝幀，於讀者心情大有關係，精美的裝幀，能象徵書的內容，使人未開卷時已準備讀書的心情與態度，猶如歌劇開幕前的序曲，可以整頓觀者的感情，使之適合於劇的情調。序曲的作者能抉取劇情的精華，使結晶於音樂中，以勾引觀者。善於裝幀者，亦能將書的內容精神翻譯為形狀與色彩，使讀者發生美感而增加讀書的興味。」[3] 新文學廣告上有許多關於書籍的裝幀資訊，如對書封面、插圖的作者的提及，書籍的用紙、開本、精平裝介紹等，這些對於我們鑒定或研究版本也有幫助。其中，封面是書的視窗，它能使讀者更好地理解作品。新文學作品的插圖也很重要。魯迅認為：「書籍的插圖原意是在裝飾書籍，增加讀者的興趣的，但那力量，能補文字之不足，所以也是一種宣傳畫。」[4] 同時，

---

[3] 〈錢君匋裝幀畫例〉，《讀書雜誌》第 2 卷 2-3 期合刊，1932 年 3 月 10 日。
[4] 魯迅，〈「連環畫」辯護〉，《魯迅全集》第 4 卷，人民文學出版社，2005 年版。

這些封面和插圖許多都是當時頗有名的作家或版畫家所設計，它們本身就是作家或版畫家的藝術作品，都應加以收集與整理。一般情況下，封面和插畫的設計者，在封面和插圖上簽名會影響書的美觀，且容易與書的作者相混，所以許多新文學書的封面和插圖上沒有簽名。隨著時間的推移，親歷當時出版情況的見證人愈來愈少，就是這些設計者本人也已經忘記，這就給考察版本帶來了困難。這時如果能找到當年發佈的此書的廣告，我們或許會得到意外的收穫。如《語絲》第一二二期上關於韋叢蕪的《君山》廣告：

> 這是四十首連貫的抒情詩，作者將初戀時期的熱情和幻夢、悅樂和悲哀，用極新鮮的格調歌詠出來。林風眠封面，司徒喬插圖十幅，現已出版。

讀了這則廣告，我們對封面和插圖的畫者自然明白了。弄清了封面和插圖的畫者，有助於研究作家與畫者的關係，有助於瞭解封面和插圖的意義，從而有助於理解作品的意義。

對出版書籍的其他裝幀情況，如用紙、開本、精平裝的介紹，也有許多廣告交代得很詳細。如《魯迅書簡》的出版預售廣告有這樣的介紹（《中流》第二卷十期）：

> 本書版式為十六開，共分三種。甲種用重磅銅版紙印刷，真皮脊皮面金字金口，儲以堅韌紙畫，實價四元，預約二元八角；乙種用上等海月箋印刷雙絲線裝訂磁青紙面，儲以藍色

> 布函，實價四元，預約二元八角；丙種用特種米色印書紙印
> 刷，硬紙面布脊銀字，實價一元八角，預約一元二角……

這則廣告非常詳細地介紹了書籍的一些裝幀情況，以便讀者選購，但現在卻可以為我們研究《魯迅書簡》的版本提供一些有價值的資訊。

阿英很重視版本的增刪，認為：「一個作家的作品，往往有雖已發表而不愜意，或因其他關係，在輯集時刪棄的，這樣的例子是很多，……專門的文學研究者，尤其重視，因為這，是增加了他們對於作家研究的材料。」[5]新文學廣告中也會涉及作品的版本演進和修改的問題。如《西瀅閒話》的出版廣告（《新月》第一卷八號）：

> 前一兩年在每期的《現代評論》裏，大家看見過一位署名西瀅的文章，這些文章又輕輕冠以「閒話」，……現在印在這本書裏了。為什麼人人要看，——是的，為什麼人人要看呢？《西瀅閒話》印出來買給要看它的人。

從這則廣告裏就可以瞭解《西瀅閒話》從初刊到初版的變遷情況：它最先是刊登在《現代評論》上，然後出單行本。根據廣告的提示還可以釐清版本變遷的大致內容。如《志摩的詩》的再版廣告（《新月》第一卷三號）：

> 初版《志摩的詩》是作者自己印的，不久就賣完了。這部書的影響大家都

◆◆ 再版 志摩的詩 三月出版

初版「志摩的詩」是作者自己印的，現在已經賣完了。這部書的影響大家都知道。作者莫定了文壇的基礎。然而作者自己還是不滿意，象起筆來，刪去了幾首，改正了許多的字句，修訂了先後的次序；這本書的內容煥然一新，與舊本絕不相同。讀過「志摩的詩」和「翡冷翠的一夜」的人不可不讀。沒有讀過的人更不可不讀。

5 　阮無名，《中國新文壇秘錄》，上海南強書局，1933 年版，第 149 頁。

> 知道，然而作者還是不滿意，拿起筆來，刪去了幾首，改正
> 了許許多多的字句，修訂了先後的次序，這本書的內容煥然
> 一新了。

由此可知，《志摩的詩》從初版到再版的變遷有三個方面：一是刪
去了幾首；一是對詩句語言上的修改；一是對全詩的先後順序進行
了調整。這類廣告對考察新文學作品的版本的變遷給予了方向性的
提示，省去了版本研究中不少的麻煩。

我們還可以從文學廣告中瞭解同一本書在不同出版社出版的
資訊。不同出版社出版的同一部書意味著不同的版本，這也需要版
本研究者加以辨析。新文學廣告中恰恰有這方面的資訊。如周作人
的《自己的園地》的出版廣告（《語絲》第四卷一期）：

> 這是周作人先生所作的小品文的選集，內計《自己的園地》
> 十八篇，《綠洲》十五篇，雜文二十篇。……全書合計三百
> 頁，有插圖多幅，原由晨報社出版，兩年來銷數逾萬。現由
> 周先生將內容重行增訂，歸本局（即北新書局）出版，實價
> 八角。

從這裏，我們知道，《自己的園地》至少有兩個版本，並且還有內
容上的變化。正是從版本的變遷過程可以窺探作者思想、時代環境
以及作品的藝術等方面的變化。正如韋勒克所說：「作品的每一版
與另一版之間的不同，可使我們追溯出作者的修改過程，因此有助
於解決藝術作品的起源和進化的問題。」[6]

從以上所舉的實例看，新文學廣告包含了大量的版本資訊。這
為版本鑒定、版本研究、版本闡釋等方面提供了許多便利，具有重

---

[6] （美）勒內・韋勒克、奧斯丁・沃倫，《文學理論》，江蘇教育出版社，2005
年版，第 55 頁。

要的史料價值。但是，由於文學廣告的位置多在報刊的邊邊角角，
它們又不成體系，顯得雜亂無章，而且也並不是每則廣告都有版本
資訊，這就需要我們進行仔細地收集和整理。

從廣告看《中國新文學大系》的出版

　　二十世紀三〇年代的上半期，文化出版界的一件大事是《中國新文學大系》編輯和出版。這項歷時兩年多，由趙家璧發起，蔡元培寫〈總序〉，魯迅等十位著名作家共同編輯的十卷本《大系》，是對第一個十年

中國新文學的一次驗收與總結。大系的編纂者們是各個文學門類和學術門類的專家，他們對這套大系的各個類別都有獨到的見解。他們的標準和好惡直接影響了大系內容的編纂。這套大系不但已成為研究第一個十年新文學的重要史料，它本身也已成為研究的對象。人們已開始從不同角度來研究這套大系，但對與大系有關的廣告卻重視不夠。實際上，大系的系列廣告為我們更好地理解大系提供了許多詳實的資訊。

　　良友圖書印刷公司很重視圖書發行的廣告宣傳。對《中國新文學大系》這樣的出版壯舉自然要大作廣告，而且廣告的樣式眾多並各具特色。大系的廣告大概有六類樣式。第一種是大系樣本，厚四十餘頁，它以書的形式詳細地介紹了大系，但它的發行數量很少。趙家璧在後來的文藝文章[1]中還提到，在大系第三版印普及本時，

---

[1]　趙家璧，〈話說《中國新文學大系》〉，《新文學史料》，1984 年第 1 期。

還重新編印了一本三版的樣本，厚達六十頁，增加了〈輿論界之好評摘錄〉，摘錄了全國各地七種報刊的評語（內容與下面介紹的第三種廣告樣式同），還用了二十五頁篇幅把九卷的全部目錄（除《史料·索引》卷外）編入，供預約者參考。

第二種是單張的宣傳廣告（這裏所介紹的來源於《人間世》第二十四期，1935.3.20），它是夾在良友出版的雜誌中附送給讀者的。它的內容是樣本內容的縮印，具有重要的史料價值，所以應逐一選取重點內容來介紹。這張廣告左上側是趙家璧寫的〈編輯中國新文學大系緣起〉，共四段文字，先說編輯大系的重要意義。接著介紹十大卷的內容，第三段原文如下：

> 所有從民六至民十六的十年間的雜誌、副刊、單行本，全是我們編輯時所用的資源，我們自以已盡了我們最後的力量，搜羅得不讓一粒珍珠從我們的網裏漏掉，中國新文學大系的第一個十年共分十大冊，理論分建設理論和文學論爭集兩冊，小說以文藝團體為分界分一二三集，一集選文學研究會諸家；二集選新青年語絲社等諸家，三集為創造社諸家。散文共兩集，以作家為區別，詩集一，戲曲集一，另附史料索引一厚冊。足供讀者參考，每冊除選材外，另由編選人作一長序，論述該部門十年來發展的經過，更論述當代重要的作家和作品。全書之前，又冠以總序，闡述新文學運動的意義，我們所以這樣做，是為了使這部大系不單是舊材料的整理，而且成為歷史上的評述工作。

這段文字，可以稱得上是大系的「地圖」，給我們大致勾勒了大系的體制。從而使我們對十年來的文學碩果清晰起來。如果把大系作為一種史料的輯錄，我們憑這「地圖」就很容易找到所需的資料。

〈總序〉由蔡元培執筆，夾頁廣告上只有〈總序摘要〉，是他的手跡版，數百字的節要，已把萬字總序的精神包括在內了。十位編選者的〈編選感言〉，也是手跡版，這些文字還有許多沒收進他們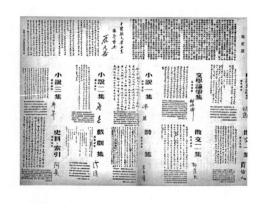後來的文集中。〈感言〉中，有許多是他們對該部的精闢的見解，這些權威的論斷值得重視。如胡適的文字：

> 我的工作是很簡單的，因為新文學的建設理論本來是很簡單的。簡單說來，新文學只有兩個主要的理論：（一）要做「活的」文學。（二）要做「人的」文學。前者是語言工具的問題。後者是內容的問題。凡白話文學，國語文學，吸收文言文學的成分，歐化的程度，這些討論都屬於「活的文學」的問題。「人的文學」一個口號是周作人先生提出來的估量文學的標準。

作為新文學的發起人，在新文學已取得很大成就的三〇年代來回顧這段歷史，胡適自然有發言權。在這裏，他對新文學的建設理論給予了精練的概括，而這些結論使我們對新文學的思考和研究有一種方向感。又如朱自清的〈感言〉內容對理解新詩的發展過程很有參考意義：

> 新文學運動起於民六，新詩運動也起於這一年，民八到十二，詩風最盛。這時候的詩，與其說是抒情的，不如說是

說理的。人生哲學，自然哲學，社會哲學，都在詩裏表現著。形式是自由的，所謂「自然的音節」。民十五《晨報詩刊》出現以後，風氣漸漸變，一直到近年，詩是精緻的路上去了。從這方面說，當然是進步。但做詩的讀詩的都一天少一天，比起當年的狂熱，真是天淵之別了。

我們現在編選第一期的詩，大半由於歷史的興趣。我們要看看我們啟蒙期的詩人努力的痕跡，他們怎樣從舊鐐銬裏解放出來，怎樣學習新語言，怎樣尋找新世界。雖然他們的詩理勝於情的多，但倒是只有從這類作品裏，還能夠多看出些那時代的顏色，那時代的悲和喜，幻滅和希望。

為了表現時代起見，我們只能選錄那些多多少少有點新東西的詩。

三段文字，先是對新詩的發展特徵和整體風格下了一個論斷；接著對新詩詩人努力的方向和新詩與時代的關係有一個概括性的描述；最後他提出本集的編選標準。全文三百字左右，但卻是一篇精彩的詩評。

同時，在每位編選者手跡的下面還有本集內容說明的文字。如《散文二集》是這樣寫的：

《散文二集》由郁達夫編選，本書所選作家如魯迅，周作人，茅盾，朱自清，林語堂，葉紹鈞等數十人，由郁達夫先生作二萬字導言一篇，對於五四時代和以後十年間的散文詳細評述。

這些文字把此書的要旨說得一清二楚，對我們研究大系同樣具有方向性、指導性的作用。

在這張廣告的背面，還附錄了八位知名作家對大系的好評。從這些評語中可見當時文藝界對此壯舉的高度認同。如冰心說：「這

是新文學以來最有系統，最巨大的整理工作，近代文學作品之產生，十年來不但如菌的生長，沒有這種分部整理評述的工作，在青年讀者是很迷茫紊亂的。這些評述者的眼光和在新文學界的地位是不必我來揄揚了。」這是借其他作家之口來作廣告。廣告背面的右下方是廣告編纂者的廣告詞：「有了這部《新文學大系》，等於看遍了五四運動以來十年間數千種的刊物雜誌和文藝書籍。專家選擇了最好的作品，可以省卻你的許多時間和金錢。」這段充滿算計的廣告詞卻是在為讀者著想，確實體現了廣告的智慧。

第三類樣式（見《申報》1935.5.6，第四版）主要以當時國內重要的報刊如《申報》、《中央日報》、《大晚報》、《中華日報》等對大系的評價為主要內容，目的是表明：「輿論界的評判勝於宣傳式的廣告，也是讀者最可靠的顧問」。這些評價對大系是另一種宣傳，但現在對我們研究大系也有一定的文獻價值。如《申報》的評價是這樣的：

> 目下中國的出版界，古書在翻印了，新書也在編選了，凡為一個中國現代青年的我們，應該去讀古書，研究一點古學問呢？還是應當去讀新書，吸收一些新知識呢？以我們的眼光看，現代中國青年應該讀新書，而不應該讀古書，因此，當翻印古書之風正在盛的今日，我們還能有這一部《中國新文學大系》可看，這真可說是現代中國青年的幸運。

這使我們對編撰大系的歷史意義的理解又深入了一步，它不但是對新文學十年來成果的收集整理，也是鞏固了新文學的實績，使新文學徹底戰勝一九三〇年代盛行的復古之風。

第四種樣式是，除印有大系「十大部之內容說明」的廣告文字（與第二種同）外，在每部說明文字的上方還刊登作者的照片或剪影，加上蔡元培先生的照片，共十一張。大系的這種廣告圖文並茂，能起到很好的廣告效果。僅這些頭像就有吸引力，能讓讀者一睹這些作家的風采。

　　第五種廣告類樣式比較簡單（見《論語》第六十二期，1935.4.1），居中印了十巨冊精裝的書脊書影，給讀者留下深刻印象。左邊是「二十萬字導言」，右邊是「五百萬字題材」等廣告文字。書影下面列出了各部的書名和作者的手寫體簽名。最下面是趙家璧寫的《編輯中國新文學大系緣起》。

　　此外，在趙家璧編選的《二十人所選短篇佳作選》（一九三六年十二月出版）封底的廣告可算是第六種樣式。它不把《大系》作為一個整體進行宣傳，而是逐一對這十部選集撰寫了廣告詞，這些廣告詞也不乏研究價值。如洪深編選的《戲劇集》的廣告內容：

　　洪深編　戲劇集　二十三開　紙面精裝　白報紙印
　　　　四二六頁　一元
　　　　──新文學大系之九──

《戲劇集》由戲劇家洪深先生編選。選錄重要獨幕劇十八篇。洪深先生的導言長八萬餘言，從五四時代的政治背景和文化運動講起，敍述舊戲的被攻擊，文明戲劇團春柳社的失敗，上海民眾戲劇社的一面破壞，一面建設的工作，文學研究會和創造社裏對於戲劇感到趣味的人從事創作劇本的經過，兩個到舞臺上去實踐的戲劇運動者的奮鬥，和民十三後

學校劇團愛美劇團的風起雲湧，以及五卅慘案對於中國戲劇
運動上的影響。洪深先生說：「他的這篇導言是希望單看他
這一集子的人，也能夠明瞭五四文化運動的整個背景的。」

　　以上幾類廣告文字，它各有特色，充分展示了大系出版者在廣
告上所表現出的商業策略。這些廣告不但是一九三〇年代文學廣告
的模本，也是現今文學廣告可資借鑒的範本。更重要的是，這些廣
告貯存了大系編纂的緣起及大系的內容、體制、編者、批評、發行
等豐富內容，是研究大系的最好的實證材料。大系的編纂，作為新
文學經典化過程中的一次重要事件，值得深入研究。而這項研究有
了當年大系廣告這類實證材料，將更具有學術價值。實際上，大系
的廣告也已成了參與新文學經典化的重要內容。

從廣告看《文學》的創刊

一九三〇年代初，《小說月報》在持續了二十年後終於停刊，左翼的刊物大多受到打壓或被迫停刊，《論語》等閒適風格的刊物又為多數人不齒。作家們迫切需要一個能自由發言的園地。於是，在眾人的努力下，一九三三年七月一日，《文學》創刊。創辦刊物，要在短時間內獲得廣大讀者的青睞，在報刊上做廣告自然是少不了的。張靜廬在談及雜誌發行時認為：「廣告一定要登在有廣大銷路

或與這刊物的性質有相互關聯的，多登幾行或多登幾家。」[1]由於《文學》與《生活週刊》均由生活書店發行。在「每期銷數達到十五萬五千份」[2]的《生活週刊》上發佈廣告當然是最理想的選擇。此處就是選取《生活週刊》上的數則廣告來逐一論述《文學》創刊前後的過程。

在《生活週刊》第十八期（1933.5.6）上第一次刊出了《文學》誕生的預告：

1　張靜廬，《在出版界二十年》，江蘇教育出版社，2005 年 7 月版，第 147 頁。
2　范堯峰，〈《生活週刊》、生活書店與中華職業教育社〉，《新文學史料》，1981
　　年第 1 期。

這是由文學社負責主編生活書店擔任出版及發行的一種文學月刊。文學社是集合全國而成的一個組織，它編行這月刊的目的，在於集中全國作家的力量，期以內容充實而代表最新傾向的讀物供給一般文學讀者的需求。它為慎重起見，特組九人委員會負責編輯，聘請特約撰稿員數達五十餘人，幾乎把國內前列作家羅致盡盡。內容除刊登名家創作，發表文學理論，批評新書新報，譯載現代名著外，並有對於一般文化現狀發批判；同時竭力介紹新進作家的處女作，期使本刊遂漸變成未來時代的新園地；又與各國進步的文學刊物常通消息，期能源源供給世界文壇的情報。

這則預告可稱《文學》的出版宣言。它包含了許多有價值的史料：明確了它的所屬；它的辦刊初衷；它的運作組織機構；刊物的欄目以及它的傾向和最終目標等。要研究《文學》，這段文字不可忽視。

事過半月，在《生活週刊》第二十期（1933.5.20）上又刊出了《文學》出版前的第二張廣告。用了一整頁的版面，比第一次的內容更豐富，提供的史料也更多。特別增加了一個副標題：「一九三三年中國文壇之生力軍」。在第一次預告的基礎上，除了刊出特價預訂等內容外，就是將本刊編輯委員及特約撰稿員公佈出來：

本刊編輯委員會（九人）

郁達夫　茅盾　胡愈之　洪深　陳望道　徐調孚　傅東華
葉紹鈞　鄭振鐸

本刊特約撰稿員（四十八人）

丁　玲　冰　心　王統照　王伯祥　王魯彥　方光燾
巴　金　田　漢　白　薇　朱自清　老　舍　杜　衡
沈起予　周建人　周作人　周予同　金兆梓　施蟄存

俞平伯	胡秋原	胡仲持	耿濟之	夏丏尊	陸侃如
陸志韋	張天翼	陳受頤	梁宗岱	許地山	郭紹虞
馮沅君	楊丙辰	鄭伯奇	趙萬里	適　夷	黎烈文
劉廷芳	樊仲雲	魯　迅	謝六逸	謝冰瑩	戴望舒
豐子愷	穆時英	穆木天	魏建功	嚴既澄	顧頡剛

　　從編委會和撰稿員的組成看，《文學》的起點很高，真正達到了「幾乎把國內前列作家羅致盡盡」。它囊括了一九三〇年代各種團體流派的作家，達到了相容並包。而且多數是名家。專業範圍也很廣泛，詩歌、小說、戲劇、雜文等各領域均有名角。《文學》能聯絡這麼多作者（它後來的作者在三百人以上），在一九三〇年代的雜誌中可說是少見的。

　　四週後，在第二十四期（1933.6.17）的《生活週刊》上又刊出了《文學》創刊號的要目預告，它設置了以「論文」、「小說」、「詩」、「散文隨筆」、「雜記雜文」、「國外通訊」、「書報述評」、「書報及插圖」八個欄目，並逐一把每篇文章的作者注出。作家陣容強大，共有三十餘位。魯迅在本期就有兩篇文章。一篇是雜文〈又論「三種人」〉作為《文學》的開篇；一篇是隨筆〈談金聖歎〉。

　　創刊號雜誌的銷數，一定會比平時的或是後二三期的為多，所以第一期雜誌編得比較精彩或發行得普遍與未來的銷數有極大的關係。[3]《文學》創刊號出版後，它的迴響和發行情況在廣告中可以看出。創刊號發行才兩周，《文學》又在《生活週刊》第二十八期上（1933.7.15）刊出了廣告：「本月刊自七月一日出版後猥蒙海內外人士謬加讚譽紛紛賜函訂購創刊號出版業已售罄現特發行再版……」八月五日（《生活週刊》第三十一期）又刊出廣告：「本創刊號於七月一日出版不五日即發行再版現又告售缺特三版印行以

3　張靜廬，《在出版界二十年》，江蘇教育出版社，2005 年 7 月版，第 142 頁。

副愛好文藝諸君之盛意本號為特大號……」僅一個月時間，《文學》
創刊號就發行三版，五日就售罄，受歡迎程度可想而知。這些廣告
材料對研究《文學》創刊後的反響是極有參考價值的。四個月後，
《生活週刊》（1933.11.4，第四十四期）又有《文學》的廣告，除
有一卷五號的文章要目廣告外，還有創刊號至第四號的重版廣告，
內容如下：「創刊號於七月一日出版後，以內容豐富，取材新穎，
售價較其他文藝刊物為廉，因之備受社會歡迎，行銷海內外，至為
暢廣，創刊號已五版發行；第二號（屠格涅夫紀念）四版；第三號
三版；第四號已再版出售，歡迎預定。」這段文字，總結了《文學》
為什麼如此暢銷的原因，又介紹了重版的次數，有種成功者的口
氣。而《生活週刊》第四十七期（1933.11.25）上的《文學》廣告
又告訴我們：「本刊自創刊號至第五號雖一再重版，但常以時間過
促，致訂戶方面，遲遲未能補齊，……第二號至第五號亦已四版或
三版出售。」由此可知，隨著時間的推移，《文學》的訂戶逐漸增
加，出現供不應求。鑒於《文學》良好的銷售情況，在十二月初出
版第六號後，馬上又著手編印第一卷合訂本，在《生活週刊》第五
十期（1933.12.16）上的《文學》「新年特大號」廣告中，刊出了合
訂本的消息。原文如下：「本合訂本系自創刊號至第六號重行編印，
卷首附有總目索引，布面精裝，外加精美紙盒一隻，實價銀二元」。

　　從《文學》創刊前的廣告中，我們能梳理出它的辦刊緣起和目
的，瞭解它是一個什麼性質的文學刊物；從撰稿人員的組成中，瞭
解它的「雜」，從「雜」中又可以看出它的「專一」。正如在創刊號
的〈社談：一張菜單〉所說：「我們這雜誌的內容確實是雜，這似
乎用不著我們特別的聲明，讀者只消一看本志負責編輯人和特約撰
稿人的名單便知端的。」[4]但是，「我們當然有一個共同的憧憬——

---

[4]　〈社談：一份菜單〉，《文學》第 1 卷第 1 期，1933 年 7 月 1 日。

到光明之路，……我們這雜拌兒似的雜誌裏面仍舊有點不雜的地方。」從它發行後的重版廣告中，又可以知道這份刊物在文壇產生的巨大反響。另外，我們從它第一卷（共六期）所刊行的文章要目中，還可以看出一些名家對這份刊物的強力支持，如魯迅在前兩期上就發表了四篇文章，茅盾、巴金、老舍、鄭振鐸等均在三篇以上。對文壇新人的大力扶植也是碩果累累，如大量發表了黑嬰、臧克家等人的創作。由這些內容可知，廣告參與了《文學》月刊的傳播，擴大了它的影響。同時，這些廣告中也留下了《文學》誕生、發展的大量資訊。

由《文學》的宣傳廣告所含有的重要史料，我們不難想到，在新文學發展歷程中，文學期刊多達數千種，而這些刊物為了擴大影響，在創刊前後也多有廣告，這些數量眾多的廣告文本無疑會對新文學期刊的研究提供了大量的原始資料，需要我們仔細地收集、整理和研究。

從廣告看《魯迅全集》的出版

迄今為止，《魯迅全集》共有一九三八年版、一九五六年版、一九七三年版、一九八一年版和二〇〇五年版五種版本系統。據朱正先生統計，解放前，一九三八年版《魯迅全集》在上海先後印過四次，在東北解放區大連光華書店還翻印過一次，而且每一次都提前刊登了出版廣告。筆者收錄了刊載於《文藝陣地》、《大公報》（漢口版）、《烽火》、《申報》（香港版）和《東北日報》等數種出版預告，這些宣傳文字是瞭解一九三八年版《全集》在解放前出版發行歷程的重要文獻。

初版《魯迅全集》是由「復社」獨自出版，而這種小規模的出版社要出版《全集》，資金是個大問題。為了募集出版資金，「復社」提前在不同的報刊上登載了《全集》的出版預告。在《文藝陣地》第一卷三號（一九三八年五月十六日出版）上最早刊載了《魯迅全集》出版預告，有如下文字：

魯迅先生對於現代中國發生怎樣重大的影響，是誰都知道的。他的作品是中華民族的大火炬，領導著我們向光明的大道前進。只是他的著譯極多，未刊者固尚不少，易刊者亦不易搜羅完全，定價且甚高昂。魯迅先生紀念委員會為使人人

均得讀到先生全部著作，特編印魯迅全集，以最低之定價，
（每一巨冊預約價不及一元）呈現於讀者。

這段廣告文字突出了魯迅對現代中國的影響，認為其作品是引領我
們走向光明大道的「大火炬」。為了更好地學習魯迅，繼承先生的
遺志，最好的辦法就是閱讀先生的著作，出版《魯迅全集》是進步
出版界、讀者的共同願望。

這則廣告中，還有如下文字：

全書五百萬字　分訂二十冊　三十年著作網羅無遺
文化界偉大成就　新文學最大寶庫　出版界空前巨業

一九三八年版的《魯迅全集》收入的內容，包括作者從一九〇
三年開始文學翻譯和創作直到一九三六年逝世為止，共三十三年。
基本上搜羅了魯迅一生的大部分著譯。包括小說、散文、雜文、古
典文學研究和編著、譯著。

在《烽火》第十六期（一九三八年六月一日出版）上的出版預
告則把全集總目逐一列出。大致分創作、編著和翻譯三大部分，按
時間先後排列，最前有蔡元培先生的〈序〉，最末一種是《死魂靈》。
在預告中，還有「另附序文傳記年譜」等文字。

因為讀者經濟實力的不同，編輯委員會計畫印製多種不同價格
的《魯迅全集》。《文藝陣地》和《烽火》上的廣告都有如下內容：

復社出版　徵求預約　出書日期　分三期
第一期（五冊）六月十五日；第二期（七冊）七月五日；第
三期（八冊）八月一日
定　價　每部國幣二十五元　預約價　每部國幣十四元
另加郵運費二元
預約截止　二十七年六月底

> 附啟　本書另印紀念本。皮脊精裝，外加柚木書箱，每部售加一百元。由各地魯迅先生紀念委員會直接發行。
>
> 地址：漢口全民週刊社；香港立報館茅盾先生；廣州烽火社巴金先生。

從預約情況可知，《魯迅全集》分普及本和精裝紀念本。普及本定價二十五元，預約十四元。在《魯迅先生紀念委員會主席蔡元培、付主席宋慶齡為向海外人士募集紀念本的通函》及《魯迅全集募集紀念本定戶啟示》上明確表示：本會編印《魯迅全集》，目的在擴大魯迅精神的影響，以喚醒國魂，爭取光明，所以定價低廉，只夠作紙張印費。但為紀念魯迅先生不朽功業起見，特另印紀念本，以備各界人士珍藏。[1] 可見，籌集《魯迅全集》的印製資金主要還是靠預約紀念本，而普及本真正是為了擴大魯迅精神的影響。

　　《大公報》（漢口版）上也刊載了《魯迅全集》的預約廣告。在一九三八年五月二十一日第一張第一版上首次刊載了預約廣告，與《文藝陣地》上的內容相比，增加了全集總目部分，以《墳》開始，《死魂靈》為最末。定價、預約價格和截止時期與《文藝陣地》上的內容均同。在介紹紀念本上，則有如下內容：

> 另印紀念本二種，印數絕對限制。甲種用道林紙精印，布面皮脊，外加柚木書箱，每部收價連郵運費一百元。乙種布面精裝，書脊燙金，連郵運費五十元。由魯迅先生紀念委員會直接發行。訂購地址：香港立報館茅盾先生轉魯迅先生紀念委員會。

1　轉引自張小鼎、葉淑穗，〈浩大的工程　卓越的勞績〉，《魯迅研究年刊》，陝西人民出版社，1979 年版，第 343 頁。

實際上，精裝本的成本也不過二三十元，但這極有珍藏價值，許多人自然願意認購。甲、乙種精裝紀念本都只發行兩百冊，而且每本還有編號，外加柚木書箱，書箱上有蔡元培先生手書「魯迅全集」四字。

另外，該預告還列出了部分編委會成員：

> 蔡元培　馬裕藻　許壽裳　沈兼士　茅盾　許廣平

並用黑體字列出如下內容：

> 全書計六十種　共五百餘萬字　三十二開版本　插圖二百餘幅
> 精裝二十餘冊　另附序文傳記年譜　六月開始出售　八月上旬出齊
> 上海復社發行　全國各地生活書店代理預約

從一九三八年六月二十五日開始，也就是距預約截止的前一周，《大公報》連續每天刊載倒計時預約廣告，共七天。但在七月一日《大公報》（第一張第一版）上刊載的最後一則《魯迅全集》的預約廣告時，用大號黑體字注出「展期半個月」。

在香港一地的《申報》也分別於一九三八年六月十八日和七月一日兩次刊載了《魯迅全集》的出版預告，內容與《文藝陣地》上刊載的廣告同。

在眾多預約廣告的宣傳下，使得訂購《魯迅全集》人十分踴躍，全集的出版經費也很快得到了解決。僅漢口一地的預售情況，可從一則文藝簡報可知：「《魯迅全集》在漢發售精裝本預約一百部，聞將足額。預約款即匯滬，供印刷全集之用。」[2]一九三八年六月十

---

[2]　記者，〈文藝簡報〉，《抗戰文藝》第 1 卷第 8 期，1938 年 6 月 11 日。

五日,普及本按時出版,兩種精裝本則於同年八月一日出版。許廣平在〈《魯迅全集》編校後記〉中說:「結果出乎預料之外,出版千五百部幾大部分為本埠讀者訂購淨盡。」至於在外埠的銷售情況也非常不錯,「華南方面……成績亦斐然可觀,漢口方面……定購亦極踴躍。國外方面……購者踴躍,南洋方面,索書巨數,致成供不應求之勢」。[3]

　　一九四六年十月,許廣平為法人的魯迅全集出版社再版《魯迅全集》。從《申報》(上海版,一九四六年九月八日第一張第二版)上的一則《魯迅全集》預約截止的廣告可瞭解這一次的發售情況,內容如下:

> 敝社此次重印魯迅全集一千部,自八月二十日起開始預約,蒙海內人士,紛與賜助,不及兼旬,即已將原定數目預約一空,足見愛好文學者於魯迅先生著作對中國文化影響的關切,我們銘謝之餘,特此致歉。魯迅全集出版社謹啟。

可見,再版的一千部訂購也非常踴躍,此次發售預約時間是八月二十日,九月八日就不得不登報致歉。半個多月的時間,就預約一空,平均每天有近百名讀者訂購全集。一千部再版本也未能充分滿足廣大讀者的需要。

　　一九四八年年底,作家書屋以魯迅全集出版社名義再次重版《魯迅全集》。對這次的出版情況,也可從兩則廣告可知。在《大公報》(上海版,一九四八年十月一日第一張第一版和十月十七日第一張第一版)、《申報》(上海版,一九四八年十月十日第一張第一版)都刊載了《魯迅全集》的預約廣告,內容如下:

---

[3] 許廣平,〈《魯迅全集》編校後記〉,《魯迅全集》第 20 卷,魯迅全集出版社,1938 年版,第 661 頁。

全書二十巨冊　布面精裝銀字　上等紙張精印　舊版錯字
改正
十月一日起，二十日止，特價預約一千部，每部金圓一百元，
外埠寄費加一成，（惟昆明貴陽成都重慶西安五邊遠城市，
須加寄費四成），預約完隨時截止，後到奉還原款，准十二
月十五日出售。
預約處：魯迅全集出版社，作家書屋，光明書局，開明書店，
大中國圖書局，上海書報雜誌聯合發行所，長風書店，上海
雜誌公司，聯合書報社，，利群書報社，東方書店。

這次預約，規定時間是二十天，但鑒於以前再版時預約情況，所以
後面有「預約完隨時截止，後到奉還原款」的聲明。但是，本次出
書，面臨的困難較多。從《大公報》（上海版，一九四八年十二月
十六日第一張第一版）刊出的《全集》出版通告就能看出：

前承讀者預約之第三版《魯迅全集》，適逢改革幣制，原料
極度困難，復以裝訂費時，不得已兩期出售，今日為第一期
出售，請預約戶憑預約券向原預約處先取一至八卷，其餘九
至二十卷，約下月中旬裝訂完畢，屆時當再登報通告，諸希
鑒亮（諒之誤）是幸。魯迅全集出版社啟

　　比作家書屋再次印行《全集》的時間稍早，東北解放區大連的
光華書店，為了滿足廣大群眾、士兵和文藝工作者等的需要，一九
四八年也開始重印《魯迅全集》，在《東北日報》（一九四八年八月
十八日）刊出了售書預約廣告，原文如下：

光華書店為印行《魯迅全集》謹告讀者

　　魯迅先生留給我們的寶貴遺產——他的全集二十大卷，一直是革命戰士、文藝工作者和廣大青年們在其中吸取鬥爭經驗、學習創作方法和追求真理時取之不盡用之不竭的源泉，這二十卷全集一九四六年曾在上海再版過一次，本店亦輾轉設法運來過一部分，但終因來數太少而不敷分配。由於解放區的廣大讀者對魯迅先生有著無限敬仰愛戴。所以很多讀者都渴望得到一套魯迅先生的全集，於是紛紛要求本店印行全集的東北版。目前在東北解放區經濟既日益繁榮、印刷所需的物資亦非常豐富，本店在各方幫助之下，決定將魯迅全集加以翻印，但因能力有限，雖想使東北版的魯迅全集盡力作到能與原版並無二致，但恐仍舊不免有若干缺點，尚希望各界讀者鑒諒是幸。

　　定價每部一百二十萬元　預約九十萬元，各地同業機關團體（限持有介紹信）特價八十五萬元

　　預約九月十五日截止，九月起每月出版兩卷

　　可見，不但國統區讀者熱愛魯迅，閱讀魯迅，解放區的廣大群眾也對魯迅充滿崇敬之情。魯迅的對敵鬥爭精神、文學創作方法等對廣大青年、革命戰士、文藝工作者具有學習和借鑒價值。為了滿足解放區人民繼承魯迅先生的精神遺產，東北版《魯迅全集》也就應運而生。

　　原定預約在九月十五日截止，但是，讀者對《魯迅全集》的需求使得書店被迫延期，出版套數也相應增加。在一九四八年九月十八日的《東北日報》第四版上又刊載了《魯迅全集》預約展期的啟事：

　　《魯迅全集》的預約，原定於九月十五日截止，今應各界讀者熱烈要求，並便於交通閉塞之遠地讀者計，爰將預約期限展延，自九月十六日起再行預約至五百部為止。惟因最近印刷成本激增，不得不將預約價酌予提高，敬希各界讀者曲予鑒是幸。

　　定價：一百六十萬元，預約：一百二十萬元　各地同業，機關團體特價一百一十四萬元

　　外埠郵運，包裝費暫收十萬元。

　　接下來，在《東北日報》九月二十一日和二十二日又連續兩次刊載《魯迅全集》的預約廣告，接下來就沒有刊載《全集》的預約廣告了。由此可見，東北版《魯迅全集》增加的五百部也很快被訂購一空。

新文學廣告的文本藝術

新文學時期文學廣告不但數量巨大，而且在藝術水準上也很高。眾多作家的參與大大提升了文學廣告的藝術水準，大量專職裝幀人才、廣告人才的出現使得文學廣告成為展示出版社品位、作家、編輯才華等方面的視窗。時隔半個多世紀，當我們重溫這些廣告時，我們驚歎於廣告設計者、寫作者的藝術眼光、文字的把握能力以及文本體現出來的強烈的文化氣息。下面從廣告的版式設計和文辭兩方面具體論及其藝術魅力。

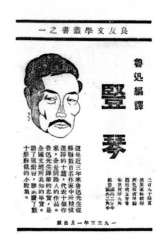

由於文學廣告一般在雜誌或書籍的裏封，底封，以及前後的襯頁。所以，注重廣告的版面設計就十分必要，好的設計給人留下好的第一印象。如三〇年代良友圖書印刷公司發行的《良友文學叢書》的廣告就有多種樣式。一種是在書後留出的襯頁裏，先用大號字刊出「良友文學叢書」標題，在標題旁又有「布面精裝　一律九角」的提示。然後逐一刊登每一種書的廣告，分別以阿拉伯數字列序。在每一序號下列出著者（編者／譯者），著者下面列出書名，著者和書名的字型大小稍大。然後單列此書的一兩百字左右的內容文字。這一類形式較簡單，但總體上給人短小、樸素、整潔之感。另

一種所占的篇幅較大，每一部書占一頁，也是按叢書的序列來分佈的。由於版面較大，它的設計內容豐富。以魯迅編譯的《豎琴》廣告為例，最上面兩條雙橫線之間有「良友文學叢書之一」；右上角列出著者（編者／譯者）——魯迅編譯，緊靠著者的左下方是書名《豎琴》，用大號字，十分醒目，書名下面是對本書的頁碼、用紙、定價等情況的介紹；版面的左上是魯迅的頭像，橫眉冷對，給人直觀的印象。頭像下面是本書的內容介紹（與第一種同），版面最下面提示了本書的出版時期。《豎琴》的廣告上有「一九三三年一月出版」的提示。這一類廣告顯得更加美觀大方，給人的印象十分深刻。此外，還有一類版面設計，就是以表格的形式列出迄今為止出版的叢書，每一部占一行，從左至右分別是叢書序號、著者（編者）、書名。最下面注出「布面精裝　一律九角」。也能給人簡單、整潔、美觀之感。此外，還有許多比較有名的廣告設計，如《中國新文學大系》的幾種廣告樣式，每一種無不是精心設計。豐子愷畫題圖的《世界少年文學叢刊》的廣告，《婦女生活叢書》所刊出的兩次廣告等，也都設計新穎，版面佈置合理，給人強烈的藝術感染力，在有限的空間裏創造了無限的藝術魅力。

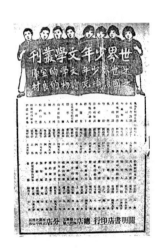

　　如果說版式設計的魅力在於抓讀者之眼，那麼文辭的魅力則是抓讀者之心。文辭與版面設計形成「共謀」，激發起讀者的購買欲。世界著名廣告人李奧・貝納認為，文字是廣告這一行業的利器，文字在意念表達

中，注入熱情和靈魂。[1]所以，寫廣告的人在這上面煞費苦心。新文學廣告的寫作者也是挖空心思作廣告，使新文學廣告在語言上體現出很強的藝術張力，大大激發出讀者的好奇心和想像力，從而使他們對廣告宣傳的對象產生濃厚的興趣。

新文學廣告的文字首先體現出精練的特點。一般都是字斟句酌，字字珠璣，準確凝練地傳達出書籍的資訊。如老舍為自己的作品寫的廣告詞：

> 《牛天賜傳》是本小說，正在《論語》登載。《老張的哲學》寫山大王拜訪偵探長。《老張的浪漫》寫為兒子娶還是為自己娶。（後略）

這些廣告用詞極精練，表達的意思很清楚。如果我們稍微細想，還會發現其中有更大的想像空間。有一些新文學作家的文字風格本就富有幽默感，如魯迅、老舍、林語堂等，他們寫的一些廣告也善於製造一些智慧的火花，這也增加了廣告文字的魅力。此外，各種修辭手法的採用也可以增強廣告文字的魅力。如巴金為莎士比亞的名劇《柔米歐與幽麗葉》寫的廣告中用了排比句：

> 唯其熱烈，所以它衝破了一切藩籬；唯其堅定，所以它在幸福和死亡之間找不到一條中間的路；唯其強烈，所以它把兩顆年輕的心永遠系在一起；唯其不幸，所以愛的陶醉之後緊跟著就來了死亡。

排比句的運用，使我們在一種氣勢和激情之中對《柔米歐與幽麗葉》的劇情有一個大概的瞭解，對劇中人物的命運更為關切。

---

[1] 文武文編著，《方法：國際著名廣告公司操作工具》，線裝書局，2003 年版，第 238 頁。

　　由於撰寫文學廣告的人多為有很高文學素養的新型文化人，他們對作品的文學鑒賞水準遠高於一般讀者的水準。他們把文學廣告作為一項嚴肅的工作看待，視之為提高讀者文學鑒賞能力，導引讀者的閱讀趣味，培養新文學讀者的重要方式。所以，這些文學廣告，有的是簡短的作家作品論，有的是氣勢磅礴的議論文，有的是抒情的美文，有的是智性的幽默小品。它們是商業廣告，卻散發出濃郁的文化氣息。如葉聖陶為茅盾的《幻滅》、《動搖》、《追求》寫的廣告：

> 革命的浪潮打動古老中國的每一顆心。攝取這許多心象，用解剖刀似的鋒利的筆觸來分析給人家看，是作者獨具的手腕。由於作家的努力，我們可以無愧地說，我們有了寫大時代的文藝了。分開看時，三篇各自獨立，合併起來看，又脈絡貫通——亦惟一並看，更能窺見大時代的姿態。

這則廣告準確地道出茅盾的「三部曲」的特色，是簡短的小說導讀，是微型的文學評論。許多新文學廣告通過大氣磅礴的議論為讀者介紹作品，使讀者在廣告文字的氣氛中，不自覺地被吸引或感動，從而跟從了它，認同了它。如《蘇曼殊全集》（《語絲》第四卷三十五期）的廣告：

> 曼殊大師是曠代的薄命詩人，他的天才的卓越，辭藻的倚麗和感情的豐富，凡稍讀過他的作品的人，都可以同樣地感覺到，他的詩集是我們近百年來無二的寶貴的藝術品，他的譯品是真正教了我們會悟異鄉的風味。他的說部及書札都無世俗塵俗氣，殆所為一卻扇一顧，傾城無色者……

這段文字先對曼殊本人及文學成就給予很高的定位，讓讀者對其評價完全認同。然後，簡要指出其作品的魅力，讀者自然就有去閱讀

的想法了。與《蘇曼殊全集》的廣告風格相反，秋郎著《罵人的藝術》的廣告則另有一番情趣：

> 十六年夏季，主撰《時事新報》「清光」的秋郎，成了上海最流行的謎語。人人問「誰是秋郎？」
>
> 天天早上你起來，他給你一頓最滋補的早餐──一頓大笑。漸漸你又覺得那笑裏還帶著一絲絲苦味兒，辣味兒；只要你肯用思想，便能發現你笑的，也許就是你自己。原來他給你的，不是適口的早餐，乃是一帖攻砭性的毒藥。
>
> 於是人人便要問誰是「秋郎」？秋郎只是一個罵人的藝術家。他自己說：「有因為罵人挨嘴巴的，有因為罵人吃官司的，有因為罵人反被人罵的，這都是不會罵人的緣故。」秋郎挨過嘴巴沒有，吃過官司沒有，被人罵過沒有，我們姑且不管；他的筆鋒，他的幽默，他的人生批評，卻早已替所謂小報界開了一個新紀元了。
>
> 《罵人的藝術》雖是一集小品，但是它有它的大貢獻。

　　用極具詼諧、俏皮的筆調，引出「誰是秋郎？」的疑問，然後一一道來，揭開「秋郎只是一個罵人的藝術家」。自然，秋郎寫的《罵人的藝術》定有一讀的必要。文辭中似沒有強烈的售書目的，而是就事論人，由人及書，巧妙地把推銷的本意隱藏在文辭之中，在眾多的書廣告中獨具風韻。

　　總之，由於眾多專業人才以及作家或編輯的參與，新文學廣告顯現出很高的藝術水準。無論從版面設計，還是文字內容均體現出獨特的審美品格。就每則廣告而言，都經過精心設計，美觀醒目，雅俗共賞。有的還配以插圖、書影、作者手跡等，使得廣告圖文並茂，具有強烈的親近感和視覺效果。同時，許多廣告還借鑒書評和書話的元素，成為帶有短評、小品文色彩的文本。這些具有豐富的文化內蘊的小文本不僅為研究新文學和傳播新文學作出了貢獻，它們本身也足以成為一件件藝術珍品。

《新月》文學廣告的寫作藝術

好的文學廣告要達到文學性和商業性的共存，趣味性和嚴肅性的結合。這在中國現代文學的重要期刊《新月》中有近乎完美的體現。讀《新月》的文學廣告，不但能給人以藝術上的享受，也能給人以感官的刺激，更能打動你的心靈。刺激你的某種閱讀的欲望，而欲望是消費的動力。下面以具體實例來加以分析。

一般情況下，一自然段集中表達一個意思，但僅有一段文字的廣告要表達的內容必須以句為單位。如《夢家的詩》的廣告詞：

> 夢家的詩，指出了中國新詩的一個方向，適之先生看了，便覺得「新詩的成熟時期快到了」，一多先生看了一看《悔與回》，又認為「自然是本年詩壇可紀念的一件事。」其價值可以想見。

僅僅六十九字，卻引用了胡適和聞一多對陳夢家詩歌的評價，而胡適和聞一多在現代詩壇的地位是眾人皆知，一個是新文化運動的領袖和中國新詩的首倡者；另一個是新月派的中堅，新格律詩的開山。能得到他們兩位極高的評價，也印證了「指出了新詩的一個方向」的正確。這則廣告竟有三個層次，語言簡潔流暢，層層推進，很自然地達到了廣告的目的。不但對《夢家的詩》說了「好」，而且讓你產生強烈的購買欲。又如梁實秋譯《阿伯拉與哀綠綺思的情書》的廣告詞：

這是八百年前的一段風流案，一個尼姑與一個和尚所寫的一束情書。古今中外的情書，沒有一部比這個更為沉慟，哀豔，淒慘，純潔，高尚。這裏面的美麗玄妙的詞句，竟成為後世情人們書信中的濫調，其影響之大可知。最可貴的是，這部情書裏絕無半點輕薄，譯者認為這是一部「超凡入聖」的傑作。

全文只有四句話。第一句就夠吸引你的眼球了，「風流案」、「和尚與尼姑」，以帶「性」的內容誘惑你，普通的讀者逃不過它的挑逗。但第二句用「沉慟，哀豔，淒慘，純潔，高尚」五個形容語從不同側面體現全書的內容，把你從想入非中引到嚴肅。第三句講的是此書的影響甚巨。第四句的「絕無半點輕薄」和「超凡入聖」讓你徹底意識到這是一部嚴肅決不庸俗的 「傑作」，達到了通俗性與嚴肅性的巧妙結合，雅俗共賞。讀者不自覺地受到了感染。

由於《新月》的文學廣告多在正文之間，有較大的版面，故多有多段文字，但是它們的語言仍然是簡潔有力，層次感極強。如陳西瀅譯的《少年歌德之創造》廣告是這樣寫的：

歌德的名著《少年維特之煩惱》，曾經郭沫若先生譯成中文，幾乎是少年人誰都讀過的書了。而且幾乎誰都聽說過，歌德寫這本書時，是在他自己嚐到了戀愛的創痛之後，所以「少年維特之本事」可以算是歌德自己的經驗。

那麼，讀者也許要問了，少年維特就是少年歌德麼？要是歌德就是維特，怎樣歌德又沒有自殺？讀者又不免要問，少年維特的思想行動我們已經知道了，他的創造者少年歌德的思想行動到底是怎麼樣的呢？他自己究竟有了什麼經驗？他為什麼寫少年維特之煩惱？寫的時候他又是怎樣的情形？……在西瀅先生譯的這本小說裏，種種問題都有了答案。

從語言上看，語調上達到平—高—平，語速上造成緩—急—緩，很有節奏感。從內容上看，先不說《少年歌德之創造》，而是談《少年維特之煩惱》這本書的翻譯和讀者

對此書的共識。然後，從這個共識引發開去，接著作者一口氣提出了六個問題，向讀者連續地發問，引起讀者的共鳴，激發起讀者強烈的探求興趣。最後，告訴讀者這本小說就是你所要的答案。這種欲揚先抑的手段往往能收到奇效。

或許是投合讀者的習慣心理，三段論成為《新月》廣告的另一種樣式。與前兩類相比，由於有較大發揮的空間，可以寫較多的文字，它的內容可以是一些與書有關的掌故、作品內容的評價等，儘量展示出這是一本有價值的傑作。如凌叔華著《花之寺》的廣告文字：

> 寫小說不難，難在作者對人生能運用他的智慧化出一個態度來。從這個態度我們照見人生的真際，也從這個態度我們認識作者的性情。這態度許是嘲諷，許是悲憫，許是苦澀，許是柔和，那都不礙，只要它能給我們一個不可錯誤的印象，它就成品，它就有格；這樣的小說就分著哲學尊嚴，藝術的奧妙……
>
> 《花之寺》是一部成品有格的小說，不是虛偽情感的氾濫，也不是草率嘗試的作品，它有權利要求我們細心的體會……
>
> 作者是有默的，最恬靜最耐尋味的默，一種七弦琴的餘韻，一種素蘭在黃昏人靜時微透的清芬……

　　作者用極具抒情的筆調，以一種滲入內心的溫情，緩緩的語速表達出一分真誠，在眾多的書廣告中獨具風韻，他似沒有強烈的售書目的，而是就書論書，給人一份心情的寧靜和超遠，可看作一篇傑出的微型書評。巧妙地把推銷的本意隱藏在優美抒情的文辭之中，讓讀者在閱讀的享受中去瞭解，去購買，讀者讀到這樣的廣告文字，沒有不被吸引的。又如：冰心女士譯的《先知》（Kahlil Gibran著），廣告是這樣寫的：

> 　　《先知》是敘利亞（Syria）凱羅・紀伯倫（Kahlil Gibran）許多作品中的傑作之一。曾經翻譯成十八種文字。在這裏他把人生不能解答的一切大小問題，用哲學的眼光，高深的學理，都解答了出來。使我們看了可以知道究竟什麼是人生。冰心女士誰都知道她是文壇上的一位女將，她那溫柔的言辭，委婉幽靜的文筆，誰都看了要感動的，但是她限於創作的一方面，還沒有看見她的翻譯的書，這部《先知》是她翻譯的嘗試，哲理雖深，而譯筆淺顯流暢，恰能算合原文的真意義。
>
> 　　書用厚道林紙印刷，並且附插圖十二幅，皆名貴之作，用銅板紙精印，裝訂考究，美麗絕倫，欲知人生之真諦，及欲領略冰心女士的翻譯手段者，不可不人手一篇也。

　　唐弢先生談到書話時說道：「書話的散文因素需要包括一點事實，一點掌故，一點觀點，一點抒情氣息；它給人以知識，也給人藝術的享受。」[1]這對書話的概括拿來評價這則廣告可以說完全適用。從這個意義上講，好的書廣告也是一篇文字精美的書話。

---

[1]　唐弢，〈《晦庵書話》序〉，《晦庵書話》，生活・讀書・新知三聯書店，1998年版。

　　文學廣告的文字內容是一切以吸引讀者為宗旨的，而能在文章的第一句就引起讀者的注意，並能引導讀者繼續往下讀，用設問的方式開篇應是一個好的策略。事實上，《新月》的書廣告有許多是這樣設置的。如徐志摩著的《巴黎的鱗爪》是這樣開篇的：

> 「先生，你見過豔麗的肉沒有？」那麼，請讀——《巴黎的鱗爪》！
>
> 「你做過最荒唐、最豔麗、最秘密的夢沒有？」那麼，也請讀——《巴黎的鱗爪》！
>
> 《巴黎的鱗爪》能叫你開開眼界，能叫你知道散文的妙處。
>
> 《巴黎的鱗爪》譯成過日文，不願讓日本讀者獨開眼界，獨得妙處的，不可不讀此書。

開始就向讀者提出兩個問題，並用「豔麗的肉」和「最荒唐、最豔麗、最秘密」這些極富有挑逗性和吸引力的詞語一一作答，挑起了讀者的胃口。讀者就在這極具吸引力的三十秒中讀完全文。

　　可以看出，《新月》的文學廣告，從形式上講，它的段落層次感強且極靈活，最短的僅一小段或一句話，最長的有五個自然段。語言文字上極富特色，抒情性、簡潔性、趣味性、節奏感等。有的是如同散文、隨筆與詩一般的韻律；有的是如同對話、閒談似的輕鬆；有的是鏗鏘有力、嚴肅認真的勸告，是帶著枷鎖跳出的優美的舞蹈。這些基於如實介紹，不虛偽，不誇大的廣告具有很高的藝術審美價值。《新月》的書廣告達到了商業化與文學性的完美的統一。在書廣告的寫作實踐中，他們向書話和微型書評等樣式方面進行了大膽的嘗試，其中的一部分書廣告可以作為書話和微型書評來讀，文學價值是顯而易見的。這種既注重宣傳作用，又強調文學性；既注重嚴肅性，又適當點綴些趣味和幽默，使得廣告具有雅俗共賞的品格。

藉書評、書話來寫書廣告

　　書廣告，主要指為了宣傳、促銷某一圖書而撰寫的介紹性的書面文本。它作為一種資訊傳遞手段，是出版界向讀者提供最新的出版資訊，是溝通出版社與讀者之間資訊交往的一座橋樑。具體而言，撰寫一則完整的書廣告至少要具有五大要素：一是書名，二是著者（編者或譯者），三是價格，四是出版社，五是圖書介紹。前四種元素均是某一圖書的基本事實，而圖書介紹則是撰寫者所最為著力的部分，也是本文所討論的對象。它可以是圖書的主要內容、名作家的好評、著者個人的創作特色、版本裝幀形態、以及發售情況等等。總之，撰寫的內容都是作為圖書的「賣點」來看待的。

　　徐柏容對書評下的定義為：

> 書評，簡單地說，書評就是對書籍進行評論，分析、探討書籍的內容——思想性、科學性、藝術性乃至書籍的形式，從而對書籍進行價值判斷，包括對書籍正面的價值判斷與負面的價值判斷的文章。[1]

　　可見，書評的本質就是價值判斷。通過闡明、發揚書籍內容及形式的優良、美好之處作正面的價值判斷；通過指摘、批評書籍內容及形式的瑕疵、錯誤之處做負面的價值判斷。追求學術價值是它的根本取向，書評不但是對一本或一系列叢書的全面的、整體地評價，而且還要對它進行客觀、公正、有理論分析地評論。對它的每

---

[1]　徐柏容，《現代書評學》，蘇州大學出版社，2005 年版，第 22 頁。

一部分都應顧及，對它的形式和內容都要著眼，要指出它的優良之處，還要提出它的錯誤之處。

顯然，書評不能等同於書廣告。從形式上看，書廣告不是以文章而是以廣告的形式在報刊上出現。它們的篇幅差別也很大，書廣告的內容介紹部分最長一般不超過兩三百字，有的甚至一句話，而一般的書評是遠遠超過這一長度的。同時，有些廣告還配有插圖、書影、手跡等內容，使得書廣告形式多樣，但書評則更多是以文章的形式呈現。從介紹的內容上看，書廣告往往是揚長避短，只往好處說。正如魯迅在〈為半農題記何典後作〉裏說道：「既要印賣（書），自然想多銷，既想多銷，自然要做廣告，既做廣告，自然要說好。難道有自己印了書，卻發廣告說這書很無聊，請列位不必看的麼？」[2]避免進行全面、客觀、公正、有理論分析的價值判斷，這顯然是與書評寫作的根本區別。

而書話，則是一種特殊的文體。藏書家徐雁認為：

> 所謂書話，是指關於書及與書有關的人和事的小品。這是在中國古代的藏書題跋基礎上吸收了詩話、詞話的長處而發展起來的一種雜著文體。……作為一種知識小品，它的個性特徵恐怕是建立在如唐弢先生所說的「四點」要素基礎之上的，即：「一點事實，一點掌故，一點觀點，一點抒情的氣息。」也就是說，書話既要如書評那樣有學術性的謹嚴，又貴在能具藝文性的情趣。[3]

---

[2] 魯迅，〈為半農題記《何典》後，作〉，《魯迅全集》第 3 卷，人民文學出版社，2005 年版，第 320 頁。

[3] 徐雁，〈藝文情趣——我所認識的「書話」境界〉，《中國圖書評論》，1989 年第 1 期。

　　王成玉在他的《書話史隨札》（河北教育出版社，二〇〇六年版）中認為書話寫作必須具備四個基本要素：第一，必須是著眼於「書」本身，是關於「書」的話。第二，書話決不是「書評」。第三，必須具有「書卷氣」。第四，書話的作者必須是一位愛書家，至少要有多年淘書、讀書、訪書、藏書的經歷和體會。[4]

　　與書廣告相比較，書話更多是從學理角度進入。對書的版本變遷、裝幀設計等進行詳細地描述，以及對與此書有關的人和事進行簡單鉤沉，這些都必須實事求是，不可臆測和妄下結論，力求學術性和文學性的高度統一。而書廣告則以促銷為第一目的，它對書籍的各種情況介紹是作為賣點來寫的。有些書廣告對版本變遷、裝幀設計、內容介紹突出的是裝幀如何精美、內容如何精彩，對書人書事的介紹也是突出此書如何有閱讀的價值。書廣告儘管也著眼於書，但撰寫者挖腔心思寫廣告的目的是刺激讀者的購買欲，時常有文字華麗、言過其實、誇大其辭等毛病。書話則具有獨特的審美品格，書話作者以「書」為對象，信筆寫來，閒適的筆墨中具有濃郁的文化內蘊和知識含量。書話不但有書卷氣，還有文體美。

　　從書廣告與書評、書話的比較中，可知它們三者之間根本的差別。但是，現代許多作家和編輯家卻看到了他們之間的聯繫，撰寫了大量融書評、書話為一體的書廣告。下面分別舉以魯迅、巴金、葉聖陶三人各自撰寫的一則書廣告來加以具體分析。

　　魯迅是深諳書籍出版之道，他除了對書籍的內容以及書籍的裝幀重視外，也對書籍的廣告十分在意，並親自執筆寫文學廣告，現今能確定的多達四五十則。我們選取一則來領略他的文字魅力，如他為《海上述林・上卷》所撰寫廣告：

---

[4]　王成玉，《書話史隨箚》，河北教育出版社，2006 年版，第 3 頁。

> 本卷所收，都是文藝論文，作者既系大家，譯者又是名手，
> 信而且達，並世無兩。其中《寫實主義文學論》與《高爾基
> 論文選集》兩種，尤為煌煌巨製。此外論說，亦無一不佳，
> 足以益人，足以傳世。全書六百七十餘頁，玻璃版插畫九副。
> 僅印五百部，佳紙精裝，內一百部皮脊麻布面，金頂，每本
> 實價三元五角；四百部全絨面，藍頂，每本實價二元五角，
> 函購加郵費二角三分。好書易盡，欲購從速。下卷亦已付印，
> 准於本年內出書。上海北四川路底內山書店代售。

這則廣告簡要介紹了《海上述林·上卷》的出版情況。對譯者、裝
幀情況、定價等的介紹都是實事求是，沒有過分誇大其詞。文字精
練，並多用短句，讀來朗朗上口，把書話的元素、行文風格都結合
在這則廣告中了。

巴金在其一生的編輯生涯中也撰寫大量的書廣告。這些廣告寫
得很有文采，在優美而實在的文辭中實現了推銷的目的。如他為《安
娜·卡列尼娜》撰寫的廣告：

> 繼《戰爭與和平》那樣的震人心魄的瑰麗史詩以後，托翁完
> 成了《安娜·卡列尼娜》。從篇幅上說，它僅次於《戰爭與
> 和平》；而它的藝術價值，卻是托翁的主要著作的代表。《復
> 活》倘說是托翁藝術上的一個遺囑，那麼，《安娜·卡列尼
> 娜》便可以說是他的一部分藝術的財產了。小說一開始，便
> 以抒情詩般的文字把我們攝住：戀愛的瘋狂，淒苦情操造成
> 的悲劇，從安娜認識佛隆斯基直到她投身於火車輪下；這整
> 個故事是如此逼取我們的淚水。安娜，高傲、勇敢，受得了
> 愛的煎熬，但終於在破碎的愛情中毀了自己。舞會、賽馬、
> 戲院和沙龍，都在列車經過的一瞬間完成了。——只有托
> 翁，能寫出這樣的悲劇。環繞著這悲劇，是一八六五年俄國

社交生活的場面,和在另一主人翁列文身上顯露的托翁自己的面影。

作家郭風評價這則廣告:「他(巴金)所寫的關於《安娜‧卡列尼娜》的廣告,實在是一篇美麗、動人、深刻的散文。在那近二百字的散文中,融化著抒情和尊敬的筆調。概述了托爾斯泰一生的藝術成就,概述了《安娜‧卡列尼娜》的題旨和藝術成就,並對於一位獻身於愛的悲劇的俄國婦女唱一支挽歌,其筆墨間流露出來的有關對藝術論斷的評論力量,更使人驚歎不止。」[5]

葉聖陶作為一個出版家和編輯家也很注重書籍廣告的撰寫,在開明期間,他撰寫了大量的書廣告。他的書籍廣告,文字客觀準確又優美生動,精練地傳達出所宣傳的作品的魅力,如他為沈從文著的《邊城》撰寫廣告:

> 這是一個中篇,寫川湘邊境一個山城裏祖父跟孫女兒的故事。祖父是撐渡船的,對於孫女兒愛護備至,可是老年人心情常為青年人所誤解,因而孫女兒的婚姻問題得不到美滿的解決。故事既纏綿曲折,作者寫人物心性,山水風景,又素有特長,這篇小說成為樸實美妙的敘事詩。作者善於創造高妙的意境,見得到而且達得出,讀者幾乎都有這樣的印象,讀了這本書這種印象必將更見深刻。

先交代小說主要內容,然後從作者的寫作風格得出「敘事詩」的結論,再以詩論境,揭示出作者以獨特才能在小說中展示給讀者的「湘西」世界。這則廣告文辭平實親切,深中肯綮,對作品、作家概括準確,實在令人嘆服。

5　李濟深,《巴金與文化生活出版社》,上海文藝出版社,2002 年版,第 100 頁。

　　可見，書廣告與書評、書話並不是不可逾越。而是應該借鑒它們的特點來融合於書廣告的宣傳文字中。書評的學術性同樣可以為書廣告所用，有些書廣告就是一篇短評。書話的藝術性同樣可以被廣告所借鑒，散文的文風、抒情的筆調在廣告文本中大有用武之地。乃至裝幀設計也可以成為廣告宣傳的內容。這種既借鑒書評的評析手法，又採用書話的描述技巧的圖書廣告，溝通了商業、藝術、文學之間的鴻溝，大大提升了圖書廣告的文學品格和藝術水準，對當今的圖書廣告寫作無疑具有借鑒意義。

民國圖書發行中的預售漫談

　　圖書預約（預售），簡單地講就是出版社在某一圖書未出版之前就與消費者（讀者）達成協定，提前賣出該圖書的一種發行方式，這是一種雙贏的行銷策略。在民國時期的出版發行史上，許多出版社常採用這種行銷策略。如作為近現代出版業「龍頭」的商務印書館就慣用這種經營方式。一九一五年十月出版的《辭源》就運用了這種發行策略，早在一九一五年五月就分別在多家報刊雜誌刊登圖書預約廣告。「半價預約，預約陽曆六月，截止九月出售」。在刊行《四部叢刊》初編、續編和三編時，也分別發售了預約。張元濟在〈輯印四部叢刊續編緣起〉一文中說：「《初編》出版編定全目，先成書若干種，始售預約，同時以畀購者。《續編》之輯，踵行斯例……」。在〈輯印四部叢刊三編緣起〉一文中也談到了預約：「全編仍以五百冊為限，體例一如疇昔，惟發行規則視《續編》略為更易；今售預約，謹將部目簡章臚列於左，伏維公鑒。」在印行《英漢新字彙》、《四部舉要》、《影印四庫全書》（初集）、《袖珍英漢辭林》、《古今說部叢書》、《影印百衲本二十四史》、《影印越縵堂日記》、《李文忠公全集》等大型圖書時都採用了圖書預約（預售）這種行銷策略。作為民國期間另一出版巨頭中華書局也深諳圖書預約（預售）之道。在一九二〇年開始校印《四部備要》時，中華書局就採用了圖書預約、預售的發行方式。在一九二四年中華書局《四部備要》的預約樣本上有這樣一段話可證：本局在三年前，選四部最要之書，刊行《四部備要》第一集，選書四十八種，

共四百零五冊，刊印樣本，發售預約。在一九三四年〈重印四部備要緣起〉一文中對該叢書的預約還有說明：民十一發售第一集預約，民十三發售第二集預約，民十五發售全部預約。一九三四年重印《四部備要》時也採用了預約。「今幸全書告成，特改用五開大本，天地放寬，書品闊大，並發售預約，以饜海內外藏書家、讀書者之望。」一九三六年，中華書局開始出版《辭海》時，也採用了預約策略。「一九三六年五月登報發售預約，一九三六年先出上冊，下冊則在一九三七年八月開始出版。……預約時六折收取書款」。此外，中華書局出版的《古今圖書集成》也在出版前發售預約等等。除上面列舉商務、中華兩家大出版社在出版部分圖書時採用這一行銷辦法外，還有一些中小出版社也很倚重這一行銷方式，如開明書店在出版《二十五史》時，也採用了圖書預售。生活書店、北新書店、新月書店、上海雜誌出版公司等出版機構在出版部分圖書時也採用此法。

作為民國出版業重要組成部分的新文學出版，同樣也採用過圖書預約（預售）策略。魯迅不但是偉大的作家、思想家，也是偉大的出版家，對於某些圖書的出版發行，他親自參與。如他編校出版了許多出版商不願出版的圖書，如版畫、箋譜等。《北平箋譜》就是一例，他收集了大量的箋紙，編輯成書。在鄭振鐸的協助下，該書得以順利出版，在出版之前，在《文學》第一卷六期上刊登了預約廣告。魯迅親自為該書撰寫廣告詞並制定了預約章程，有如下文字：「所印僅百部，除友朋分得外，尚餘四十餘部，爰以公之同好。每部預約價十二元，可謂甚廉。此數售罄後，續至者只可退款，如訂戶多至百人以上，亦可設法第二次開印，惟工程浩大（每幅有須印十餘套色者），最快須於第一次出書兩月後始得將第二次書印畢奉上，預約期二十二年十二月底截止。二十三年正月內可以出書。

欲快先睹者，尚希速定。」[1]正是採用了預約的辦法，使得第一次剩下的四十餘部很快售出，加印的一百部也很快售馨。三〇年代新文學出版界一項偉大工程就是良友圖書公司出版《中國新文學大系》，這一工程同樣也制定了預售辦法。「一次預約大洋十四元，分期預約先付大洋六元，以後每冊只費大洋一元」。[2]在一九三八年出版《魯迅全集》時，復社也採用了預售的發行方式。分別在《文藝陣地》、《申報》等多家刊物上刊出預售辦法，胡愈之先生還為預售四處奔走，最終使《魯迅全集》得以順利出版並被搶購一空！

可見，圖書預約（預售）是一項重要的經營藝術。一個選題從策劃、組稿、編撰、出版、發行是一個有機聯繫的統一過程，而最終證明選題的成功是靠發行。發行是出版社得以順利運轉的樞紐，發行的好壞直接關係到出版社的生存。所以，各家出版社在發行上挖腔心思。圖書預約（預售）就是出版社一種十分靈活的促銷辦法，這種辦法有幾大好處：

第一，對讀者而言，這是近乎「佔便宜」的購買。民國時期，普通讀者對新書的購買力很有限。張靜廬說：「農村的破產、都市的凋敝，讀者的的購買力薄弱得很」，[3]以致許多讀者不願買書而願意去買售價低廉的雜誌。所以，每家出版社在發售預約（預售）時，書價都十分便宜，如商務印行的《辭源》是以半價預售；中華書局出版的《辭海》，預約價僅是原價的六折；《中國新文學大系》也是六折；而《魯迅全集》的普及本的預約價只有原價的四折。對於普通讀者而言，顯然還是願意花最少的錢買最多的書。

第二，對出版社而言，有利於調濟生產資金。民國時期的出版社大多是民營性質的出版社，自負贏虧，這些出版社的資金並不都

---

[1] 魯迅，〈《北平箋譜》預約廣告〉，《文學》第 1 卷 6 期，1933 年 12 月 1 日。
[2] 〈《中國新文學大系》預約廣告〉，《人間世》第 24 期，1935 年 3 月 20 日。
[3] 張靜廬，《在出版界二十年》，江蘇教育出版社，2005 年版，第 107 頁。

是很充足，而特別是出版大型的圖書所耗的資金需很大的數目。預約（預售）就是出版社提前把書賣給了讀者，提前得到了書款，這筆書款可以為出版該書提供資金上的保證。借讀者的錢出版更多的書，出版社採用了「空手道」。而且因為提前預約，勢必要宣傳擴大影響，又因為價格的便宜，吸引了大量的「准讀者」，所以只要能收到大量的預約，就不愁沒有銷路，只要有銷路，就不愁沒利潤。不要認為出版社因打折而利潤受損，預約（預售）的折扣一般不超過批發折扣，出版社只是把給同業（書店）的批銷折扣轉移了給讀者，而出版社仍然可以保有合理的出版利潤，且預收的書款不用支付利息，用來擴大再生產，又會產生利潤。

第三，預約不但能為出版社提供充足的出版資金，而且還能為出版社提供準確的市場訊息。圖書能預約（預售）出多少是一個直接的市場訊息，它為確定圖書的發行量提供了一個最直接的市場訊息。預約（預售）就是圖書出版前的一次模擬銷售，類比銷售的情況是可以為圖書的生產提供大量可信的資訊。如在平襟亞在〈六十年前上海出版界怪現象〉一文中談到：「上海雜誌公司印行的《文學珍本叢書》，中央書店《國家珍本叢書》，前者計五十種，預約只五十元，後者二十五種，僅售六元，讀者對此頗有好感，這些書普遍銷行各達數萬。」[4]

第四，圖書的預約（預售）可以避免大量的紙張浪費，從而提高生產效率和利潤率。從預約（預售）雙方的互動關係上看，儘管出版社是提前策劃、組稿、編撰，但最終認可出版社的出版物的是讀者，從這點看，讀者可以直接影響圖書的出版，出版社必須面向讀者的需要生產，這可以有目的有計劃地生產，從而可以避免大量

---

[4] 平襟亞，〈六十年前上海出版界怪現象〉，《出版史料》1989 年 3、4 合輯，學林出版社，1989 年版，第 147 頁。

的紙張浪費。民國圖書的出版，發行數量都控制得較好，預約（預售）的圖書更是可以到達發行無憂的程度，這無疑使得出版社的生產效率大大提高、利潤合理化、資產良性化。

當今的出版業，與民國時期的出版業相比，無論是出版技術、出版規模等都取得了極大進步和發展。在國家統一領導下，出版業推行了科學的出版策略，新的市場行銷手段也取得了良好的效果。現在的出版社也許沒有資金不足之虞，但是，許多出版社在出版一些大型圖書時卻很少採用圖書預約這種行銷方式，從而導致不瞭解市場的需求資訊，也不知道普通讀者的購買力，這樣盲目地出書，沒有根據地定價，不面向讀者，導致有些圖書定價驚人。可以肯定的是，這樣的圖書不但不會為出版社帶來高利潤，只會帶來了大量的庫存，因為在現今日益激烈的出版市場競爭中，忽略消費者（讀者）就會被消費者忽略！筆者常常逛舊書店，看到大量的大部頭圖書堆滿書架而無人問津，導致大量的圖書資源浪費。看到一些編校品質較差的圖書的書價卻高得駭人，真不知道這些出版決策者是怎麼面向讀者、面向市場的。可見，對於民國時期的一些有價值的出版經驗，我們仍應該借鑒。圖書預約（預售）是中國近現代出版史上的一項優良傳統，在當今的出版業值得大力提倡！

周作人作品廣告輯錄

一九〇六年六月，周作人出版《孤兒記》始，至一九七〇年《知堂回想錄》的出版終，周作人一生出版了著作、譯作及編校作品等上百部。這些作品的問世，不但使讀者得到了極大的審美享受，也為其研究提供了大量的文本對象。近代以來，圖書出版必須面向市場，出版社促銷出版物是一項重要的任務。新文學時期，在報紙、期刊、圖書上刊載圖書廣告是主要的管道，這些廣告的製作大都是精心製作、反覆加工。為了促銷，出版社挖腔心思寫廣告。從內容上講，包括對作家的介紹、作品內容的構成、出版動機、版本情形等，這都是圖書的「賣點」。但這些本來是為了宣傳圖書的廣告文本又具有一定的史料價值。這些散落在報刊、圖書邊邊角角的「豆腐乾」對研究作者當時的聲譽、瞭解書的銷售情況、作品的藝術特徵以及寫作的背景等都有一定的幫助。筆者以時間為序，從《東方雜誌》、《語絲》《北新》、《申報》等刊物上輯錄了十三部周氏作品的廣告，以饗讀者。這些廣告因年代久遠，無法考證出出自何人之手，但這些宣傳文本，無疑可以為周氏作品的研究提供一些有價值的實證文獻。

1.《東方雜誌》（十七卷八號，一九二〇年四月二十五日）刊載周作人的《歐洲文學史》（一九一八年十月初版）的廣告，列為「北京大學叢書」之三，有一段介紹這一叢書的文字：

> 下列叢書四種，著者皆北京大學教員，於中國舊學，既極有根底。複能上下古今融會中西而一以貫之。故能標真諦。得未曾有。

周作人的《歐洲文學史》的廣告內容如下：

歐洲文學史　一冊定價六角　周作人著　商務印書館發行

就歐洲列邦之文藝　上自希臘之神話史詩頌歌　下迄十八
世紀末年第一古典主義之結構　莫不窮究其源流　復證以
各文學家之傑作加以評判

2.《雨天的書》（北京新潮社一九二五年十二月初版）的出版
預告（《語絲》第五十四期）為：

雨天的書　周作人著　北新書局發行

這是周作人先生的散文集，共計五十篇，十分之八是近二年
的作品，是周先生的作品中之最精粹者，自付印的廣告登出
後，各地讀者來函詢問出版確期的已數百起，下月初出版，
定價八角，預定六角。

因北新書局遷往上海，《雨天的書》由北京新潮社改為上海北
新書局出版，在《語絲》（一五五期，一九二七年十月二十）上刊
載過廣告，文字為：

雨天的書　周作人著　實價八角　北新書局發行

這是周作人先生的散文集，共有五十篇。是周先生自己從他
的作品中精選出來的。文字沖淡自然，且含有深刻的意味，
為近今美文中鮮有之佳品，實白話文學最好範本也。

3.《自己的園地》（晨報社一九二三年九月初版，列為晨報叢
書十一種，一九二七年二月又由上海北新書局出版）的北新版出版
廣告（《語絲》一五五期，一九二七年十月二十）為：

自己的園地　周作人著　實價八角　北新書局發行

這是周作人先生所作小品文的選集，內計《自己的園地》十八篇。《綠洲》十五篇，雜文二十篇。胡適之先生《最近五十年的中國文學》說：「近五十年來國語文學的成績，第三是白話散文的進步，這幾年來，散文方面最可注意的發展乃是周作人等所提倡的「小品散文」。這一類小品，用平淡的談話，包藏著深刻的意味，有時很像笨拙，其實卻很滑稽。這一類的作品的成功，就可以徹底打破那「美文不能用白話」的迷信了。」全書計共三百頁，有插圖多幅，原由晨報社出版，兩年來銷售逾萬，現由周先生將內容重行增訂，歸本局出版。

4.《澤瀉集》，一九二七年九月初版，列為「苦雨齋小書之三」，它的廣告（《語絲》一五五期，一九二七年十月二十）為：

澤瀉集　周作人著　實價五角　北新書局發行

周先生的散文是怎樣的雋逸深刻，用不到在這裏介紹。我們要在此告訴讀者一聲的是：這一部是先生自己精選生平最得意的作品的集子，預備給中學作課本用。

《語絲》第四卷一期又刊登了此書的廣告，內容如下：

澤瀉集　周作人著　實價五角　北新書局發行

這一部是周先生自己精選生平最得意的作品的集子。周先生的散文是怎樣的雋逸深刻，早有公平，用不著多介紹。

5.《談龍集》，一九二七年十二月，上海開明書店出版，它的廣告（《申報》一九二八年一月四日第三版）為：

談龍集　周作人著　一元　開明書店發行

本書各篇都是討論文學上各方面有興趣的問題，共四十四篇，內容豐富，趣味雋永。要知道周先生對於文學的見解者，不可不讀此書。全書三百餘頁。

6.《談虎集》（上），一九二八年一月由上海北新書局出版上卷，出版廣告有三則，分別如下：

《語絲》第四卷二期刊載的出版預告：

談虎集　周作人著　不日出版

啟明老人平生無他長，但也並不是絕對一無長處，他知道自己無他長，這就是他唯一的長處。他從前也有個一個時候掛過文士的招牌，但是不久便明白了，慌忙地把這些招牌是很簡單之類都收了起來，現在他的欲望是很簡單的，只想對於人世的各種事情多知道一點罷了。牌子雖沒有了，脾氣總還是有的，聽見看見有些事情，有時便不免根據了常識；來評論幾句。結果積下了二百多篇的小文章。既沒有政治的野心，也沒有戀愛的野心，既不是學問，也不是文藝，這些文章真是無精彩，無忌諱，又空疏，又平庸，然而這卻是平凡的作者的真相，似乎比說大話扯大誑還有意思些。現在從這裏選取一百三十篇。編成一冊，名曰談虎集，賣給諸位看看，和名人打架的文章都不收入，所以不足備「文壇」的掌故。不過倘若讀者並沒有研究或鑒賞藝術的奢望，只是想聽聽作者平凡的談話，老實的感想，那麼這一冊書也可以買，總不會使諸位過於失望的。

《申報》一九二八年一月十五日第三版刊載《談虎集》（上）的廣告，內容如下：

談虎集　周作人著

這是周作人先生九年來所寫雜感的選集，共一百三十篇，分上下二冊，大都是對於百般人事加以褒貶之作。文字簡練而有風趣，識見卓越而不浮誇，為對於現代中國思想界有極大影響的一種文字，上卷已出版，實價九角。

兩周後，《申報》一九二八年一月三十一日第三版刊載又《談虎集》（上）的廣告，內容又有所不同，文字如下：

談虎集　周作人著

這是周作人先生從他多年的雜感中選出的一百三十篇，分訂上下二冊，皆評衡思想、針砭世俗之作。言近旨遠，深入淺出，使人玩味不窮，上冊九角。

《談虎集》（下）於一九二八年二月仍由北新書局出版，它的廣告內容與《語絲》第四卷二期刊載的出版預告同。

7.《永日集》，上海北新書局一九二九年五月初版本，一九二九年六月十日《申報》第三版刊載了該書的廣告，內容如下：

永日集　周作人著　實價九角

《永日集》是周作人最近一二年來的短篇集，包含著論說、雜感以及序跋小品之類，還有幾篇關於思想和文藝的翻譯。它的內容是異常豐富的。這些文字有一種共同的特點，就是文字的雋永與思想的深刻。往往在短短的一篇小文中，包含著許多的精義，淡淡落筆，使讀者尋味無窮，這種境地非思

想清晰、博學而富於文學的技巧者莫辨。周先生是素來不濫
作的，久已無文字問世了，本集的出版，定能博得讀者的珍
視吧。

8.《過去的生命》，上海北新書局一九二九年十一月初版，有
廣告如下：

過去的生命　周作人著　四角

這裏所收集的三十多篇詩，是周作人先生所寫的一切，也像
他其他的作品一樣能夠表現出委婉的情意，其作風的沖淡與
自然近於古代的自然詩人陶淵明，為新體詩中稀有的珍品。

9.《看雲集》，上海開明書店一九三二年十月初版。這裏輯錄
兩則廣告：在《申報月刊》第 1 卷 4 期上刊載有該書的廣告，如下：

**看雲集　周作人散文七集　古色紙精印　一元　開明書店
發行**

周先生為現代第一流散文作家，國內有定評無俟贅述。此集
為其最近作品，所收散文凡四十篇。讀之可以窺見作者近年
來文章之風格及其思想之一斑。

在《談龍集》（第六版，一九三三年出版）的封底，又刊出了
《看雲集》的廣告，文字如下：

最近的散文集　看雲集　周作人著　實價一元　開明書店

本集為最近的作品，共收散文四十篇，讀之可以窺見作者近
年來文章之風格及其思想。要目如下：

三禮贊（三篇），草木蟲魚（八篇），中年，體罰，吃菜，志
摩紀念，論居喪，論八股文，讀遊仙窟，專齋隨筆（七篇），
偉大的捕風，村裏的戲班子，關於徵兵，其他序文（九篇）。

　　　　　　　　　　　　古色印書紙精印　　美雅絕倫

　　10.《周作人散文鈔》，上海開明書店一九三二年八月出版，編
選者為章錫琛，在《申報月刊》第一卷四期上刊載有該書的廣告，
如下：

　　周作人散文鈔　古色紙精印　五角半

這本散文鈔是作者的友人章錫
琛君從他的散文中選出的最精
粹的作品，經過作者許多知友的
斟酌，並征得作者的同意，才付
排印。每篇並由編者加以及精確
的注解以當代第一流作家的散
文經過這樣慎重的精選實在可
稱為第一等的模範文，中等以上
的學校用作課外讀物極為適宜。

　　11.《瓜豆集》，上海宇宙風社一九三七年三月出版，有出版廣
告三則，分別如下。《宇宙風》第三十五期刊有出版預告：

　　周作人先生近作《瓜豆集》，三月初旬出版　宇宙風出版

思想家散文大師周作人先生之通達的思想，神話的文章，薄
海同欽，無待贊言介紹，本書集起近作篇篇金玉，字字珠璣。
作者自云這三十篇小文太積極了，自己未嘗不想談風月，不
料總是不夠消極，在風吹月照之中還要呵佛罵祖，可見本

書之價值，也有欲知先生之思想態度者請讀本集，精裝九角
平裝七角。

在《宇宙風》第四十一期上又刊載了《瓜豆集》的另一則廣告，
文字如下：

周作人先生近著《瓜豆集》，精九平七角　宇宙風社

作者自序云：「這三十多篇小文重讀一遍，自己不禁歎息道，
太積極了！聖像破壞與中庸夾在一起，不知是怎麼一回事，
有好些性急朋友以為我早該談風月了，等之久久，心想要談
了罷，要談風月了罷？……其實我自己也未嘗不想談，不斷
總是不夠消極，在風吹月照之中還是要呵佛罵祖。」也欲知
之先生思想態度者，定以先睹本集為快。

在四十九期的《宇宙風》上，又刊載了《瓜豆集》的另一則廣
告，如下：

瓜豆集　周作人著　散文集　精九角平七角

瓜豆集是知堂先生最近文集，思想通達，態度積極，尤以關
於魯迅及談日本文化各篇為不可不讀之名文。

12.《苦竹雜記》，上海良友圖書印刷公司一九三六年二月初
版，列為「良友文學叢書之二十二」，在該書封底有廣告文字如下：

周作人　苦竹雜記　布面精裝　九角

這是周作人先生最近的一部散文集，周先生是著名的散文
家，不特文字已入神化之境，而且他的博覽群書，使讀他的
文章的人在欣賞一件藝術品以外更可以增加許多知識。這一

個集子收集作者最近所寫的小品散文六十餘篇，如冬天的蠅，談金聖歎，關於焚書坑儒，煮藥漫抄等。

這本集子所以題名苦竹者，作者在序裏這樣說：「苦竹亦可為紙，但堪作寫錢爾。案紹興製錫箔糊為『銀錠』，用於祭祀，與祭灶司菩薩之太錠不同，其裱糊錫箔的紙黃而粗，蓋即苦竹所製者歟。我寫雜記，便即取這苦竹為名。

13.《中國新文學的源流》，北人文書店一九三二年九月初版，在沈啟無編《近代散文鈔》（北平人書店，一九三二年十二月初版）一書封底刊有該書的廣告，文字如下：

中國新文學源流　全書定價大洋五角　北平人文書店發行

這是周作人先生最近在輔仁大學的講演集，由鄧恭三先生筆記，經周先生校閱。第一講述關於文學之諸問題，第二講述中國文學的變遷，特別注重明末的公安竟陵兩排派文學的主張和其流變，第三四講述清代文學的反動，第五講述新文學革命運動。周先生寫道：「這講演裏的主意大抵是我杜撰的。我說杜撰，並不是說新發明，想註冊專利，我只是說無所根據而已。我的意見，並非依據西洋某人的論文，或是遵照東洋某人的書本，演繹用來的……」

《創造月刊》上的文學廣告輯錄

　　《創造月刊》一九二六年三月十六日創刊，一九二九年一月停刊，共出兩卷，第一卷出十二期，第二卷出六期。第一卷第一、二期由郁達夫編，第三、四期由成仿吾編，第五期由成仿吾、郁達夫合編，第六期郁達夫編，第七、八、九、十期由王獨清編，第十一期由田厚生（成仿吾）編。第一卷十二期至第二卷第六期由創造社文學部編。刊於其中的創造社作家作品的廣告由誰撰寫待考。《創造月刊》除刊有未名社出魯迅所譯《出了象牙之塔》及蔣光慈《野祭》等廣告外，主要是創造社作家的作品廣告。其中反覆刊登的是郭沫若、張資平的作品廣告。郭沫若作品的廣告最多，所占篇幅也最大，如《落葉》、《水平線下》的廣告占整整一個頁面。「小夥計」們的書只有簡單的書名廣告，如「《苦笑》，全平作，短篇小說集」等。雖是廣告，但對作品內容、形式等特點的評價都非常到位。如說從《前茅》中可看出郭沫若「思想的端倪」，把《水平線下》與郭沫若的創作發展過程聯繫起來。又如說張資平的《沖積期化石》是當時「新文壇的第一個長篇著作」，說《飛絮》是張

資平「寫四角戀愛的第一傑作」。有些廣告還有文學史料的價值。如汪錫鵬著《結局》的廣告透露出一九二八年創造社第一次組織懸賞徵文活動的資訊，可與《創造月刊》第二卷第三期《懸賞徵文審查報告》互讀。《沖積期化石》的廣告則告知了該作的版本變遷情況，即該書在一九二二年二月由泰東圖書局出初版本，誤植很多，現在廣告提及的則是一個「改訂本」，是一九二六年八月「毀版重排」的，顯出「『化石』的新面目」。華漢的《地泉》是《深入》、《轉換》、《復興》組成的三部曲。其中《深入》又名《暗夜》，我們從《創造月刊》上關於《暗夜》的廣告中可以證實《深入》的這一異名單行本的存在。

《創造月刊》一卷一期

飛絮　張資平著　上海創造社出版部一九二六年版

女性第一稱，自敘體的長篇創作，是作者讀了一部日本小說，受著感興而寫成。

作者對於三角戀愛和性的苦悶的描寫的手腕，讀者在他的創作集《愛之焦點》《雪的除夕》等中當可以看出。而這部創作因為是用了女性第一稱的體裁的原故，對於事實結構和心理的描寫上，更寫得深刻入微，異常有精彩，實是文壇上寫三角戀愛，不，寫四角戀愛的第一傑作。

請閱異軍突起的《幻洲半月刊》

幻洲為擺脫一切舊勢力的壓迫與束縛，是青年的言論權威之集中點，向上的，新的，進取的，不妥協的半月刊。

內容計分兩部，前部為「象牙之塔」，由葉靈鳳主編，專載純文藝的作品，小說，戲劇，詩歌，小品雜記，插圖，翻譯都有。後部為「十字街頭」，由潘漢年主編，專載關於一切不入流的怪文和社會政治道德以及一切男女婚姻等之問題的批評與討論。假如篇幅有餘，我們還想進而及於裝飾、娛樂及電影諸問題。總之，我們要竭力喊出青年人的苦悶和毫無顧忌地說出不得不說的一切話。

本刊為四十六開本，道林紙精印，色紙封面，一切裝訂，排印和插圖方面，都將由靈鳳賣力設計。不願怎樣自誇，自信僅在外觀一方面，出版後一定要予國內定期刊物以一個大大的驚異！

每半月超前出版，每次九十頁左右，定價每冊一角。預定全年二元二角，半年一元二角，國內郵費在內，國外全年加八角，半年加四角。創刊號準本年十月一號出版。編輯及發行通信地點為上海寶山路三德里 B22 號幻社總部。

少年維特之煩惱 【德】歌德著　郭沫若譯　上海創造社出版部一九二六年版

本書曾經泰東書局出版，現經譯者重行校閱，改正不少處所，由出版部用瑞典紙及道林紙精校重印，道林紙本並加入原作及書內女主人公夏綠蒂姑娘等寫真銅圖三副，較原譯本更見精彩矣。

《創造月刊》一卷二期

落葉　郭沫若著　上海創造社出版部一九二六年版

這是一部書函體的長篇創作。是借一位日本姑娘寫給一個中國學生的四十封情書連綴而成。這其中可以看出壓在命運的威權和現代社會制度之下的人們的悲哀，也可以看出愛情的魔力。為了愛，許多平常不敢作的事，現在都毅然行出了。

作者是當代中國文壇上有數的人物。這一篇的內容，都是從實生活中體驗而出。所以應用的文句雖極單純，然一位少女熱烈的情緒，真率的性格，都已活躍在紙上。

出了象牙之塔　廚川白村著　魯迅譯　北京未名社一九二五年版

這是廚川白村泛論文學，藝術，思想，批評社會，文明的論文集。著者說「我是也以斯提芬生將自己的文集題作《貽少年少女》一樣的心情，將這小著問世的。」

現經魯迅先生譯出，陶元慶先生畫封面，全書約二百六十面，插畫五幅，實價七角。外埠直接函購者不加郵費，但不能以郵票代價。

總發行處：北京東城沙灘新開路五號，未名社刊物經售處。

《創造月刊》一卷四期

落葉　郭沫若著　上海創造社出版部一九二六年再版

本書初版未及匝月，已經售罄，足見本書在友人中所受之歡迎；現再版已出，裝訂益見精良，愛讀好書者，請即來本部及各分部購取。

文藝史概要　張資平著　武昌時中合作書社一九二五年版

本書關於古典主義，浪漫主義，自然主義，神秘主義，及象徵主義等均有極明瞭極詳盡之解說。並於敘述各種主義，在英俄德法之起源及其經過情形。凡研究文藝的，都當買一本以資參考。每冊售洋四角。

《創造月刊》一卷八期

浮士德　【德】歌德著　郭沫若譯　上海現代書局一九二八年版

久已宣傳於國內刊物上的世界名著「浮士德」，終於快要出版了！

這本原本是作者歌德一生的力作，姑且可以不說，就是這本譯本，也僅可說是譯者的偉大的功績。

譯者郭沫若在十年前的今日，早存了翻譯全部的宏願，其間因時譯時輟，故未能一了此志。遲之又遲，直到今天才把舊稿整理了一番，修改的修改，補譯的補譯，在下月份的十五號，浮士德可和你們讀者相見了。

全書計四百餘頁，實價一元二角，凡在印刷期間（即一月十五日以前）預約此書者，一律特價優待。折扣如下

預約特價

（一）非股東　七五折　計實收洋九角
（二）股東　　六折　　計實收洋七角二分
（三）寄費　　照書價加一成，如需掛號另加五分

創造週報復活了

一

時辰滾滾地流去，轉眴之間，在我們的文藝界瞌睡著的當中，時代又已經前進得離我們很遠了。文藝應該站在時代的前頭，至少也得跟在時代的尾後前進。可詛咒的瞌睡，可恥辱的落伍！我們不甘於任憑我們的文藝界長此消沉，任憑我們的文藝長此落後的幾個人，發願恢復我們當年的，不幸在惡劣的環境中停頓了的《創造週報》。願以我們身中新燃著的烈火，點起我們的生命於我們消沉到了極點的文藝界，完成我們未竟的志願。我們的文學革命已經告了一個段落。我們今後要根據新的理論，發揚新的精神，努力新的創作，建設新的批評——我們將在復活的《創造週報》開始新的簡冊。我們在這裏正式宣佈，我們的休息已經告終。我們決在十七年的第一個星期日再與諸君相見。親愛的朋友們喲，請聽，請聽，我們捲土重來的雄壯的鼙鼓！

二

編輯委員

成仿吾　鄭伯奇　王獨清　段可情

三

特約撰述員

魯迅　蔣光慈　張資平　陶晶孫　穆木天　趙伯顏　潘懷素
麥克昂　李初黎　馮乃超　彭堅　李白華　李聲華　袁家驊
許幸之　倪貽德　敬隱漁　林如稷　夏敬農　黃藥眠　楊正宗
孟超　張牟珠　楊邨人　黃鵬基　張曼華　高世華　聶紺弩
邱韻鐸　成紹宗等

創造月刊的姊妹雜誌　文化批判月刊　出版預告

本誌為一部分信仰真理的青年學者，在鬼氣沉沉、濁流橫溢的時代不甘沉默而激發出來的一種表現，其目的在以學者的態度，一方面介紹最近各種純正的思想，他方面更對於實際的諸問題為一種嚴格的批判的工作。它將包含哲學，政治，社會，經濟，藝術一般以及其餘有關係的各方面的研究與討論。

本社受「文化批判」同人諸君的委託，謹預告「文化批判」月刊將於明十七年元月中與諸君相見。預定函購等概依創造月刊辦法。

我們深信「文化批判」將在新中國的思想界開一個新的紀元，我們切望海內外覺悟的青年們一致起來擁護這思想界的新的生命的力。

創造社謹啟

創造週報　改出文化批判　月刊緊要啟事

本報原定一月一日復活起來，重做一番新的工作，但目前因為本報同人擬一心致志於創造月刊的編輯關係，故議決先將週報停辦，同時改出「文化批判」月刊一種。該刊從十七年元月起，按月逢十五日出版，全年十二期，零售每期二角八分，預定全年三元，半年一元六角，國內寄費不加，國外另加全年八角。已預定週報者，得改訂「文化批判」，無須補費，以示優待。（不願者請示辦法）

創刊號要目預告

1.藝術與社會生活 2.理論與實踐 3.哲學的任務 4.科學的社會觀 5.宗教批判 6.滿蒙侵略之社會的根據 7.上海（詩兩首）8.偉大的創造者（小說）9.同在黑暗的路上走（劇）10.祝詞

上海創造社出版部謹啟

（附注）後面關於創造週報定價廣告一則，顯係誤印，當即聲明取消

《創造月刊》一卷十期

前茅　郭沫若著　上海創造社出版部一九二八年版

這是作者五六年前的舊作集。從詩人早年的作品，如《沫若詩集》和這冊《前茅》，我們就可以見到他的思想的端倪。常聞人言大詩人即大思想家的話，我們讀這部《前茅》就可以得到一個強有力的證明。

抗爭　鄭伯奇著　上海創造社出版部一九二八年版

鄭氏這部《抗爭》是他從事著作以來第一次的成績。內容共
分兩部：一為戲劇，即：（1）抗爭，（2）危機，（3）合歡樹
下；一為小說，即：（1）最後之課，（2）忙人，（3）A與B。
鄭氏此集，尤以戲劇著稱，劇中對話，靈妙生動，不可不讀。

《創造月刊》一卷十一期

文學獎金延期發表啟事

自從我們發表了文學獎金以來，青年同志們陸續寄來的稿件
已經很多了。我們非常高興，竟然因此引起了我們青年同志
們的努力，並且還有些稿件竟達到十五萬的字數，我們想，
就只以這努力的成績來看，已經令人感著不願割捨的情意
了。本來定的是三月底截止的，四月底我們就應該發表錄取
的名額，不過近來因為添了許多出版物，事務非常浩繁，委
員會雖然已經組織成功，但怕在我們浩繁的事務中間，要細
心展讀青年同志們苦心創作出來的作品，在四月底決不能告
竣，所以我們只有請大家予以諒解，我們要求把發表期間展
限一月，我們預計五月底定可發表我們這次的成績。

上海創造社謹啟

《創造月刊》二卷一期

水平線下　郭沫若著　上海創造社出版部一九二八年版

作者此集，共收容《到宜興去》，《尚儒村》，《亭子間中》，《湖心亭》，《百合與番茄》，《後悔》，《矛盾的調和》等篇，題名《水平線下》，讀者當不難知道他的內在的意義。

在這幾篇的文章裏，你們會領悉作者的一切過程。這過程，概括一句起來，可以說作者是從《女神》，《星空》，《塔》上面降落到水平線下了。但是，並不打緊！他卻又從那最低陷的深處翻過筋斗出來了。這條出路，是可以從他的三部著作：《前茅》，《恢復》和將出版的《盲腸炎》（以上三冊各三角）裏看取。

《創造月刊》二卷六期

前奏曲　彭康著　上海江南書店一九二九年版

這是作者底論文集，大多關於哲學方面的闡述，共有論文九篇：如哲學的任務，思維與存在，唯物史觀中的幾個問題，科學與人生觀……等。內容豐富，議論精確，無一字一句，不是有根有據，在現在思想界，可謂特放異彩，青年諸君！你們要探求真理麼？這裏有正確的理論！你們要明白現實的社會麼？這裏給了一個正常的方法！現已付印，不日出版。

本社一九二八年懸賞徵文獲選的　結局　汪錫鵬著　上海水沫書店一九二九年版

這本書是本社一九二八年第一次徵文期中，在數百部著作之內，很謹慎的審查的結果所選出來的作品。技巧方面在最近的文壇上，確是一部成功的作品，內容描寫一個青年女子，在革命前後的種種，流離轉徙的經過，表以變亂離奇的時代背景，文筆流利，別具風格，真是百讀不厭。這是因為作者以純客觀的描寫，老老實實，又自然又深刻。在現今文藝界，洵為不可多得之佳作。

新文學版本、序跋研究

〈文學改良芻議〉兩種版本考釋

　　作為新文學革命發軔標誌的〈文學改良芻議〉在新文學史上具有極重要的地位。關於這篇文章的發表，胡適在《四十自述》中曾專門做了交代：「不到一個月，我寫了一篇〈文學改良芻議〉，用複寫紙抄了兩份，一份給《留美學生季報》發表，一份寄給獨秀在《新青年》上發表。」[1]具體的發表時間分別為一九一七年一月一日《新青年》第二卷第五號和《季報》第四卷春季號（一九一七年三月）。如按胡適所說，用複寫紙抄了兩份的〈文學改良芻議〉，那兩處發表的內容應該完全一致。但令人困惑的是，兩份刊物發表的〈文學改良芻議〉在文字上卻有許多差別。筆者曾仔細對校了這兩處的文章，竟然發現有三十六處文字上差異。對校結果如下：

位置	《留美學生季報》 （一九一七年春季號）	《新青年》第 2 卷 5 號
第一段	今之談文學改良者眾矣，記者末學不文，何足以言此。然年來頗於此事再四研思，輔以友朋辯論，自信所見雖淺陋怪癖，終不無討論之價值。因綜括所懷見解，列為八事，分別言之，以與當世之留意文學改良者一研究之。	今之談文學改良者眾矣，記者末學不文，何足以言此。然年來頗於此事再四研思，輔以友朋辯論，（1）其結果所得，頗不無討論之價值。因綜括所懷見解，列為八事，分別言之，以與當世之留意文學改良者一研究之。
第二段	記者以為今日而言文學改良，須從八事入手。八事者何？	吾（2）以為今日而言文學改良，須從八事入手。八事者何？

---

[1]　《胡適全集》第 18 卷，安徽教育出版社，2003 年版，第 128 頁。

一曰言之有物	吾國近世文學之大病，在於言之無物。今人徒知「言之無文，行之不遠」，不知言之無物，又何用文為。吾所謂「物」者，非古人所謂「文以載道」之說也。吾所謂「物」，約有二事。 （一）情感　《詩序》曰，「情動於中而形諸言。言之不足，故嗟歎之。嗟歎之不足，故詠歌之。詠歌之不足，不知手之舞之，足之蹈之也。」此吾所謂情感也。是為文學之靈魂。文學而無情感，譬人之無魂，木偶而已，行屍走肉而已。（今人所謂「美感」，亦屬此類。） （二）思想　思想不必皆以文學而傳，而文學以有思想而益貴，既有理想，又能以文學之筆力達之。此莊子之文也，淵明老杜之詩也，稼軒之詞也，施耐庵之小說也。思想之在文學，猶腦筋之在人身。人不能思想，則雖面目姣好，雖能喜怒感覺，亦何足取哉。文學亦猶是耳。（此所謂思想，指見地識力而言，非但今人所理想而已也。） 文學無此二物，便如無靈魂無腦筋之美人，雖有穠麗工致之外觀，何足道也。近世文人沾沾於聲調字句之微，而既無高深之思想，又無動人之情感，文學之衰微，此其大因已。	吾國近世文學之大病，在於言之無物。今人徒知「言之無文，行之不遠」，而（3）不知言之無物，又何用文為乎（4）。吾所謂「物」（5），非古人所謂「文以載道」之說也。吾所謂「物」，約有二事。 （一）情感　《詩序》曰，「情動於中而形諸言。言之不足，故嗟歎之。嗟歎之不足，故詠歌之。詠歌之不足，不知手之舞之，足之蹈之也。」此吾所謂情感也。情感者（6），文學之靈魂。文學而無情感，如（7）人之無魂，木偶而已，行屍走肉而已。（今人所謂「美感」者（8），亦情感之一也。） （二）思想　吾所謂「思想」，蓋兼見地、識力、理想三者而言之（9）。思想不必皆賴（10）文學而傳，而文學以有思想而益貴。思想亦以有文學的價值而益貴也（11）。此莊周之文（12），淵明老杜之詩（13），稼軒之詞（14），施耐庵之小說（15），所以貪絕於古也（16）。思想之在文學，猶腦筋之在人身。人不能思想，則雖面目姣好，雖能笑啼（17）感覺，亦何足取哉。文學亦猶是耳。 文學無此二物，便如無靈魂無腦筋之美人，雖有穠麗（18）富厚

		之外觀，抑亦未矣（19）。近世文人沾沾於聲調字句之間（20），（21）既無高遠（22）之思想，又無真摯（23）之情感，文學之衰微，此其大因已。此文勝之害，所謂言之無物者是也。欲救此弊，宜以質救之。質者何，情與思二者而已（24）。
二曰不摹仿古人	……（觀明代何李諸人之作可見也）既明文學進化之理，然後可與言吾所謂「不摹仿古人」之說。今日之中國，當造今日之文學。不必摹仿唐宋，亦不必摹仿周秦也。前見國會開幕詞，有云，「於鑠國會，遵晦時休」。此在今日而欲為三代以上之文之一證也。更觀今之「文學大家」，文則下規姚曾，上師韓歐，更上則取法秦漢魏晉，以為六朝以下無文學可言，此皆百步與五十步之別而已，皆為文學下乘。	……（25）既明文學進化之理，然後可（26）言吾所謂「不摹仿古人」之說。今日之中國，當造今日之文學。不必摹仿唐宋，亦不必摹仿周秦也。前見國會開幕詞，有云，「於鑠國會，遵晦時休」。此在今日而欲為三代以上之文之一證也。更觀今之「文學大家」，文則下規姚曾，上師韓歐，更上則取法秦漢魏晉，以為六朝以下無文學可言，此皆百步與五十步之別而已，而（27）皆為文學下乘。
四不作無病之呻吟	……此殊未易言也。……而不願其為賈生、王粲、屈原、謝皋羽，而徒為婦人醇酒喪氣失意之詩文者，尤卑之不足道矣！	……此殊未易言也。……其不能為賈生、王粲、屈原、謝皋羽，而徒為婦人醇酒喪氣失意之詩文者，尤卑（28）卑不足道矣！
五曰務去濫調套語	……「熒熒翠燈如豆，映幢幢孤影，凌亂無據。……」	……「熒熒夜（29）燈如豆，映幢幢孤影，凌亂無據。……」

	此詞驟觀之，覺字字句句皆詞也。其實僅一大堆陳套語耳。「翡翠衾」、「鴛鴦瓦」，用之白香山《長恨歌》則可，以其為帝王之衾之瓦也。……	此詞驟觀之，覺字字句句皆詞也。其實僅一大堆陳套語耳。「翡翠衾」、「鴛鴦瓦」，用之白香山《長恨歌》則可，以其（30）所言乃帝王之衾之瓦也。……
	吾所謂務去濫調套語者，別無他法，惟在人人以其耳目所親見、親聞、所親身閱歷之事物，一一為自鑄詞以形容描寫之。	吾所謂務去濫調套語者，別無他法，惟在人人以其耳目所親見、親聞、所親身閱歷之事物，一一自（31）己鑄詞以形容描寫之。
六曰不用典	……	……
	（一）廣義之典，可用可不用也。廣義之典約有五種。	（一）廣義之典非吾所謂典也（32）。廣義之典約有五種。
	（甲）古人所設譬喻，其取譬之事物，含有普通意義，不以時代而失其效用者，今人亦可用之。如古人言「以子之矛攻子之盾」。今人雖不讀子書，亦知「自相矛盾」之義也。上文所舉例中之「治頭治腳」、「洪水猛獸」、「發聾振聵」，……皆此類也。	（甲）古人所設譬喻，其取譬之事物，含有普通意義，不以時代而失其效用者，今人亦可用之。如古人言「以子之矛攻子之盾」。今人雖不讀（33）書者，亦知用（34）「自相矛盾」之喻（35）。（36）然不可謂為用典也。上文所舉例中之「治頭治腳」、「洪水猛獸」、「發聾振聵」，……皆此類也。

　　仔細比較兩文的差別，筆者認為《新青年》上的文章應該在《季報》文的基礎上修改而成。儘管《新青年》（第二卷五號）的出版時間遠早於《留美學生季報》（一九一七年春季號），但編入《季報》的〈文學改良芻議〉的時間應該比《新青年》的早。因為《新青年》為月刊，並且胡適的稿子為約稿，陳獨秀得到來稿後便立即刊發。《季報》為季刊，只有等到三月才能出版。這三十六處（因兩文都是舊式標點，故標點沒作統計，其中第（9）處既屬調整語句順序，

又有改換句子）差異中，大概有如下幾種情況：改換的情況有二十一處（改換句子的有八處，改換字十一處，改換詞兩處）；增加字句的情況有七處（四處增加一字，兩處增加一句，一處增加三句）；調換字句順序的情況有一處（一處調換句子的順序）。有刪掉字句的情況有八處（七處刪掉一字，一處刪掉一句）。

從修改的位置看，主要集中在「一曰言之有物」部分（有二十餘處）和「六曰不用典」部分（有六處），其餘地方改動較少。與《季報》上的文章相比，修改後的〈文學改良芻議〉，作者的信心顯得大為增強，如第（1）處，把「自信所見雖淺陋怪癖，終不無討論之價值」改換成「其結果所得，頗不無討論之價值」。明顯看出，胡適不再把自己提出的觀點視為「淺陋怪癖」。語言顯得更為流暢。這可從全文改動最多的「一曰言之有物」部分找出實例。「今人徒知『言之無文，行之不遠』，不知言之無物，又何用文為。修改為「今人徒知『言之無文，行之不遠』，而不知言之無物，又何用文為乎。」增加了表轉折的「而」和表示疑問的「乎」，使得句子讀來不但顯得更流暢，也顯得有氣勢。而個別地方語序的調整，則使作者論證的邏輯顯得更為合理。如「一曰言之有物」談及「思想」這一段，明顯可以看出，重新調整語序後，使得整段的邏輯順序更合理，在論證「思想」重要性上也顯得更為充分。

儘管這些修改並沒有影響胡適在文章中表達的主要觀點，但出現如此多的文本差異（首先可以排除文章排版時，排版工人修改的可能性），就實在令人費解了。這就不得不讓我們對這篇文章的發表情況產生懷疑。筆者認為，出現這麼多的差異，只有三種可能：一是《留美學生季報》編輯人員的修改；二是《新青年》主編代為修改，三是胡適自己修改後寄給《新青年》。

先看第一種情況。《留美學生季報》編輯修改文章的可能不大，因為胡適自一九一六年秋間開始，就任《季報》的總編輯，他的任

務是接受和編輯稿件，還要把關其他編輯人員所編的稿子。胡適完成此文時間應該在一九一六年十一月之內。這可從他的《胡適口述自傳》中找到證明：「那一篇對中國文學作試探性改革的文章是在一九一六年十一月寫的。」[2]由於《季報》是在美國編輯，上海出版，起初投稿者必須提前兩個月將文章送編輯部。自胡適任總編輯後，改為提前四個月。胡適十一月完成文章後，如是普通的撰稿者，需提前四個月交稿，這已經來不及登在《季報》一九一七年春季號了。這樣看來，胡適幾乎是寫完此文後，就馬上編入了《季報》（或者是因要刊登於《季報》春季號，才迫使胡適儘快完成了此文）。而且胡適還是利用職務之便才把自己的文章編排在《季報》一九一七年春季號上。由於時間倉促，他還來不及好好斟酌這篇文章就匆忙編入了《季報》，所以在《季報》上的〈文學改良芻議〉應該是胡適除了手稿之外，他親自把關的最早的一個正式文本。

　　再看第二種情況，即主編《新青年》的陳獨秀是否修改了胡適這篇文章呢？按胡適自己的說法，他用複寫紙抄了兩份，這兩份從文字內容上應該是一樣的。如果《季報》上的是胡適的原文，那麼發表在《新青年》上的不同的文字就應該是經陳獨秀修改而成的。因為可以肯定這篇文章是由陳獨秀親自編入的，並在此文末還寫了一百餘字的附識，對胡適的觀點深為贊同：「今得胡君之論，竊喜所見不孤。白話文學獎為中國文學之正宗，餘亦篤信而渴望之。」是否真的是這樣的情形呢？我們還是從修改的文字中找證據吧。

　　一般來講，編輯對來搞加以修改是全完可能的，但他們更多地應該是個別字詞的刪改，而改換、增加一句或多句的情況較少。如果以《季報》文為底本，發現《新青年》文改換文中句子有八處。如第（1）處《季報》上為「自信所見雖淺陋怪癖，終不無討論之

價值。」而《新青年》上的則改換為「其結果所得，頗不無討論之價值。」這樣一改連句子的語氣、意思都發生了變換。增加句子有兩處。如第（24）處增加了三句：「此文勝之害，所謂言之無物者是也。欲救此弊，宜以質救之。質者何，情與思二者而已。」對比這些改換和增加的句子，筆者認為，這樣較大的改動恐怕不是陳獨秀所為。再者，胡適寫作此文還是應陳獨秀的邀約。一九一六年十月五日，陳獨秀寫信給胡適，要他「以所作寫實文學，切實作一改良文學論文，寄登《青年》，均所至盼」。[3]而在收到胡適的文章後，陳獨秀寫給胡適的信中又說「奉手書並大作〈文學改良芻議〉，快慰無似。」[4]作為主編的特別約稿，陳獨秀怎麼可能會對胡適的文章大肆修改呢？

此外，我們也可從陳獨秀曾認真對待胡適的譯文〈決鬥〉一事上找到依據。在《新青年》第二卷一號，陳獨秀刊出了胡適的小說譯作〈決鬥〉。由於刊物系陳獨秀一人編輯，難免出差錯。這篇譯文刊出時就有近十處校對失誤之處。陳在致胡適的信中致歉：「尊譯〈決鬥〉為手民所誤，錯誤頗多，下次來文當親為校對，以贖前愆。」[5]筆者把《新青年》上的〈決鬥〉與《短篇小說》（上海亞東圖書館一九一九年版，胡適編選）對校，結果如下：

段落	《新青年》上的〈決鬥〉	《短篇小說選》上的〈決鬥〉
序言	其所作大抵師事俄國當代文豪齊科夫 Chekhov	其所著作大抵事俄國當代文豪齊科夫 Chekhov
	此篇用意取材頗似梅特爾林克（Maeterlinck）之《死耗》（原	無這一段

---

[3] 《胡適來往書信選》，中華書局，1979 年版，第 5 頁。

[4] 《胡適來往書信選》，中華書局，1979 年版，第 6 頁。

[5] 《胡適來往書信選》，中華書局，1919 年版，第 5 頁。

	名 The Interior），知梅氏者，當不河漢斯言	
8	木營軍人	本營軍人
12	踱進來望一望……	……進來望一望……
16	心中只顧怪他自己不該管這閒事	心中只顧怪他自己不該管這閒事
18	我不知才怎樣快活哩	我才不知怎樣快活哩
19	因為錢的緣故，狠不如意	因為錢的緣故，很不如意
29	心想倒不如他自己說人槍死在雪地裏	心想倒不如他自己被人槍死在雪地裏
33	老婦人……過了	老夫人說過了

可以發現，陳獨秀編輯這篇文章時，在序文部分增加了「此篇用意取材頗似梅特爾林克（Maeterlinck）之《死耗》（原名 The Interior），知梅氏者，當不河漢斯言。」一句。而在正文部分，幾乎全部是個別字校對的失誤。由此可見，作為主編的陳獨秀還是十分尊重來稿者的原文內容，不敢妄自刪改文章。

此外，還有兩個旁證也可以間接說明陳獨秀沒有對此文進行修改。一九二一年，亞東圖書館策劃出版胡適近十年的文集，胡適在編《胡適文存》時把〈文學改良芻議〉收入，他在〈《胡適文存》一集序例〉這樣說：「這些文章，除了極少數之外，都是在雜誌上或在別的書裏發表過。此次有許多篇是經過一番修改的；有許多篇雖沒有大改動之處，也經過一番校勘的功夫。」一九三五年良友圖書出版公司策劃《中國新文學大系》，邀請胡適擔任《建設理論集》卷的主編，胡適在編選時，把自己寫的〈文學改良芻議〉列入。筆者把《新青年》上的〈文學改良芻議〉與《胡適文存》和《建設理論集》中的文章逐一對校，發現基本沒有改動。試想，如果陳獨秀真的修改了這篇文章，胡適是完全有機會恢復《季報》上的文章一

樣，但他顯然沒有這樣幹。而陳獨秀在譯文〈決鬥〉序言部分增加的一句，胡適在編入他的《短篇小說》時就刪掉了。

　　鑒於以上幾個方面的原因，筆者認為陳獨秀不會對胡適的文章進行如此大的改動。即使有，可能只是對文章中個別字的刪增，但要改換、增加這麼多文句的可能性不大。

　　排除了陳獨秀修改此文後，那發表在《新青年》上的文章的修改就只有可能是胡適自己所為。而胡適有無可能在寄出《留美學生季報》（一九一七年春季號）的樣稿之後，又對〈文學改良芻議〉進行了修改，然後再寄給陳獨秀呢？胡適的《胡適口述自傳》中是這樣說的：

> 那一篇對中國文學作試探性改革的文章是在一九一六年十一月寫的。我一共複寫了三份。一份給由我做主編的《中國留美學生季報》發表。《季報》那時是由「商務印書館」承印的。另一份則寄給當時一份新雜誌《新青年》。該雜誌由陳獨秀主編已出版數年。[6]

　　從他的回憶中，我們至少可得出，胡適的這篇文章是先給《季報》，然後再寄給《新青年》的。有意思的是，胡適在《四十自述》中說這篇文章複寫了兩份，而這裏說是三份。這是怎麼一回事呢？而他複寫時到底是怎樣進行的呢？

　　既然已經排除陳獨秀沒有修改胡適寄來的複寫件，那麼給這兩個刊物的複寫件內容上就應該不完全相同，複寫的時間也不同。筆者認為，極可能的情況是，胡適完成初稿後，為《季報》和《新青年》一次複寫了兩份。但在編完《季報》之後，把另一份複寫件寄給陳獨秀之前，在原稿或複寫稿基礎上進行了一次修改，然後再寄

6　《胡適口述自傳》，安徽教育出版社，2005 年版，第 163 頁。

出一份修改後的新複寫稿。這樣的推理則可以把複寫兩份或複寫三份的說法解釋清楚。

　　從時間上看，在《胡適全集》第四十三卷《胡適著譯系年》中，標示出〈文學改良芻議〉「約作於一九一六年十一月上旬」。從一九一六年十一月上旬完成初稿到一九一七年一月一日在《新青年》上問世，一共有五十天左右的時間。所以，在編完《留美學生季報》之後，胡適對〈文學改良芻議〉進行一番修改也完全來得及。而且修改也非常必要，殊不知，《季報》這類學生刊物自然比不上《新青年》這樣的大刊物，在寄出之前，修改斟酌一番肯定是十分必要的。

郭沫若詩歌版本譜系考略

一、《女神》（劇曲詩歌集）

1.初版本。一九二一年八月五日由上海泰東圖書局初版，列為創造社叢書第一種。封面標以「劇曲詩歌集」。共收詩劇三篇（〈棠棣之花〉、〈女神之再生〉和〈湘累〉），詩（包括序詩）五十四首。

2.《沫若詩集》本。《沫若詩集》，一九二八年六月十日由上海創造社出版部初版，列為創造社叢書第二十一種，係《女神》和《星空》的合集。所錄《女神》部分，未收〈序詩〉、〈無煙煤〉、〈三個泛神論者〉、〈太陽禮贊〉、〈沙上的腳印〉和〈輟了課的第一點鐘裏〉。作者對《女神》作了較大的修改，其中有些詩篇改動後在思想內容上發生了本質的變化。

3.《沫若詩全集》本。《沫若詩全集》，一九二八年八月由上海現代書局初版。係《女神》、《星空》、《瓶》、《前茅》、《恢復》的合集。所收《女神》部分，同《沫若詩集》。

4.《鳳凰》本。《鳳凰》，郭沫若早期詩作合集，一九四四年六月由重慶明天出版社初版。所錄《女神》部分，未收〈女神之再生〉、〈湘累〉、〈棠棣之花〉、〈序詩〉、〈無煙煤〉、〈三個泛神論者〉、〈太陽禮贊〉、〈沙上的腳印〉、〈巨炮之教訓〉、〈匪徒頌〉、〈輟了課的第一點鐘裏〉、〈上海印象〉。一九四七年三月上海群益出版社出版的《鳳凰》又將〈巨炮之教訓〉、〈匪徒頌〉、〈上海印象〉收入。

5.人文單行本。一九五三年一月人民文學出版社出《女神》單行本，將《沫若詩集》和《鳳凰》中未收的詩全部重新收入，另外刪去了《夜》、《死》、《死的誘惑》三首。作者在文字上作了若干修訂，並加上必要的注釋。

6.文集本。《沫若文集》第一卷，一九五七年三月由人民文學出版社出版。《女神》收入此卷。篇目與初版本完全相同，〈夜〉、〈死〉、〈死的誘惑〉三首得以恢復。文集「第一卷說明」中說是「根據初版本並經作者修訂後編入的」。

7.「文學小叢書」本。「文學小叢書」第一輯第六種《女神》，一九五八年九月由人民文學出版社出版。全部同《沫若文集》第一卷中所收《女神》。

8.選集本。《沫若選集》第一卷，一九五九年四月由人民文學出版社出版。《女神》部分，未收《棠棣之花》、《輟了課的第一點鐘裏》、《夜》、《死》。其餘同文集本。

9.全集本。《郭沫若全集》第一卷，一九八二年十月由郭沫若著作編輯委員會編輯，人民文學出版社出版。《女神》收入此卷。全集本以文集本為底本。凡做了重大改動的，編者都加了較詳盡的注釋。

二、《星空》（詩歌、戲劇、散文集）

1.初版本。一九二三年十月由上海泰東圖書局初版，為創造社叢書第六種。內收作者一九二一年至一九二三年間所作的詩歌、詩劇和散文。詩一共三十二首（包括獻詩），詩劇三篇，散文四篇。前引康德「……頭上的星空，心中的道德律。」一節作為題記。

2.《沫若詩集》本。《沫若詩集》，一九二八年六月十日由上海創造社出版部初版，列為創造社叢書第二十一種。作者本著作一自

我清算的精神，對《星空》也做了較大的修改。未收康德的話（即題記）、〈序詩〉，詩劇只收〈廣寒宮〉，其他戲劇和散文未收。

3.《沫若詩全集》本。《沫若詩全集》，一九二八年八月由上海現代書局出版。係《女神》、《星空》、《瓶》、《前茅》、《恢復》的合集。所收《星空》部分與《沫若詩集》同。

4.《鳳凰》本。《鳳凰》，一九四四年六月由重慶明天出版社初版。其中，收《星空》中的詩三十一首，〈吳淞堤上〉未收，詩劇和散文均未收。一九四七年三月上海群益出版社出版《鳳凰》，則又把〈吳淞堤上〉收入（簡稱群益本）。

5.文集本。《沫若文集》第一卷，一九五七年三月由人民文學出版社出版。《星空》收入此卷。詩歌部分全部收入，散文未收，詩劇只收了〈孤竹君之二子〉和〈廣寒宮〉，而〈月光〉未收。作者「根據初版本並加以修訂後編入的」。

6.全集本。《郭沫若全集》第一卷，一九八二年十月由郭沫若著作編輯委員會編輯，人民文學出版社出版。《星空》收入此卷。全集本是以文集本為底本，編者加了較詳盡的注釋。

三、《瓶》（愛情詩集）

1.初版本。一九二七年四月一日由上海創造社出版部初版，為創造社叢書第七種。全集寫於一九二五年二、三月間，最初發表於一九二六年四月十六日上海《創造月刊》第一卷第二期。包括獻詩一首，短詩四十二首。

2.《沫若詩全集》本。一九二八年八月由上海現代書局初版。係《女神》、《星空》、《瓶》、《前茅》、《恢復》的合集，所收《瓶》部分與初版本同。

3.《沫若詩集》本。《沫若詩集》,一九三二年由現代書局初版(上海創造社出版部出版《沫若詩集》六版,第七版改為現代書局出版),在創造社版的基礎上增收《瓶》,包括獻詩一首,短詩四十二首。

4.《鳳凰》本。《鳳凰》,一九四四年六月由重慶明天出版社初版。《瓶》全部收入,具體內容無變化。

5.文集本。《沫若文集》第一卷,一九五七年三月由人民文學出版社出版。《瓶》收入此卷。增加了郁達夫寫的附記,是「作者根據初版本並修訂後編入的」。

6.全集本。《郭沫若全集》第一卷,一九八二年十月由郭沫若著作編輯委員會編輯,人民文學出版社出版。《瓶》收入此卷。全集本以文集本為底本,編者加了較詳盡的注釋。

四、《前茅》(詩集)

1.初版本。一九二八年二月十日由上海創造社出版部初版,為創造社叢書第二十二種。係一九二一年至一九二八年的作品,但大部分詩篇是一九二三年寫的。一九二八年出版時增加《序詩》。該集連《序詩》在內,一共十五首。

2.《沫若詩全集》本。《沫若詩全集》,一九二八年八月由上海現代書局出版。係《女神》、《星空》、《瓶》、《前茅》、《恢復》的合集。所收《前茅》詩十四首,《序詩》未收,其餘與初版本同。

3.文集本。《沫若文集》第一卷,一九五七年三月由人民文學出版社出版。《前茅》全部收入此卷,是「根據初版本並經作者修訂後編入的」。

4.全集本。《郭沫若全集》第一卷，一九八二年十月由郭沫若著作編輯委員會編輯，人民文學出版社出版。《前茅》收入此卷。以文集本為底本，編者加了詳盡的注釋。

五、《恢復》（詩集）

1.初版本。一九二八年三月二十五日由上海創造社出版部初版，為創造社叢書第二十三種。一共二十四首，這些詩寫於一九二八年一月五日至十六日。

2.《沫若詩全集》本。《沫若詩全集》，一九二八年八月由上海現代書局出版。係《女神》、《星空》、《瓶》、《前茅》、《恢復》的合集。所收《恢復》詩二十四首，內容與初版本同。

3.文集本。《沫若文集》第一卷，一九五七年三月由人民文學出版社出版。《恢復》全部收入此卷。是「根據初版本並經作者修訂後編入的」。

4.全集本。《郭沫若全集》第一卷，一九八二年十月由郭沫若著作編輯委員會編輯，人民文學出版社出版。《恢復》收入此卷。全集本是以文集本為底本，編者加了較詳盡的注釋。

六、《戰聲集》（詩集）

1.初版本。初版於一九三八年一月，作為「戰時小叢書之三」由廣州戰時出版社出版，是一九三六至一九三七年的作品，一共二十一首。

2.文集本。《沫若文集》第二卷，一九五七年三月由人民文學出版社出版。是「根據初版本並經作者修訂後編入的」。

3.全集本。《郭沫若全集》第二卷，一九八二年十月由郭沫若著作編輯委員會編輯，人民文學出版社出版。《戰聲集》收入此卷。全集本是以文集本為底本，編者加了較詳盡的注釋。

七、《蜩螗集》（詩集）

1.初版本。一九四八年九月由上海群益出版社初版，是一九三九至一九四七年的作品，內附《戰聲集》二十一首，共六十二首。

2.文集本。《沫若文集》第二卷，一九五七年三月由人民文學出版社出版。《蜩螗集》全部收入此卷。此次編入，作者刪去《春禮勞軍歌》和《陣亡及殉職政工人員挽歌》兩篇散文詩，增加了從原編入《新華頌》中的《金環吟》、《舟行阻風》、《船泊石城島畔雜成》、《漁翁吟》、《北上紀行》、《在莫斯科過五一節》、《題哈爾濱烈士館》等七首舊體詩。文集本是以初版本為底本，並經作者修訂後編入的。

3.全集本。《郭沫若全集》第二卷，一九八二年十月由郭沫若著作編輯委員會編輯，人民文學出版社出版。《蜩螗集》收入此卷。是以文集本為底本，編者加了較詳盡的注釋。

八、《新華頌》（詩集）

1.初版本。一九五三年三月由人民文學出版社初版，是一九四八至一九五二年的作品，分正編和附錄兩部分，正編二十一首，附錄十二首。

2.文集本。《沫若文集》第二卷，一九五七年三月由人民文學出版社出版。〈新華頌〉全部收入此卷。此次編入，作者刪去了〈四川人，起來！〉等詩三首、歌曲一首，把〈金環吟〉、〈舟行阻風〉、

〈船泊石城島畔雜成〉、〈漁翁吟〉、〈北上紀行〉、〈在莫斯科過五一節〉、〈題哈爾濱烈士館〉等七首舊體詩編入《蜩螗集》。作者根據初版本並作了部分修訂後編入的。

3.全集本。《郭沫若全集》第三卷，一九八三年十月由郭沫若著作編輯委員會編輯，人民文學出版社出版。〈新華頌〉收入此卷。全集本是以文集本為底本，編者加了較詳盡的注釋。其中〈新華頌〉和〈毛澤東的旗幟迎風飄揚〉兩首在收入一九七七年人民文學出版社出版的《沫若詩詞選》時，作者在文字上作了修改，全集以修改後的版本編入。

郭沫若戲劇版本譜系考略

一、《卓文君》《聶嫈》《王昭君》

1. 一九二三年二月作《卓文君》，載《創造》季刊一九二三年五月第二卷第一期，並有附白一則。

2. 一九二三年七月作《王昭君》，載《創造》季刊一九二四年二月第二卷第二期。

3. 《聶嫈》（二幕劇），一九二五年九月由上海光華書局出版，列為「創造社叢書」。

4. 小說戲劇集《塔》，一九二六年一月由商務印書館出版，列為「中華學藝社文藝叢書」，署名郭鼎堂，收小說七篇，歷史劇三個。分別為《王昭君》（二幕）、《卓文君》（三景）和《聶嫈》（二幕）。

5. 《三個叛逆的女性》（戲劇集），一九二六年四月由上海光華書局初版，包括《卓文君》、《王昭君》、《聶嫈》三篇。

6. 一九二九年六月，改作《聶嫈》，收一九三〇年十月光華書局出版的《沫若小說戲曲集》中《女神及叛逆的女性》。

7. 作者在編訂《沫若文集》時，《卓文君》、《王昭君》編入第三卷。作者是據一九二六年四月初版的《三個叛逆的女性》編入的。因《聶嫈》溶入《棠棣之花》而未單獨編入。

8.《卓文君》、《聶嫈》、《王昭君》收入《郭沫若全集》第六卷，一九八六年十月出版。據一九二六年四月初版的《三個叛逆的女性》編入，加詳注。

二、《屈原》（五幕歷史劇）

1.初刊本。寫於一九四二年一月二日至十一日，一九四二年一月二十四日起到二月七日初刊《中央日報》的《中央副刊》，分十次刊完。在從初刊到初版的過程中，作者不斷對此劇加上了一番琢磨和潤色。

2.初版本。一九四二年三月由重慶文林出版社初版。附收〈寫完《屈原》之後〉一文。

3.群益本。一九四八年作者在香港九龍修改過一次，於一九四九年八月由上海群益出版社出版。附錄〈我怎樣寫五幕史劇《屈原》〉（即〈寫完《屈原》之後〉一文）、〈屈原與釐雅王〉、〈蒲劍集後序〉、〈瓦石札記〉及〈校後記〉。此前，群益出版社一九四五年一月在重慶，一九四六年七月在北平均出過《屈原》。

4.新文藝本。一九五一年八月上海新文藝出版社出版新一版，同群益修改本。

5.開明選集本。《郭沫若選集》一九五一年七月由北京開明書店出版，收《屈原》初版本，但有修改。

6.人文單行本。一九五二年九月，人民文學出版社出版單行本《屈原》（據新文藝本）。一九五三年，在出第二版時全面修改了正文本的內容，附錄內容除群益本所附文章之外，還增加了本年一月在莫斯科所寫的〈新版後記〉。

7.文集本。一九五七年三月出《沫若文集》第三卷時，以人民文學出版社的《屈原》單行本第二版為底本，又再次校訂，附錄文

章五篇。一九五九年十二月《沫若選集》出版，選集所收《屈原》
為文集本。

8.全集本。《郭沫若全集》第六卷收入，一九八六年十月人民
文學出版社出版。據文集本編入，加詳注。附錄《瓦石箚記》由兩
則增補為四則。

三、《棠棣之花》（五幕歷史劇）

1.初刊本。第一幕最初發表於一九二〇年十月九日上海《時事
新報·學燈·民國九年雙十節增刊》，後有附白，初步設想為三幕
五場。題為《棠棣之花》，實為第一幕第二場，收入一九二一年八
月《女神》第一輯。一九三七年十一月二十二日再改作時，作為《棠
棣之花》第一幕，題為《聶母墓前》。收入文藝新刊《甘願做炮灰》
（戲劇合集）（一九三八年一月北新書局出版）。

第二幕發表在《創造季刊》創刊號（一九二二年五月一日），
題為《棠棣之花第二幕》，一九三七年作者再改作時，題為《濮陽
橋畔》。後收入文藝新刊《甘願做炮灰》，一九三八年一月由上海北
新書局初版。

第三幕為一九三七年十一月二十二日再改作時所寫，原只有一
場，即第二場，收入文藝新刊《甘願做炮灰》，一九三八年一月由
上海北新書局初版（第一場為一九四一年十二月二十三日整理完畢
時加寫）。

第四幕一九二五年六月十一日改作畢，最初為創造叢書《聶嫈》
（二幕劇）的第一幕。《聶嫈》一九二五年九月一日由上海光華書
局初版。後收入《塔》（一九二六年一月由上海商務印書館初版）。
又收入《三個叛逆的女性》，一九二六年一月由上海光華書局初版。

一九三七年十一月二十二日再改作時，作為《棠棣之花》第四幕，收入《甘願做炮灰》，一九三八年一月由上海北新書局初版。

第五幕一九二五年六月十一日改作畢，最初為創造叢書《聶嫈》（二幕劇）的第二幕。《聶嫈》一九二五年九月一日由上海光華書局初版。後收入《塔》，一九二六年一月由上海商務印書館初版。又收入《三個叛逆的女性》，一九二六年一月由上海光華書局初版。一九三七年十一月二十二日修改時，作為《棠棣之花》第四幕，收入《甘願做炮灰》，一九三八年一月由上海北新書局初版。

2.初版本。一九四一年年底作者在整理《棠棣之花》時，對已成的五幕有一些修改，並在第三幕增加了第一場。一九四二年七月由重慶作家書屋出版社初版，這是《棠棣之花》的第一個完整的單行本。

3.校訂本。一九四九年七月又由上海群益出版社出版校訂本，文字上有修改，附錄增加〈《棠棣之花》的故事〉和〈曲譜十一首〉。

4.開明選集本。一九五一年七月，《郭沫若選集》由北京開明書店出版，所收《棠棣之花》，為群益校訂本，但有修改。

5.新文藝本。一九五一年七月由上海新文藝出版社出版新一版《棠棣之花》，同群益版。

6.文集本。《沫若文集》第三卷收入，附錄三篇。根據新文藝本編入，一九五七年三月由人民文學出版社出版。一九五九年十二月《沫若選集》出版，選集收《棠棣之花》，為文集本。

7.全集本。《郭沫若全集》第六卷收入，一九八六年十月人民文學出版社出版。加詳注，據文集本編入，刪去附錄一篇，增補附錄兩篇。

四、《虎符》（五幕歷史劇）

1.初刊本。作者於一九四二年二月二日開始創作，十一日全劇完成，隨後在《時事新報‧青光》上刊出。

2.初版本。一九四二年十月由重慶群益出版社初版。一九四六年六月上海群益出版社又再版。

3.修訂本。一九四八年作者修訂了一次，並作校後記，由一九四八年上海群益出版社出版校訂後的新版。

4.新文藝本。一九五一年七月由上海新文藝出版社出版新一版《虎符》，同修訂本。

5.開明選集本。一九五一年七月《郭沫若選集》由北京開明書店出版，收《虎符》，是以初版選入，但有修改。

6.文集本。一九五六年又再次修改，並作校後記之二。作者刪去了好些冗贅的話，並對第五幕作了一些修改。編入《沫若文集》第三卷，並收附錄四篇。一九五七年三月由人民文學出版社出版。一九五九年十二月《沫若選集》出版，選集所收《虎符》為文集本。

7.全集本。《郭沫若全集》第六卷收入，一九八六年十月由人民文學出版社出版。據文集本編入，附錄增加〈為《虎符》的演出題幾句〉，加詳注。

五、《高漸離》（五幕歷史劇，原名《築》）

1.初刊本。劇本載《戲劇春秋》一九四二年十月三十日第二卷第四期，標題為《築》。在準備出單行本時，送審時未通過。

2.初版本。一九四六年五月作為郭沫若文集第一輯第七冊，由上海群益出版社初版。

3.群益修改本。一九四八年三月，作者在香港把這個劇本大大地修改了一番。特別是第五幕的落尾處。一九四九年九月，上海群益出版社出版修訂後的《築》。

4.新文藝本。一九五一年七月，上海新文藝出版社出版《築》，同一九四九年群益修改本。

5.文集本。《沫若文集》第四卷收此劇，一九五七年三月人民文學出版社出版。標題改為《高漸離》，一九五六年作者因出文集又依據新文藝版作了較大的修訂，把過分毀蔑秦始皇的地方刪改了。附錄五篇。

6.全集本。《郭沫若全集》第七卷收入，一九八六年十月人民文學出版社出版。加詳注，據文集本編入，附錄同文集本。

六、《孔雀膽》（四幕歷史劇）

1.初刊本。寫於一九四二年九月三日至 8 日。初刊桂林《文學創作》一九四三年四月一日第一卷第六期。在初版前，就有多次部分修改和補充

2.初版本。一九四三年十二月由重慶群益出版社初版單行本。

3.群益修改本。一九四九年八月上海群益出版社再版（修改本）。

4.新文藝本。上海新文藝出版社一九五一年八月新一版《孔雀膽》，同群益修改本。

5.文集本。文集本第四卷收此劇，一九五七年三月由人民文學出版社出版。作者於一九五六年七月十九日在北戴河海岸把這個劇本又做了一次較大的修訂。

6.全集本。《郭沫若全集》第七卷收入，一九八六年十月人民文學出版社出版。加詳注，據文集本編入，於附錄部分增補〈孔雀膽歸寧〉一文。

七、《南冠草》（五幕劇）

1.初版本。一九四三年三月十五日開始創作至四月一日脫稿。一九四四年三月由重慶群益出版社初版，初版書名頁題《金風剪玉衣》。

2.修改本。一九四八年八月，上海群益出版社出版《南冠草》的修改本

3.新文藝本。上海新文藝出版社一九五一年八月出版新一版《南冠草》。同群益修改本。

4.文集本。《沫若文集》第四卷收此劇，作者於一九五六年七月十九日在北戴河做了較大的修訂，一九五七年三月由人民文學出版社出版。

5.全集本。《郭沫若全集》第七卷收入，一九八六年十月人民文學出版社出版。加詳注，據文集本編入，於附錄部分增補〈少年愛國詩人夏完淳〉一文。

八、《蔡文姬》（五幕歷史劇）

1.初刊本。一九五九年二月九日脫稿，五月一日定稿。初刊一九五九年《收穫》第 3 期。

2.初版本。一九五九年五月文物出版社出版《蔡文姬》單行本。

3.選集本。一九五九年十二月《沫若選集》出版，收入《蔡文姬》，作者有修改，文末標明「一九五九年五月一日定稿於北京」。

4.「劇作選」本。一九七八年二月人民文學出版社出版《沫若劇作選》時，收入《蔡文姬》，作者又做了修訂。

5.全集本。《郭沫若全集》第八卷收入，一九八七年一月由人民文學出版社出版。據一九七八年版編入，附錄部分並增補作者的兩封信。

九、《武則天》（四幕歷史劇）

1.初刊本。一九六〇年一月十日完成初稿，二月二十四日修改完畢。初刊一九六〇《人民文學》五月號，為五幕八場。

2.初版本。一九六二年十月中國戲劇出版社出版《武則天》單行本，改為四幕七場。結構、人物、人物對話改動較大。

3.人文重印本。一九七九年十月人民文學出版社以一九六二年單行本重印。

4.全集本。《郭沫若全集》第八卷收入，一九八七年一月人民文學出版社出版。據一九七九年版編入。附錄部分增補作者的三封信。

郭沫若小說、散文及文論作品版本譜系考略

小說、散文部分版本

一、《橄欖》（小說散文集）

1.初版本。一九二六年九月一日由上海創造社出版部和上海現代書局同時初版，各出七版。全書共四輯：《漂流三部曲》（三篇）、《行路難》（一篇）、《山中雜記》（九篇）、《路畔的薔薇》（六篇）。共十九篇小說散文。主要記錄作者一九二四年前後的生活情況。一九三○年十月上海光華書局出版《漂流三部曲》，只包括《漂流三部曲》、《行路難》兩輯；又把《山中雜記》一部分單獨成書，題為《山中雜記》。各出三版。

2.一九二九年十二月上海新興書店也曾把《橄欖》一書中的四部分一分為二，出版了《漂流三部曲》和《山中雜記及其他》兩本。《山中雜記及其他》包括《山中雜記》、《路畔的薔薇》及《殘春及其他》這三部分的小說、散文、戲曲十九篇。

3.一九四八年九月上海海燕書店初版《抱箭集》，把初版本中的《山中雜記》和《路畔的薔薇》兩輯共十五篇收入。《漂流三部曲》和《行路難》兩輯收入一九四七年十月初版的《地下的笑聲》。

4.部分收入《沫若文集》第七卷，只把《山中雜記》和《路畔的薔薇》兩輯共十一篇收入，一九五八年三月人民文學出版社出版。原屬《山中雜記》一輯中的〈詩人之死〉、〈人力以上〉、〈曼陀羅華〉、〈紅瓜〉四篇。《漂流三部曲》和《行路難》兩輯（共八篇）收入《沫若文集》第五卷，一九五七年四月人民文學出版社出版。

5.部分收入《郭沫若全集》第十卷，只把《山中雜記》和《路畔的薔薇》兩輯共十一篇收入，是據文集本第七卷編入，一九八五年九月人民文學出版社出版。收入《沫若文集》第五卷的八篇以《橄欖》為題收入《郭沫若全集》第九卷，一九八五年六月人民文學出版社出版。

二、《水平線下》（小說散文集）

1.初版本有兩種。同列為創造社叢書第二十六種，於一九二八年五月二十日由創造社出版部初版。第一種版本除《序引》外，收散文、小說各三篇，戲劇一篇，共七篇。第二種版本由兩部分組成：第一部分即《水平線下》，第二部分為《盲腸炎》，收論文九篇。這種可以稱為全本。

2.一九三〇年四月二十日上海現代書局出版第一種版本《水平線下》，共見五版。同時，上海聯合書店出版了全本《水平線下》。同年十月，上海光華書局出版《沫若小說戲曲集》收入第一種版本的《水平線下》，不用〈序引〉，改名為〈後悔〉。

3.《抱箭集》本。《抱箭集》，一九四八年九月上海海燕書店出版。收《水平線下》中散文小說五篇，前有〈序引〉。作者特在末尾注明：第二部《盲腸炎》及第一部內之〈到宜興去〉和〈尚儒村〉未收。

4.文集本。收入《沫若文集》第七卷，一九五八年三月人民文學出版社出版。只收入〈到宜興去〉、〈尚儒村〉和〈百合與番茄〉三篇，改〈序引〉為〈原版序引〉，附在集尾。〈百合與番茄〉是「據一九五四年《抱箭集》新版版本編入的」，〈到宜興去〉和〈尚儒村〉是「根據《水平線下》初版本編入的。」

5.全集本。收入《郭沫若全集》第十二卷，一九九二年九月人民文學出版社出版。因作為「沫若自傳」，所以只收〈到宜興去〉、〈尚儒村〉和〈百合與番茄〉三篇，另加〈原版序引〉，是據文集本第七卷編入，「並根據初版本及其他版本做了校勘，重大改動處加注說明。」

三、《我的幼年》（自傳）

1.初版本。一九二九年四月由上海光華書局初版，題為《我的幼年》。前有〈前言〉，後有〈後話〉，後被國民政府以「普羅文藝」罪名查禁。

2.更名本。上海光華書局被迫做了些修改，改名為《幼年時代》於一九三三年出版。書中有一則聲明：「本書原名《我的幼年》，前以上海特別市黨部命令指出本書二十頁內中一段及後話內之最後二句詞句不妥，暫停發行，茲本局特將以上二處刪去，並改名為《幼年時代》，特此聲名。」出版後又被政府禁止發行。

3.再更名本。一九三六年十月上海光華書局將該書再次改名為《童年時代》出版，但還是再次遭到政府的查禁。一九四二年八月，重慶作家書屋以「沫若自傳之一」出版了《童年時代》。

4.《少年時代》本。一九四七年四月，上海海燕書店出版了《少年時代》（沫若自傳・第一卷），前有〈序〉。是《童年時代》、《反

正前後》、《黑貓》、《初出夔門》的合集。作者把《童年時代》的〈後話〉中被刪去的最後兩行恢復。

5.文集本。收入《沫若文集》第六卷，一九五八年五月人民文學出版社出版。改名為《我的童年》，「據《少年時代》的初版本，同時又經過了作者的修訂」。

6.全集本。收入《郭沫若全集》第十一卷，一九九二年九月人民文學出版社出版。是據文集本第六卷編入，「並根據初版本及其他版本作了校勘，重大改動處加注說明。」

四、《反正前後》（自傳性散文）

1.初版本。一九二九年八月十五日由上海現代書局初版。出版不久，國民黨以「詆毀本黨」的罪名查禁。

2.更名本。一九三一年現代書局將此書改名為《劃時代的轉變》再版，並在該書的「出版聲明」中，以「因讀者紛紛要求再版，乃將內容修正一過，改易今名，並經呈部審定，以內容並無過激核准發行」的文字來矇騙「檢查老爺」，繼續發售，其實並未做任何改動。發行大約一年後，檢查官「大夢初醒」，所以，最後還是因「普羅文藝」的「罪名」被禁。

3.《少年時代》本。一九四七年四月，上海海燕書店出版了《少年時代》（沫若自傳·第一卷），是《童年時代》、《反正前後》、《黑貓》、《初出夔門》的合集。

4.文集本。收入《沫若文集》第六卷，一九五八年五月人民文學出版社出版。據一九四七年《少年時代》初版本又經過了作者的修訂編入。

5.全集本。收入《郭沫若全集》第十一卷，一九九二年九月人民文學出版社出版。是據文集本第六卷編入，「並根據初版本及其他版本做了校勘，重大改動處加注說明。」

五、《黑貓》（自傳散文）

1.初刊本。一九二九年十月十五日、十一月十五日初刊於《現代小說》月刊第三卷第一至二期。

2.合集本。一九三○年九月上海仙島書店出版《黑貓與塔》，有作者寫的〈前言〉；後又增加〈桌子的跳舞〉、〈眼中釘〉兩篇，再變成〈桌子的跳舞〉以及〈黑貓與羔羊〉。

3.初版本。一九三一年十二月上海現代書局出版《黑貓》單行本。

4.翻印本。一九四一年八月香港強華書局以《我的結婚》為題刊行。

5.《少年時代》本。一九四七年四月上海海燕書店出版《少年時代》（沫若自傳‧第一卷），收入《黑貓》。

6.文集本。收入《沫若文集》第六卷，有改動。一九五八年五月人民文學出版社出版。據一九四七年《少年時代》初版本又經過了作者的修訂編入。

7.全集本。收入《郭沫若全集》第十一卷，一九九二年九月人民文學出版社出版。據文集本第六卷編入，「並根據初版本及其他版本做了校勘，重大改動處加注說明。」

六、《創造十年》（回憶散文）

1.初版本。一九三二年九月二十日由上海現代書局初版單行本，內有〈附白〉。

2.《革命春秋》本。收入一九四七年五月上海海燕書店出版《革命春秋》（沫若自傳‧第二卷），前有〈序〉，說明「在年代和自己的精神活動上，《北伐途次》和《創造十年》卻是藕斷絲連地銜接著的。……把這兩種合併起來，而名之以革命春秋。……《創造十年》及其《續編》都沒有把創造社的歷史寫完……」共收回憶散文四篇，附自傳體小說兩篇。

3.文集本。《沫若文集》第七卷收《學生時代》（改《革命春秋》為《學生時代》作為沫若自傳‧第二卷），一九五八年三月人民文學出版社出版，刪去〈附白〉。據上海海燕書店出版《革命春秋》（沫若自傳‧第二卷），並經過作者修訂編入。

4.全集本。收入《郭沫若全集》第十二卷，一九九二年九月人民文學出版社出版。是據文集本第七卷編入，「並根據初版本及其他版本做了校勘，重大改動處加注說明。」

七、《創造十年續編》（回憶散文）

1.初刊本。一九三七年四月一日至八月十二日初刊《大晚報‧火炬》，共七十八回，十章。第十章在八月十一日、八月十二日上刊登。「八一三」事變後，《大晚報》由八版改為四版，全文未完。

2.初版本。一九三八年一月上海北新書局初版，題為《創造十年續編》，只收前九章。

3.文集本。收入《沫若文集》第七卷，編入《學生時代》（沫若自傳‧第二卷），一九五八年三月人民文學出版社出版。據上海海燕書店出版《革命春秋》（沫若自傳‧第二卷），並經過作者修訂編入。

4.全集本。收入《郭沫若全集》第十二卷，一九九二年九月人民文學出版社出版。是據文集本第七卷編入，「並根據初版本及其

他版本做了校勘，重大改動處加注說明。」文末增加〈附錄〉，將第十章的內容補入。

八、《北伐途次》（回憶錄）

1.初刊本。一九三六年七月至一九三七年一月在上海《宇宙風》半月刊第二十至三十四期連載，共三十一節。篇首有〈序白〉，寫於一九三六年六月一日，說明本篇原題《武昌城下》，曾應日本某雜誌之約用日文縮寫。

2.盜印本。在連載期間，上海潮鋒出版社把前二十五節竊取，題為《北伐途次──第一集》先行翻印出售，一九三七年一月出版。

3.初版本。一九三七年六月上海北雁出版社出版《北伐》（楊朔、孫陵合編），列為「創作叢書」，內容包括《北伐途次》及自傳體小說〈賓陽門外〉、〈雙簧〉兩個短篇。〈序白〉未收，附收〈《北伐途次》後記〉一篇。作者把第二十七節和二十八節合併為一節，共三十節。「稍微添改了一些字句」。

4.全球書店本。收入《沫若代表作》，一九四六年十二月由上海全球書店出版，收《北伐途次》、《武漢時代》和《雙簧》三篇。其中《北伐途次》只有前二十六節，文末注明選自《宇宙風》。

5.《革命春秋》本。收入一九四七年五月上海海燕書店出版《革命春秋》（沫若自傳·第二卷）。

6.文集本。收入《沫若文集》第八卷，編入《革命春秋》（沫若自傳·第三卷），一九五八年九月人民文學出版社出版。是「經作者校閱修訂」編入，前有〈小引〉，後有〈後記〉。作者「校閱修訂」後編入。

7.新版《革命春秋》本。一九七九年三月人民文學出版社出版，收《北伐途次》。前有出版說明：「《沫若文集》第八卷出版後，作

者又做過一次修訂，本書是根據他的修訂本刊印的。」其實，《北伐途次》未見改動。

8.全集本。收入《郭沫若全集》第十三卷，一九九二年九月人民文學出版社出版。是據文集本第八卷編入。

九、《洪波曲》原名《抗戰回憶錄》

1.初刊本。一九四八年八月二十五日至十二月五日初刊香港《華商報》文藝副刊《茶亭》，題為《抗戰回憶錄》。

2.初版本。一九五一年上海群益出版社初版。在一九四八年十一月的〈後記〉文末增補了一九五○年一月三日所寫的兩段文字。

3.再刊本。一九五八年，經作者修改整理後，在《人民文學》第七期至十二期上重新發表，定名為《洪波曲——抗日戰爭回憶錄》，並加〈前記〉。

4.百花文藝本。一九五九年四月由天津百花文藝出版社出版單行本。以再刊本為底本。

5.文集本。收《沫若文集》第九卷，編入《洪波曲》（沫若自傳·第四卷），一九五九年九月人民文學出版社出版。是以再刊本為底本，並有〈前記〉和〈後記〉。

6.全集本。收入《郭沫若全集》第十四卷，一九九二年九月人民文學出版社出版。是據文集本第九卷編入。「並對照最初發表時文句，有重大改動初加注說明」。

文論部分版本

一、《文藝論集》

《文藝論集》是郭沫若最早的一部文藝論著，收集的主要是一九二○至一九二五年內所作有關文藝思想和學術思想的文章、書信。較大變化的《文藝論集》版本有六個。

1.初版本。於一九二五年十二月二十七日由上海光華書局初版，原書收文章、書信三十一篇，附錄四篇。分上下兩卷，作為「創造社叢書」之一出版。

2.訂正本。一九二九年五月由上海創造出版社出訂正版。增加〈獻詩〉一首。作者在初版的基礎上進行了訂正，改變了上下兩卷的編法，把全書輯為六個部分。該書除將《論詩》中的三封書信一分為二（一封改題為〈由詩的韻律說到其他〉，另兩封仍用原題成篇）外。還增加了一九二五年寫的〈文學的本質〉和〈論節奏〉兩篇文章，所收文章增加至三十四篇。

3.改版本。上海光華書局一九三○年六月出版。以初版為底本，作者把初版本中當時認為有些議論太乖謬的文章，刪去了五篇，即〈中國文化之傳統精神〉、〈王陽明禮贊〉、〈國家的與超國家的〉、〈論詩三札〉的第二札和第三札；而增加了兩篇，即〈文學的本質〉和〈論節奏〉。留下的二十九篇輯為三個部分和一個附錄，並加了一個簡短的〈跋尾〉。

4.文集本。收入《沫若文集》第十卷，一九五九年六月人民文學出版社出版。文集本是作者依據初版本，參照改版本，於一九五八年重新編輯而成的。這個版本的文字進行了較多修改。恢復了《論

詩》三箚的原貌，保留了〈文學的本質〉、〈論節奏〉兩篇，刪去了〈中國文化之傳統精神〉、〈國家的與超國家的〉兩篇，還把初版序言單獨成篇，置於各篇之首，共收文章三十二篇。

5.人文單行本。一九七九年九月，人民文學出版社以文集本為底本印單行本，收《文藝論集》及《集外》，對個別字句又有所校勘。

6.全集本。收入《郭沫若全集》第十五卷，一九九〇年七月人民文學出版社出版。以文集本為底本，但篇目又有若干變化，且加了較為翔實的注釋。

二、《文藝論集續集》

1.初版本。一九三一年九月由上海光華書局初版，內收一九二三年至一九三〇年所寫文藝論文十一篇（包括書信一封，文藝論文十篇）。

2.文集本。一九五八年作者依初版本全部編入《沫若文集》第十卷，一九五九年六月人民文學出版社出版。

3.全集本。《郭沫若全集》第十六卷收入，一九八九年十月人民文學出版社出版。是根據文集本編入，加詳注。

《寒夜》版本譜系考釋

一、《寒夜》版本譜系

　　一九四四年初冬，巴金在重慶開始了《寒夜》的創作，中途時斷時續。書稿曾在上海的《環球》畫報上刊出兩次。由於畫報停刊，作者也沒有再寫下去。直到一九四六年五月，巴金離開重慶到達上海，因好友李健吾的催促，巴金又續寫該作，至一九四六年十二月三十一日完稿。全書共三十一章（尾聲由作者一九四五年九月三十日寫的散文〈無題〉改編而來），於一九四六年八月至一九四七年一月在文協上海分會的刊物《文藝復興》第二卷第一期至六期上連載。《寒夜》的寫作歷時兩年多，中間多次輟止（又插寫了《第四病室》），藝術上難免有粗糙之處，故在一九四七年三月上海晨光出版公司出《寒夜》初版本時，作者作了第一次修改。所附〈後記〉，措辭強烈地回應了一些批評家的批評。一九四八年一月，《寒夜》出再版本，作者修改了〈後記〉，只採用了一九四七年後記的前三段，後面再補充一段。這個再版後記回應批評時顯得更平和、更冷靜。一九五五年一月，上海新文藝出版社出版的《寒夜》，在初版本的基礎上，變直排為橫排，文字上沒有大的修改（個別繁體字變為簡體字），正文前的版權頁上作者寫了〈內容提要〉，後面附再版後記。一九五八年，人民文學出版社開始編輯《巴金文集》，巴金於一九六○年底在成都對《寒夜》進行了第二次修改。一九六二年

八月，《巴金文集》第十四卷出版，收入《寒夜》，附再版後記。在同卷的《談自己的創作》中收錄了作者一九六一年十一月寫的〈談《寒夜》〉一文。文集本《寒夜》成為後來各種版本《寒夜》的底本。「文革」後，許多出版社出版了《寒夜》，如上海文藝出版社於一九八○年出版的《寒夜》，附再版後記。一九八二年，四川人民出版社出版《巴金選集》（十卷本），《寒夜》收錄在第六卷，附再版後記。一九八三年，人民文學出版社出版《寒夜》單行本，簡稱人文本。在正文前的《內容提要》中特別說明「作者在文字上作個別修改」。人文本除有再版後記，還附錄了一九六一年寫的〈談《寒夜》〉和一九八○年寫的〈關於《寒夜》〉。一九八九年，人民文學出版社出版了《巴金全集》，《寒夜》收錄在第八卷，除附再版後記，還附錄了一九八一年的〈《寒夜》挪威文譯本序〉，簡稱全集本。《寒夜》的版本譜系如下：

> 初刊本：（《文藝復興》第二卷一至六期，1946.8～1947.1）
> 初版本：（上海晨光出版公司，1947.3）
> 再版本：（上海晨光出版公司，1948.1）
> 新文藝本：（上海新文藝出版社，1955.5）
> 文集本：（收入《巴金文集》第十四卷，人民文學出版社，1962.8）
> 選集本：（收入《巴金選集》第六卷，四川人民出版社，1982 年）
> 人文本：（人民文學出版社，1983.4）
> 全集本：（收入《巴金全集》第八卷，人民文學出版社，1989 年）

在《寒夜》的版本變遷中，有兩次改動最大：一是從初刊本到初版本；二是從初版本到文集本，而文集本到全集本則沒有大的修改。

二、從初刊本到初版本

　　巴金創作《寒夜》時，太多的時間、精力投身於文藝界的抗敵活動中。《寒夜》的大部分內容是邊刊邊寫，急就章、趕稿子的情況時有發生。一九四六年底終於完稿。小說中「作者用樸素無華的筆，寫湘桂戰爭高潮時，重慶小城中幾個渺小人物的平凡的故事，雖然沒有壯烈的犧牲，熱鬧的場面，卻吐露出平凡的願望、痛苦和哀愁。」[1]初刊本《寒夜》存在許多的不足，巴金自己也說「我感到抱歉的是我的校對工作做得特別草率，在我看過校對的那些書中，人們發現了不少錯字」[2]。有批評家借此對《寒夜》進行了批評，也對作者進行了攻擊。鑒於此，在一九四七年出初版本時，作者進行了大量的修改，約有五百處。這些修改體現在人物塑造、主題表達和語言修辭三個方面。

　　首先是人物形象方面的修改，這主要涉及男女主人公。初刊本中，作者只提到主人公都是大學畢業生，追求自由婚姻，而在初版本中作者多次（約十二次）提到他們的理想，如補充「那個時候我們腦子裏滿是理想，我們的教育事業，我們的鄉村化、家庭化的學堂」（第四章）；「從前的事真好像是做夢，我們有理想，也有為理想工作的勇氣，現在……」（第五章）；「樹生帶走了愛，也帶走了他的一切，大學時代的夢，婚後的甜蜜的日子，戰前的教育事業的計畫，全完了，完了」（第二十二章）。初版本突出的是主人公的理想及其幻滅，突出了理想與現實的矛盾。

---

[1]　〈《寒夜》廣告〉，《文藝復興》第 3 卷第 3 期，1947 年 6 月 1 日。
[2]　巴金，《創作回憶錄》，人民文學出版社，1982 年版，第 110 頁。

　　人物的心理活動方面也補充了較多內容。如增補「真沒出息啊！他們連文章都做不通，我還要怕他們，他暗暗地責備自己，可是他仍然小心翼翼地做他的工作」（第八章）；「完了，我一生的幸福都給戰爭，給生活，給那些冠冕堂皇的話，還有街上到處貼的告示拿走了」（第十一章）；「我在公司一天規規矩矩地辦公，一句話也不說。我已經忍無可忍了，我什麼氣都忍受下去，我簡直——」（第十九章）。初版本中大量增加了人物的心理活動，使我們更加深入地窺見了人物的內心世界，瞭解主人公內心的真實情狀。男主人公汪文宣大學畢業時，滿懷理想和才華，但殘酷的現實使他四處碰壁，他的才華、理想根本沒有施展的舞臺。最後還是托老鄉的關係謀到一個校對的職務。為了維持全家的生活，不得不忍氣吞聲，飽受歧視，心理的不平、委屈只能憋在心理，他不敢發洩出來，只能自責無能。在這裏我們看到了一個被社會、被生活壓迫得幾近無力的人，修改後使人更加同情主人公的遭遇。

　　初刊本中吳科長只是作為一位高級職員來寫的，但在初版本中，吳科長與周主任一起對汪文宣形成心理壓迫。如「但是周主任的嚴屬的眼光老是定在他的臉上（他這樣想）」改為「但是周主任和吳科長的嚴屬的眼光老是定在他的臉上（他這樣想）」（第十一章）；「辦公時間近了，主任還未到，同事們高興地講著笑話」改為「辦公時間近了，周主任和吳科長還未到，同事們高興地講著笑話」（第十二章）。在初刊本中，吳科長對汪文宣幾乎沒有什麼心理上的影響，而初版本中他則與周主任一起構成巨大的陰影籠罩著男主人公，汪文宣不但要看周主任的臉色，還要時常提防吳科長的監視。毫無疑問，修改後更加惡化了男主人公的現實環境，也增加了他的心理壓力。

　　從初刊本到初版本，作者對女主人公曾樹生的態度由討厭、責備逐漸轉變為既責備又理解和同情，曾樹生的形象也更為豐滿，這

也得力於修改。如寫曾樹生所追隨的陳主任，初刊本是「一點也不漂亮，頭頂剩著寥寥幾根頭髮，鼻子低，鼻樑的兩方各有幾顆麻子，身材還比她稍低了兩分，只是一件嶄新的秋大衣」，初版本改為「有一張不算難看的面孔，沒有戴帽子，頭髮梳得光光，他的身材比她高半個頭，身上一件嶄新的秋大衣」（第四章）。陳主任外在形象的改變使曾樹生的離家出走更合理，也可以看出作者對曾樹生的態度發生了變化，同時，相對初刊本而言，初版本也增加或修改了一些關於曾樹生的語句。如增補「話一出口，她的心就軟了，但是她要咽住話已經來不及了」（第十二章）；在「她用同情的眼光看那女人和孩子」之後增補「又用慚愧的眼光看他們」（尾聲）。在交代曾樹生離家的原因時，除了突出她追求個人的自由幸福外，初版本也突出了汪母的逼迫。如增補「媽卻巴不得我早一點離開你」（第二十二章）；增補「而且你母親在一天，我們中間就沒有和平與幸福」；但是她寫給汪文宣的信中，又增補了她報復婆婆的快感：「我也許會跟別人結婚，我一定要鋪張一番，讓你母親看看」；「我不願再看見你的母親」（第二十五章）；在小說的結尾「夜的確太冷了」之後，初版本增補了「她需要溫暖」（尾聲），這裏又突出了對樹生的同情。可以說，修改後作者對樹生的態度更複雜更矛盾，既有對她拋夫別子行為的不滿，也有對她出走的理解與同情。

以上對人物多方面的修改其實也牽涉到對作品主旨的理解。這些修改突出了主人公的理想與這種理想的不可能實現的悲劇衝突；突出了周主任和吳科長所代表的官僚階層對主人公的心理壓迫。而對女主人公的更為同情，也淡化了她與這個家庭的破碎之間的聯繫。作品告訴我們：男女主人公之所以不能高蹈於他們的理想世界而不得不在日常生活裏打滾，全因為那個與他們同齡的中華民國；汪文宣的死以及全家的散落也並不只是樹生的出走所致，而應歸罪於現實的黑暗。修改後更突出了作者恨制度不恨人的主題意

向。用作者的話說：「不是為了鞭撻汪文宣或者別的人，是控訴那個不合理的社會制度，那個一天天腐爛下去的使善良人受苦的制度。」[3] 作者之所以要對初刊本進行這些內容的修改，這與一九四七年作品所受到的批評有關係。一九四七年一月，巴金的《寒夜》剛刊載完，就有署名「莫名奇」的人在《新民晚報》副刊上連續發表文章指責巴金。與此同時，「左翼」作家耿庸在《聯合晚報》副刊發表了對此進行附和的文章〈從生活的洞口⋯⋯〉。他們藉《寒夜》指責巴金的作品不敢面對鮮血淋漓的現實，也沒有給讀者指明出路。他們給巴金冠以「感傷主義作家」。巴金在《寒夜》初版後記裏回應了這些批評，他說：「我從來不是一個偉大的作家，我連做夢也不敢妄想寫史詩。我只寫了一些耳聞目睹的小事，我只寫了一個肺病患者的血痰，它們至今還印在我的腦際，它們逼著我拿起筆替那些吐盡血痰的人講話。」[4] 巴金告訴批評者，他正是看見了現實的悲慘而寫下他的所見，這不是直面鮮血淋漓的現實又是什麼？從初版後記來看，巴金對批評者的批評儘管很憤怒，但這次修改還是受到了批評家責難的影響。修改後，使作品更緊扣現實。作品的〈尾聲〉中最後一句的修改也與這次批評有關。我們從他的《創作回憶錄》可以瞭解，作者是想讓作品的悲觀的調子減輕。作者接著說：「我雖然為我那種憂鬱感傷的調子受夠了批評，自己也主動作過檢討，但是我發表《寒夜》明明是在宣判舊社會、舊制度的死刑，我指出蔣介石國民黨的統治已經徹底潰爛，不能再繼續下去，舊的死亡，新的誕生，黑暗過去，黎明到來。」[5] 作者儘管沒有在小說的最後照批評家的吩咐加一句「哎喲喲，黎明！」卻也表達了

---

[3] 巴金，《創作回憶錄》，人民文學出版社，1982 年版，第 106 頁。

[4] 巴金，〈《寒夜》後記〉，賈植芳主編《中國當代文學研究資料·巴金專集》（1），江蘇人民出版社，1981 年版，第 379 頁。

[5] 巴金，《創作回憶錄》，人民文學出版社，1982 年版，第 112 頁。

對當時社會的控訴和對黎明時刻的嚮往和呼喚。增補一句「她需要溫暖」，正是為了體現這一意向。

初刊本的邊寫邊刊和一些急就章也為作品的語言留下許多缺憾。所以，這次修改的另一個重要方面是語言文字的推敲。全書約五百處的修改中，絕大部分修改都屬於這方面。有對初刊本中運用不恰當的字詞句的替換：或者變換語序，或者替換新詞，或者把原句用另一句替換，使語句更連貫，更符合日常的表達。如「他到一陣寬鬆」改為「他感到一陣輕鬆」（第一章）；「她微笑說，故意掩飾她的不定心」改為「她微笑說，故意掩飾她的遲疑不決」（第十五章）。而對多餘的字詞句的刪省，則使語句更精練、更流暢。如「那時樹生，他妻子，正坐去書桌前化妝」改為「那時樹生，還坐在書桌前化妝」（第十一章）；「她臉一紅，眉毛一豎，，她準備和這老婦人爭吵，但是她立刻把怒氣壓住了」改為「她臉一紅，眉毛一豎，但是她立刻把怒氣壓住了」（第十四章）。為了使某些詞句的表達更準確，或使人物的心理活動更豐富，還補充了大量的語句。這為讀者更加深入地瞭解主人公的身分、心理等各方面情況提供了資訊。如在「不久他到了他服務的地方」後補「那是一個半官半商的圖書文具公司的總管理處」（第三章）；在婆婆數落兒媳時說的「兒子都快成人了，還要在外面胡鬧」之後補「虧她還是大學畢業，學教育的」（第十章）；「妻告訴他，有七分息」改為「妻告訴他，存比期，每半個月辦一次手續，利息有七分光景，到底妻比他知道的多」（第二十二章）。修改後，克服了急就章的缺點，文字表達和生活細節描寫的藝術均提高了，形成了流暢、樸實的語言風格。

總之，從初刊本到初版本的修改，既是一次藝術上的完善與提高，也不自覺地受到了「左翼」批評的影響。

三、從初版本到文集本

在人民文學出版社編輯《巴金文集》最後兩卷時，作者原準備把「人間三部曲」（即《憩園》、第四病室》、《寒夜》）合編為一卷，但篇幅太長，不便於裝訂，故把《寒夜》抽出置於最後一卷。收入其中的《寒夜》又被修改。一九六〇年十一月，巴金應四川友人的邀請，赴成都參觀訪問。《寒夜》的第二次修改就是在年底進行的。這次的修改比第一次修改處次少，只有近二百處。新中國成立後，新的文學方向被確立，文學逐漸形成了統一的規範，如為政治服務、寫工農兵、樂觀取向、讚歌格調等。巴金又親身經歷了一系列大規模的文學批判活動，如被迫參與批判胡風等。一九五八年至一九五九年全國範圍內還開展了「巴金作品討論」，對他的作品的討論中出現了種種「左」的論調。這些因素都對他的第二次修改《寒夜》產生影響。在文集本的附錄文章〈談《寒夜》〉中，作者對作品主題有了新的闡發。在突顯「好人無好報，壞人得志」的舊社會，表達了對國民黨反動統治的沉痛的控訴的基礎上，巴金用了更明確的政治修辭；「造成汪文宣家庭悲劇的主犯是蔣介石國民黨，是這個反動政權的統治」，「詛咒舊社會，歌頌像初升太陽一樣的新社會」，「不斷進步的科學和無比優越的社會制度已經征服了肺病，它今天不再使人談虎色變了」。可以說作者是緊跟時代的步伐，不但否定了舊社會，也歌頌了新社會的無限美好。所幸的是，作者只是對文本中人物、主題的闡釋發表了新的看法，而並沒有對文本大加刪削。

這次修改最重要的是突出了曾樹生的複雜的性格。她既是追求個人自由幸福的時代女性，又是衝破舊禮俗的「不孝順」的兒媳；既是追求現實物質享受的女人，又是始終不忘貧困丈夫的妻子。相比較而言，文集本的曾樹生更加讓人產生同情。巴金曾說「我同情

她和我同情她的丈夫一樣，甚至超過我同情她的婆母」[6]（頁33）甚至她拋夫別子的行為也讓讀者能夠理解。她對文宣的愛更深了，也更真摯了，樹生與汪母的矛盾方面，也刻畫得更加細緻，更加令人深思。全文有關樹生的內容有八十餘處改動。

在寫她與汪母的矛盾時，矛盾根源在原來的新舊思想的對立之外又增加了「愛的不可分割」的因素。如「你母親看不慣我這樣的人，我也受不了她的氣，還不是照樣吵著過日子」改為「你母親那樣頑固，她看不慣我這樣的媳婦，她又不高興別人去分她的愛，我呢，我也受不了她的氣，以後還不是照樣吵著過日子」（第十五章）；「她把我看作奴使她的主人，所以她那樣恨我」後補「甚至不惜破壞我們的愛情與家庭幸福」（第二十六章）。作者在汪母與樹生的矛盾中增加了精神分析學的因素，用佛洛伊德的學說去寫汪母的病態心理。這是作者對婆媳關係的新的探討。在樹生離家的原因中，婆婆不容媳婦是樹生離家的催化劑，促使樹生最後下定決心。在寫汪文宣與樹生之間的感情時，樹生對文宣的關心和愛大大增加了。增加了許多細節，人物形象也更完整了。如「她興奮地上了樓」改為「她懷著又興奮又痛苦的矛盾心情上了樓」（第二十章）；「為什麼不早去，不要把病耽誤了啊，她提醒他」改為「為什麼不早去，我求求你，不要把病耽誤了啊，她懇切地望著他，央求似的說，眼裏忽然迸出幾滴淚水，她便慢慢地把頭掉開了」（第二十章）；在文宣看見樹生要離開的調令後，增加樹生主動擁抱文宣並說出了自己苦衷的情節（第二十一章）；增加樹生主動與文宣吻別的的感人情節（第二十三章）；樹生走後的最大牽掛是文宣的病，增加了樹生來信讓文宣到寬仁醫院看病的情節（第二十五章）。文集本中，樹生也並不是一走了之，而是不停地寫信請求文宣去看病，甚至為他聯

---

[6]　巴金，《創作回憶錄》，人民文學出版社，1982年版，第33頁。

繫了醫生。樹生也不是對他們沒有牽掛，在中斷一個多月的聯繫後，風塵僕僕地趕回，也表明她決不是個壞女人。樹生與文宣之間，從大學的自由戀愛到結婚生子，有十多年的夫妻情分，文集本把他們的愛寫得更加動人，當然是更合情理的。

但在同卷的〈談《寒夜》〉中，論及文中的人物和自己的創作時，作者首先說「三個人物都不是正面人物，也都不是反面人物；每個人有是也有非，我全同情。」對汪文宣和曾樹生也稱為「兩個善良的小資產階級知識份子」。又批評汪文宣：「他天真地相信著壞蛋們的謊言，他很有耐心地等待著好日子的到來。結果，他究竟得到了什麼呢？」然後對汪母又有批評：「一個自私而又頑固的、保守的女人」；「她希望恢復的，是過去婆母的威權和舒適的生活」，汪母在作者心中甚至有點變態。對樹生的批評更是帶有譴責性的，如「為了避免吃苦。他竟然甘心做花瓶。她口口聲聲嚷著追求自由，其實她所追求的自由也是很空虛」；「她從來就不曾為著改變生活進行過鬥爭。她那些追求也不過是一種逃避」。在作品中甚至增補她與陳主任合夥做不法的囤積生意的情節。作者甚至預測了她的結局：「對她來說，年老色衰的日子已經不遠了。陳經理不會守在她的身邊」；「她和汪文宣的母親同是自私的女人」。接著，作者對自己也進行了批評：「我的憎恨是強烈的。但我忘記了這樣一個事實：鼓舞人們的戰鬥熱情是希望，而不是絕望。特別是小說的最後，曾樹生孤零零地消失在淒清的寒夜裏，那種人去樓空的惆悵感覺，完全是小資產階級的東西。所以我的控訴也是沒有出路的，沒有力量的，只是一罵為快而已。」在這裏，作者完全以自責的語氣表達出對作品的不滿，完全是以新的文學標準去衡量和闡釋他在解放前寫就的作品。[7]

7　〈談《寒夜》〉一文的位置不是作為後記的形式附錄在正文後（後記仍採用

　　這次修改還有語言文字上的繼續完善。為了響應「漢語規範化」的號召，作者用了五〇年代的規範漢語取代了四〇年代的書寫語言。這類修改約有一百處，多為文句上的疏通。也有一些涉及人物活動環境方面的語言修改。修改的方式多為語言的替換。語言增補的情況較少，刪省的情況最少。如「半響」改為「半日」；「××銀行」改為「大川銀行」；「××書局」改為「一中書局」；「兩個夥計正忙著收拾桌面並發火」改為「一個夥計正忙著收拾桌面，另一個在發火」（第一章）。文集本在文字方面更加書面化、規範化，環境描寫也更加真實，更逼真地再現了國民黨統治下的霧都重慶生活。

　　作者對《寒夜》進行的第二次修改是很謹慎的，並非徹底改變了作品本來的面目，他只不過作了些微調。作為有良知的作家，巴金寧願自我批評，也不願大改舊作；寧願在作品之外寫一篇〈談《寒夜》〉來表達對主流話語的認同，來重新闡釋作品主題，也不願按新時期的標準進行大幅度刪削。從他對作品的修改和新的闡釋中，不難看出他「試圖在良知與社會環境許可下尋找一種恰當的形式，從而充分地表達自己。在不違背歷史事實。不違背良知的情況下，他可以作些浮於表面的檢討，而這主要是捨棄一個指頭而保全一雙手。」[8]「文革」以後，巴金曾對此有過自責：「我是不敢向長官意志挑戰的，我的《文集》裏雖然沒有遵命文學一類的文字，可是我也寫過照別人意思執筆的文章。」[9]「那個時候文藝界的鬥爭很尖銳，很複雜，我常常感覺『撥白旗』的大棒一直在我背後高高舉著，我不能說我不害怕，我有時也很小心。」[10]

再版後記），而是在同卷的〈談自己的創作〉中，「文革」後的選集本和全集本中的附錄均未收錄此文，但再版後記則每本必附。

[8] 周立民，〈巴金在 1958 年〉，《中國現代文學研究叢刊》，1998 年第 2 期。
[9] 巴金，《巴金全集》第 16 卷，人民文學出版社，1989 年版，第 33-34 頁。
[10] 巴金，《創作回憶錄》，人民文學出版社，1982 年版，第 113 頁。

　　總體上看，這次修改後的《寒夜》藝術上更趨完善，人物形象、情節衝突、語言修辭、主題表達等方面在原來的基礎上又有發展，並基本定型。所以巴金最後還是認可了這一次的修改：「我喜歡這部小說，我更喜歡收在《文集》裏的這個修改本。」[11]它成為後來各種單行本和各種選本的底本。

四、從文集本到全集本

　　「文革」結束後，巴金得以平反。強加在文藝上的枷鎖得以去除，文藝界進入了「新時期」。巴金的《寒夜》也獲得了多次重版的機會。如：一九八二年，四川人民出版社出版了巴金親自編選的十卷本《巴金文集》，《寒夜》收在第六卷，它以一九六二年文集本《寒夜》為底本，全部採用簡化字，內容上沒有改動，附再版後記。一九八三年人民文學出版社出版了《寒夜》的單行本，與文集本相比，作者在文字作個別修改。如基本沒有繁體字了，但專指動物的「它」仍為繁體字；又如「他愛喝酒，愛說話，他在這裏沒有家室」改為「他愛喝酒，愛說話，在這裏沒有家室」。但後來全集本《寒夜》並沒有採用這些修改。

　　《巴金全集》中的《寒夜》，也是在文集本的基礎上全部採用簡化字，內容、情節完全不變。在〈《寒夜》挪威文譯本序〉中，作者對作品的主題再次強調，他說：「我要控訴。的確，對不合理的社會制度我提出了控訴，我不是在鞭撻這個忠厚老實、逆來順受的讀書人，我是在控訴那個一天天爛下去的使善良人受苦的制度，那個斯文掃地的社會」，「現在我的頭腦清醒多了，我要說它

---

[11] 巴金，《創作回憶錄》，人民文學出版社，1982 年版，第 33 頁。

是一本充滿希望的書，因為舊的滅亡，新的誕生；黑暗過去，黎明到來。」[12]這是《寒夜》版本譜系中的最後定本。

---

[12] 巴金，《巴金全集》第 8 卷，人民文學出版社，1989 年版，第 707 頁。

序跋與中國現當代文學研究

　　序和跋，我國古代文章中兩種特殊的文體。序又叫緒言、引言、導言、題記、前言或小引等，一般置於書前（唐代以前置書後）。跋又叫後記、後敘等，一般置於書後。從內容和形式上看，序和跋大同小異。所以，人們通常把序和跋統稱為序跋文。近代以來，由於出版事業的發展，出版的書籍、期刊大量增多，為各種書刊所撰寫的序跋也愈來愈多。幾乎所有的著名作家和文化名人，都寫過序跋。同時，這種傳統的文學樣式在經歷了現代化轉型後，內容上有了明確的分工，序側重對著作內容的介紹和評價，分自序（代序）和他序；跋則側重說明寫作經過的有關事宜，文字比較簡短，多為作者自寫。

　　新文化運動之後，現代文學得以產生。現代作家大多重視序跋的作用，魯迅就是個典型的例子。他認為一本書總要有序跋才好，在〈《鐵流》編校後記〉中說道：「沒有木刻的插圖還不要緊，而缺乏一篇好的序文卻實在覺得有些遺憾。」[1]在〈《准風月談》後記〉中寫道：「我的雜文，所寫的常是一鼻，一嘴，一毛，但合起來，已幾乎是或一形象的全體，不加什麼原話也過得去。但畫上一條尾巴，卻見得更加完善，所以我要寫後記，除了我是弄筆的人，總要動筆以外，只在要這一本書裏所畫的形象，更成為完全的一個具象，卻不是『完全為了一條尾巴』」。[2]他認為序跋是作品不可缺少

---

[1]　魯迅，《魯迅全集》第 7 卷，人民文學出版社，2005 年版，第 389 頁。
[2]　魯迅，《魯迅全集》第 5 卷，人民文學出版社，2005 年版，第 402-403 頁。

的一個有機組成部分。正是有這樣的認識，序跋寫作在他創作生涯中佔有重要地位，畢生所寫的序跋有二百六十多篇，約占總篇數的四分之一。巴金同樣重視序跋的寫作，他在〈《序跋集》再記〉中認為：「在書上加一篇序或跋就象打開門招呼客人，讓他們看見我家裏究竟準備了些什麼，他們可以考慮要不要近來坐坐。」為了抒發其創作初衷和論著要旨，乃至某些不易一時書盡的著述經過等。他「唯一的辦法就是在自己的作品書前寫序、寫小引、寫前記，書後寫後記、寫附記、寫跋。」[3]如他為不同版本的《家》寫過近十篇序跋文字。除了作家，許多學者也寫了大量的序跋文字。如季羨林就是這樣一位熱愛寫序之人，迄今為止，他寫過的序跋已超過二百三十篇，約六十萬字。正是作家、學者以及社會名人重視並參與序跋的寫作，使這種文體在二十世紀得到了空前的繁榮。

近一兩年來，筆者主要致力於二十世紀中國文學序跋的閱讀、收集、整理和研究。這是一個幾乎被完全忽視的巨大存在。粗略統計，僅現代文學作家的序跋已遠遠超過千萬字。如，胡適一生所寫的序跋至少在五十萬字以上，魯迅有三十萬字，周作人近三十萬字，郭沫若四十萬字以上，茅盾有四十萬字以上，巴金更多，有六十萬字以上。僅這六位作家的序跋文字就超過二百五十萬字以上。根據《中國現代作家傳略》（四川人民出版社，一九八一年版）中的統計，現代文學作家數目有二百餘位。據《中國現代文學總書目》（福建教育出版社，一九九三年版）的統計，現代文學作品的數量上有一萬三千五百餘種。許多詩歌、小說、散文、戲劇等作品附有序跋，有的還不只一篇（而現代文學時期還有大量的非文學作品的序跋，似也應歸入現代文學序跋之列）。現已出版的序跋集（按體裁分）有《中國現代文學序跋叢書》小說卷和散文卷（海南人民出

---

[3] 巴金，〈《序跋集》再記〉，《序跋集》，花城出版社，1982 年版。

版社，一九八八年版）、《中國新詩集序跋選》（湖南文藝出版社，一九八六年版）和《中國現代戲劇序跋集》（北京廣播學院出版社，二〇〇三年版）等。許多現代文學作家的序跋都已單集成冊，或作為全集的一部分，或出單行本，如《魯迅序跋》（百花文藝出版社，一九八六年版）、《茅盾序跋集》（生活・讀書・新知三聯書店，一九九四年版）等等。到了當代文學時期，產生的序跋文字數量更多，而收集成冊也不少，有《劫後文存──賈植芳序跋集》（學林出版社，一九九一年版）、《臧克家序跋選》（青島出版社，一九八九年版）、《晦庵序跋》（湖南人民出版社，一九八六年版）以及東南大學出版社在二十一世紀初推出的《書人文叢・序跋小系》等數十種。但是，以上的序跋集也還僅僅是一部分現當代文學序跋，還有更多的作家、學者序跋未得到系統地收集整理。

　　此外，在現當代文學時期，大量外國文學作品得到了進入中國的機會，在翻譯作品產生的同時，也產生了大量的譯本序跋。根據《民國總書目・外國文學卷》，以日本文學為例，民國時期其在中國的各類譯本大約有二百三十二種，有譯本序跋的為一百零五種。可見，譯本序跋的數量也是驚人的。但遺憾的是，專門以現當代文學時期翻譯作品序跋為對象的序跋集迄今為止還沒有出現，而對翻譯序跋的研究也是鳳毛麟角（僅僅對林紓的譯序和魯迅譯序跋有過一些探討），系統地研究基本沒有。儘管有人對把翻譯文學歸為現當代文學還存有疑問，但把譯者所寫的序跋文視為現當代文學作品之列應該是沒有異議的。這些譯本序跋見證了二十世紀中國積極向外學習和引進外國文學的努力。序跋作者既有對翻譯理論的深入探討，也有中外文學比較研究的初步嘗試。讀者讀譯本序跋，不但能瞭解域外作家的生平、創作道路等各種情況，還能深切感受到譯本序跋者為中外文學交流所作的不懈努力。甚至從譯本序跋中，還能窺探出不同時期的政治風向和文化症候。總之，譯本序跋和現當代

文學序跋一樣，不但需要分類收集整理，更需要對它進行系統和深入的研究。

然而，長期以來，現當代文學序跋更多是僅僅視為文學研究的參考文獻，而不是單獨的研究對象。大量的序跋成集也僅僅是作為一種資料（史料）而出現的，對其系統研究基本沒有開展。就目前的序跋研究看，以現當代文學序跋為研究對象的專著和博士論文一部都沒有，碩士論文也僅有一兩篇，而且僅僅是以魯迅的序跋為研究對象。單篇的序跋研究論文也主要涉及林紓、魯迅、胡適等人的部分序跋，而郭沫若、巴金、茅盾、老舍、沈從文等眾多現當代文學作家的序跋，連一篇研究的論文都沒有。而以體裁分的小說、散文、詩歌和戲劇作品的序跋研究也基本沒有。可見，現在還少有人把序跋視為獨立的研究對象作系統而深入的研究。而與此相反，古代文學研究領域中的序跋研究則顯得比較活躍，專著、博士論文和碩士論文不但數量多，而且系統深入。目前，在從事現當代文學研究領域的人員愈來愈多，未涉及的領域愈來愈少的情況下，對現當代文學序跋的研究不啻是一個十分有價值的選題。

筆者認為，進行現當代文學序跋的研究具有以下幾點意義。首先，序跋作為現當代文學作品的重要組成部分，對序跋的研究彌補了文學研究的空缺。新時期以來，現當代文學研究取得了長足進步，幾乎每一個重要的領域都有研究成果問世。作家、作品、文學思潮、以及文學史料等領域的成果汗牛充棟，不可勝數。而現當代文學時期序跋則基本上是一個待開墾的處女地，它是一個全新的研究領域，值得眾多研究者在這上面施展才華。其次，序跋的研究也有助於現代作家作品研究的深入和作家身分的重新確立。魯迅曾說：「倘要論文，最好是顧及全篇，並且顧及作者的全人，以及他

所處的社會狀態，這才較為準確。」[4]許多現代作家畢生寫下了大量的序跋，而研究其作品時更多地是參證他寫的序跋，而沒有把序跋作為作家創作的一類文體看待（即使涉及也只是把序跋歸入散文類，這一分類似應具體問題具體分析，很難一刀切），這自然不是論及全人全文的表現。再次，序跋的研究也有助於對作品研究的深入。從序跋與正文本的關係來看，序跋具有兩個特點：一是它的附屬性，附於正文，從而形成與正文的互問性關聯，在意義上互相發明；二是它又有相對獨立性，如果我們把它作為獨立於正文之外的文本看待，那麼，這些文本就僅僅是作者對寫作的自我期許，與正文是否達到了這種期許不構成必然的因果鏈條，它們之間存在統一性，但也不排除有裂縫有矛盾。作為紀實性的序跋與虛構的文學作品之間就形成了闡釋的張力，序跋與作品之間所構成的文本的縫隙是切入作品的的重要途徑。再次，從序跋的內容看，其涉及到的作家間的交誼、恩怨、文壇論爭、出版體制、時代風貌等是現當代文學回到歷史現場的重要依據。從序跋中我們能窺見作家與作家、作家與作品、評論與寫作、作品與傳播、文本與版本等等之間的複雜關係。借用黃仁宇先生的話說，序跋所體現的真是「關係千萬重」。最後，因作家寫作風格的差異使現代文學序跋呈現出異彩紛呈的藝術特色，如魯迅和周作人的序跋寫作風格差別就相當大。他們的序跋寫作藝術和經驗可為現今的序跋寫作提供範例。

對序跋研究的角度可多方面切入。如果說文學作品（尤其是小說、戲劇、詩歌）的正文本帶有更多的虛構、想像的成分，那麼其序跋則帶有更多的紀實性。它是對作家、作品等內容的一種真實的及時的交代和說明。其時效性不亞於作家的日記、創作談等，其真實性遠在作家的回憶錄、口述歷史等之上。所以，從序跋的文體特

---

[4] 魯迅，《魯迅全集》第 6 卷，人民文學出版社，2005 年版，第 444 頁。

質方面看，它在現當代文學研究中具有史料價值。如果以周作人關於序跋寫作的內外關係來分，序跋的內容一方面指向「書裏邊」，涉及作品本身；另一方面指涉「書外邊」，諸如作家身世、思想、文藝思潮與論爭、作品產生的時代、文化背景等等。從這個意義上說，序跋其實可能關涉新文學內部研究和外部研究的所有史料。所以，序跋可以說是新文學研究的一個內涵極為豐富的史料庫。從所依附作品的體裁上看，有小說序跋、散文序跋、詩歌序跋和戲劇序跋四大類。現代文學作品每一類文體都有其發展的歷史，而各類文體的序跋自然也見證了該類作品發展的全過程；序跋中蘊涵了豐富的歷史內容，為瞭解中國現代文藝思潮和各種風格流派的嬗變以及中國現當代文學所走過的歷史足跡提供了一個側面。對作家而言，序跋是一個作家長途跋涉中的印痕點點，其畢生所寫的序跋加在一起往往就是一個作家的成長史、藝術史和心靈史的寫照。如從郭沫若畢生所寫序跋中，不但可瞭解他的人生經歷，他的思想變化，也是學習和研究郭沫若著譯的指南和嚮導，還能通過它瞭解世界文藝思潮，特別是中國現代文藝運動和時代精神演變的軌計。從序跋與作品的關係看，序跋是環繞作品正文本的主要副文本（其他還有封面畫、插圖、扉頁引言等副文本）。序跋為讀者進入正文本營造了閱讀空間和審美氛圍。序跋是作序作跋者對作品的一種導讀，序跋中的「深度批評」又為作品的文學史定位和經典化提供了支撐。同時，序跋與正文本之間具有文本間性和闡釋縫隙，它擴展了作品的闡釋張力。從序跋的寫作者來看，現代文學序跋因為大量作家、學者的介入，呈現出獨特的寫作特色，序跋中的語言藝術、表揚藝術、批評藝術以及廣告藝術為現今的序跋寫作提供了可學習和借鑒的經驗。總之，現當代文學序跋的研究能為文學研究提供新的廣度和深度，為二十世紀文學史的寫作提供新的材料和視角，是一個極具研究價值的領域。

老舍序跋的寫作藝術

在老舍的創作生涯中為自己和他人的作品寫了不少的序和後記，廣州花城出版社於一九八四年十月出版了《老舍序跋集》，基本收齊了老舍畢生所寫的序跋。從數量看，老舍所寫的序跋不少，六十餘篇，計十餘萬字。在現當代作家中，老舍所寫的序跋別具一格，為當今的序跋寫作提供了範例。下面從三個方面來論述其序跋的寫作藝術。

一、篇幅短小精悍

從老舍序跋的內容看，它主要涉及到四個方面：第一，解釋書名。讀者接觸作品，首先是題目，有些題目就直接與作品的主旨相關。對一些令讀者費解的題目進行解釋或說明尤為必要。如他寫的〈《感集》序〉、〈《櫻海集》序〉、〈《蛤藻集》序〉等都解釋了書名。讀者讀了序，先就消除了誤會，清晰了作家的原義。第二，指明創作緣起和過程。老舍的許多作品的創作緣起，大都是編輯「擠」出來的。所以，他的序跋中常提到「受邀」之苦。如在〈《微神集》序〉中，他說：「因為心欠秀氣，我不大願意寫短篇小說。但是，朋友們索稿十萬火急，短篇小說就非寫不可；不是因為容易寫，而是因為可以少寫些字。」此外，在〈《文博士》序〉、〈《大地龍蛇》序〉等都提到作品創作的緣起。第三，指明遍選原則。除長篇小說外，老舍也寫了大量的短篇小說、詩歌、戲劇、大鼓詞等，出版了

許多作品集,在為作品集寫序時,交代了該書的編選原則,先就讓讀者對選入該集的作品有初步的瞭解。如在〈《老舍選集》自序〉、〈《老舍劇作選》自序〉、〈《小花朵集》後記〉和〈通俗文藝五講〉等對選入該書的篇目有說明。第四,說明版本情況。新文學作品隨著自己思想的變化或時代的變更以及刊載媒介的變化,作家時常會對作品有所修改,老舍自然也不例外。在他的〈《駱駝祥子》序〉、〈《駱駝祥子》後記〉、〈《老舍選集》自序〉和〈《龍鬚溝》修正本序〉等序跋中,對自己作品的版本情況就有些介紹和提示。但是,老舍的序跋容並不都有以上四方面的內容,有的序跋僅解釋書名,有的交代創作緣起和解釋書名,有的交代編選原則和說明版本情況等,而把這幾個方面的事說情楚並不要多少字。所以,老舍序跋的第一個特點就是短。

序的主要目的是對作家、作品進行介紹和說明,是為讀者進入作品的鑰匙、橋樑和門徑。所以,序不能太長,需要的是能在較短的序文中調動讀者閱讀作品的興趣。在現代作家中,老舍的序跋可能是最短的。所寫的序跋大都相當短,有的只有一段或一句話。如〈《東海巴山集》序〉就只有一句話:「此集所收,或成於青島,或成於重慶,故以東海巴山名之。」(文中涉及到的老舍序跋文字均引自《老舍序跋集》)僅二十二字,可能是新文學史上最短的序了。他的〈《貧血集》小序〉兩段八十餘字,〈《老牛破車》序〉一段僅百餘字。較多的序文也只有三四百字,如〈《貓城記》自序〉、〈《趕集》序〉、〈《蛤藻集》序〉、〈《三四一》自序〉等等,這些序文所占的版面大多一兩個頁碼,讀者在能很短時間讀完。但是,老舍也有長序,如〈《老舍劇作選》自序〉、〈《荷珠配》序〉以及〈《神拳》序〉等就是長序。只不過在老舍序跋中數量較少而已。老舍序跋中短序特別多,這也不失為新文學序跋的一種格式。

二、語言幽默溫和、文白互融

樊駿認為：「老舍最為突出的特點最為重要的成就也是別人最難以企及之處是他的幽默藝術。……在某種意義上可以說，失去了幽默，就沒有了老舍，更談不上他在文學史上取得那樣的成就與地位。」[1]老舍的序跋文字，因為幽默的滲入，顯得有點「老不正經」。如〈《貓城記》自序〉中有這樣的文字：「《貓城記》是個惡夢。為什麼寫它？最大的原因——吃多了。可是寫得很不錯，因為二姐和外甥都向我伸大拇指，雖然我自己還有一點點不滿意，不很幽默。但是吃多了大笑，震破肚皮還怎再吃？不滿意，可也無法。人不為麵包而生。是的，火腿麵包其庶幾乎？」先設問，自己再回答，答案又似很荒唐。而且對寫得不錯的原因解釋也很離奇。後面又用了兩個反問句。短短一段文字，卻在作者筆下煥發出了魅力。老舍的個性、神態以及與家人生活的情趣躍然紙上，這就是老舍語言的幽默。「文字要生動有趣，必須利用幽默……假若乾燥、晦澀、無趣，是文藝的致命傷；幽默便有了很大的重要；這就是它之所以成為文藝的因素之一的緣故吧。」[2]

在老舍的序跋中，如〈《趕集》序〉、〈《櫻海集》序〉、〈《文博士》序〉等大都充滿了幽默和機趣。但是，在「老不正經」的外衣下，更體現出作者的一種心態，一種沉靜、溫和而又不失熱情的寬大胸懷。老舍認為幽默「是一種心態，我們知道，有許多人是神經過敏的，每每以過度的情感看事，而不肯容人。這樣人假如是文藝作家，他的作品中必含有強烈的刺激性，或牢騷，或傷感；他老看

---

[1] 樊駿，〈認識老舍〉（下），《文學評論》，1996 年 6 期，第 65 頁。
[2] 胡絜青編，《老舍論創作》，上海文藝出版社，1980 年版，第 70 頁。

別人不順眼，而願使大家都隨著自己走，或是對自己的遭遇不滿，而傷感的自憐。反之，幽默的人便不這樣，他既不呼號叫罵，看別人不是東西，也不顧影自憐，看自己如一活寶貝。」[3]老舍的序跋具有一種從容與談定，從容與淡定中又包含作者對人對事的熱情。如在〈《神拳》序〉中，他從容地敘述了八國聯軍進北京，自己僥倖躲過此劫：「我們的炕上有兩隻年深日久的破木箱。我正睡在箱子附近，文明強盜又來了。我們的黃狗已被前一批強盜刺死，血還未乾。他們把箱底兒朝上，倒出所有的破東西。強盜走後，母親近來，我還被箱子扣著。我一定是誰得很熟，要不然，他們找不到好東西，而聽到孩子的啼聲，十之八九也會給我一刺刀。」一次死裏逃生的驚險經歷，在老舍筆下娓娓而談，把無盡的憤怒掩在平淡的敘述之中。在新文學作家中，這是十分罕見的，是老舍獨有的才能和特色，也是一種胸懷和境界，這個特點貫穿在老舍一生所作的序跋中。

除了幽默溫和，老舍序跋語言的另一個特色就是口語和現代白話的貫融。老舍是地道的北京人，是從社會地層走出來的，與社會各個階層都有廣泛的接觸，使得他具有深厚的生活積累，也使得他的作品以面向最廣大的普通讀者為目的。所以，要使作品能被普通讀者接受，通俗易懂是應有之義。在老舍看來，語言的口語化自然是作品通俗易懂的主要策略。同時，老舍又是沐浴過五四新文學運動精神的知識份子，而且在國外生活多年，帶有歐化色彩的現代白話也是老舍作品語言的追求。所以，北京方言口語和現代白話的交融就在老舍的作品中出現了。老舍的序跋語言中無疑體現出這一點：既有鮮活的口語，也有標準的現代白話語，而且兩者在他筆下竟然能完美地融會在一起。下面僅以〈《四世同堂》序〉中的一段

---

[3] 胡絜青編，《老舍論創作》，上海文藝出版社，1980 年版，第 69 頁。

文字為例：「設計寫此書時，頗有雄心。可是執行起來，精神上，物質上，身體上，都有痛苦，我不敢保險能把他寫完。即使幸而能寫完，好不好還是另一問題。在這年月而要安心寫百萬子的長篇，簡直有點不知好歹。算了吧，不在說什麼了！」文中具有現代白話特色的連詞有「可是……都」、「即使……還是」「而」等，也有口語色彩的「吧」、「了」，而且，幾乎都是短句，這也是口語化語言的特色。由此可見，在老舍的序跋中，口語和現代白話能很好地貫融在一起，成功地拓展了現代語言的表現空間。

三、實事求是的寫作態度

序有自序和他序之分。他序向來有種不好的傾向，就是對作品肆意的吹捧，因為他序作者與著者相熟，有的甚至是摯友，為朋友們寫序自然要竭力吹捧。其實，這樣的序跋則偏離了序跋的本義，序跋的作用也不能得到充分的體現。無原則的表揚反而會使讀者生厭，不能起到引導讀者閱讀的目的。為別人作序既要對著作者負責，同時又要對廣大讀者負責，這兩者是統一的而不是對立的。老舍也深知他序的危險，所以在他的序跋寫作中，嚴格恪守為文的基本原則，對別人的作品適度的肯定，決不作過度的吹捧。他序更能看出老舍序跋寫作的另一特色，即使實事求是的態度。

年輕朋友的作品，自然顯得稚嫩些，對這些作品，老舍的序文更多的是鼓勵。如在為徐中玉的《芭蕉扇》寫序時，即沒有為了捧場，寫些表揚來錦上添花，而更多的是鼓勵和引導。文中開始就說：「因為著者徐君還很年輕，他的文字、思想、感情、經驗都正在發展前進，不能輕易下斷語。他若從此不再進步，那倒好辦了，可是那不是我所希望的。」接著，老舍談到自己的讀後感，認為作者已有很好的文字功底，知道怎樣避免無聊的修辭，只要繼續努力，他

是有希望的。避免給作品盲目的讚美，而是殷切地鼓勵他：「寫吧！什麼都要寫！只有寫出來才能明白什麼叫創作。青年人不會害怕，也不要害怕；勇氣產生力量，經驗自然帶來技巧。莫失去青春，努力要在今日。」

在給前輩和同輩摯友所寫的序文中，老舍不但處理好了與著者的關係，而且也處理好了與讀者的關係。在對著者的藝術成就有充分瞭解的情況下，對著者的書做出了實事求是的分析和判斷。如〈《郝壽臣臉譜集》序〉首先說明：「總結老一輩表演藝術家的經驗很重要，應該多做，快做。」點明所出圖書的重要價值，這自然是在深知表演藝術的前提下得出的結論。在〈《馬連良演出劇本選集》序〉中，老舍首先就指出：「馬派戲不僅在唱了、念、做上都有獨創之處，連人物的扮相與行頭亦精心設計。單學些唱腔，不足學得馬派之長。這部選集不但錄有戲詞，且具人物扮相，表演提示，與主要馬腔的樂譜，全面介紹，重點闡明，對繼承與研究馬派劇藝一定有很大的益處！」讀者通過老舍的序，就能瞭解到此書的巨大價值。而在〈《北京話語彙》序〉中，老舍先從自己的對北京話語彙的粗淺認識談起，接著又談到這部書給自己解決了不少問題。最後，老舍坦白說道：「我不是語言學與音韻專家，沒有評論這部書的資格。我只能就它對我有那些好處，寫這麼幾句話。至於書中或也有些解釋未能完全正確，那就請專家們提供意見，大家討論吧。」對於自己不甚瞭解的知識，坦白告知，這正是「知之為知之，不知為不知，是知也。」可見，老舍在序跋中，確實做到了有一說一，有而說二，有優說優，有缺點也不諱言，不說違心的話，心中有一個嚴格的尺規。

談序跋寫作佚事

　　序跋自有其悠久的寫作傳統。至二十世紀，隨著出版業的興盛，序跋寫作已蔚為大觀。許多作家、學者等社會名人都留下了大量的序跋，如胡適至少有四十萬字的序跋，魯迅兄弟都各有二、三十萬字的序跋，寫得較少的老舍也有十餘萬字。粗略統計，僅現存的新文學序跋至少有一千萬字。許多名家的序跋都已單集成冊，或作為全集的一部分，或出單行本。序分自序和他序，跋也有他跋。二十世紀的序跋寫作史上，不但留下了大量的序跋，也因序跋寫作產生了許多佚聞趣事。拙文試圖從二十世紀序跋的寫作史中鉤沉一些早已被人遺忘的序跋寫作佚事，以饗讀者。當然，在二十世紀的序跋寫作史上的佚事瑣聞還遠遠不止拙文提到的這些方面，所舉的事例也僅僅是序跋佚事鎖聞之冰山一角，需要我們在閱讀時隨時收集和整理，這裏僅僅是引玉之磚。

　　一般來講，序跋短於作品。但是，序跋的長度超過正文的情形也有，而且早在中國古代的序跋寫作史上就有了。如唐代王勃的滕王閣詩是一首七律，只有八句五十六字。但作為這首詩的序言〈秋日登洪府滕王閣餞別序〉則有七百來字，序壓倒了詩，也比詩更有名。二十世紀的序跋寫作中也多有這種情形。如周作人的〈若子的死〉一篇，正文僅四十九字，而作者所寫的附記卻長達六百多字。此文最初在一九二九年十二月四日的《華北日報》副刊上發表，還有一段更長的〈再記〉，約一千三百字。作者義正詞嚴，聲情激越地控訴日本醫生山本之誤診殺人，但收入集子時卻刪去了。還有周

作人的〈怎麼說才說〉一文，只有三百餘字，但作者寫的附記卻有九百多字，是正文的三倍。另外，詩人路易士（紀弦）的詩歌〈向日葵〉發表時附的一篇長跋，長度也遠遠超過了詩本身。

在中國古代「文字獄」的歷史上，因序跋致禍比較鮮見，但是二十世紀初發生的晚清中國最大的文字獄——一九〇三年的「蘇報案」的導火線就是一篇序。一九〇三年六月十日，《蘇報》發表了章太炎署名的〈《革命軍》序〉，在序中，章以熱情洋溢的語言對鄒容的《革命軍》大加讚揚，「今容為是書，一以叫哮恣言，發其慚恚，雖囂昧若羅、彭諸子。消亡猶為流汗祗悔，以是為義師先聲，庶幾民無異志而才士亦知所返乎！若夫屠沽負販之徒，利其徑直易知而能恢發智識，則其所化遠矣。藉非不交，何以致是也！」最後，章又對鄒容書中的「革命」進行了解釋：「容之署斯名，何哉？諒以其所規畫，不僅驅除異族而已，雖政、教、學術、禮俗、材性猶有當革命者焉，故大言之曰『革命』也。」[1]晚清政府自然要極力阻止這「妖言」惑眾，強烈要求租界工部局逮捕章太炎、鄒容等人。一九〇三年六月二十九日，租界工部局發出對章太炎、鄒容等七人的拘票。一九〇四年五月二十一日，會審公廨終於作出判決：章太炎監禁三年、鄒容監禁二年，罰作苦工，期滿驅逐出境，不准逗留租界。

民國時期，國民黨推行圖書審查制度，對危及自身統治的圖書採取刪、禁。因序跋致禍的事例不少，現舉一例。一九二九年四月，上海光華書局初版郭沫若的《我的幼年》（自傳），在書的〈後話〉中有一句話：「革命已經成功，小民無處吃飯」，被主管查禁的上海教育局局長視為反動，以「普羅文藝」罪名查禁。書局為了減少損失，被迫作了些修改，並改名為《幼年時代》，於一九三三年出版。書中附有一則聲明：「本書原名《我的幼年》，前以上海特別市黨部

---

[1]　章炳麟，〈《革命軍》序〉，《革命軍》，中華書局，1971 年版。

命令指出本書二十頁內中一段及後話內之最後二句詞句不妥，暫停發行，茲本局特將以上二處刪去，並改名為《幼年時代》，特此聲名。」出版後又被政府禁止發行。一九三六年十月，上海光華書局將該書再次改名為《童年時代》出版，但還是再次遭到政府的查禁。直到一九四二年八月，重慶作家書屋以「沫若自傳之一」出版了《童年時代》。

序分自序和他序，他序本身就是序者與著者的一段文事交往的見證。而雙方互相為對方的著作作序則為兩者間的文事交往增添雅趣。如梁啟超應蔣方震（字百里）之邀，為其《歐洲文藝復興時代史》作序，但「吾覺泛泛為一序，無以益其善美，計不如取吾史中類似之時代相印證焉，庶可以校彼我之長短而自淬厲也。乃與約，作此文以代序。既而下筆不能自休，遂成數萬言，篇幅幾與原書埒。天下古今，固無此等序文。脫稿後，只得對於蔣書宣告獨立矣。」[2]進而轉請蔣方震為其書作序。故蔣氏在序中說：「方震編歐洲文藝復興史，既竣，乃徵序於新會（梁啟超），而新會之序，量與原書埒，則別為清學概論，而復徵序於我。」[3]但是，梁為蔣方震書作序的任務仍然沒有完成，「對於百里之若責，不可不踐也，故更為今序」。[4]梁只好為該書另寫了新序。

田漢和洪深是新文學戲劇史上的雙子星座。他們也曾以互相作序，給對方「捧場」。如田漢為洪深的《電影戲劇表演術》（一九三四年八月）所作〈序〉（寫於一九三四年十月五日）中，表達了對著者其人其書的欣賞：「他那傾注著半生蘊蓄的大著，對於我們這

[2] 梁啟超，〈《清代學術概論》自序〉，《清代學術概論》，東方出版社，1996年版。

[3] 蔣方震，〈《清代學術概論》序〉，《清代學術概論》，東方出版社，1996年版。

[4] 梁啟超，〈《歐洲文藝復興史》序〉，《歐洲文藝復興史》，商務印書館，1921年版。

些愛好戲劇藝術的學徒們是非常寶貴的寄與。」[5]稍後，洪深為田漢的《回春之曲》（一九三五年五月版）作〈序〉（寫於一九三五年五月二十日），投桃報李，高度讚揚了他這部劇集：「始終不曾失去『反封建和反帝國主義是中華民族的唯一道路』那個『自信』的，除了田先生這個集子外，竟不容易找到第二部！這部集子的可以『傳』，應當『傳』，是毫無疑義的。」[6]利用作序這一特殊的表達方式，他們共同演繹了一段文壇佳話。另外，我們都知道周作人為廢名寫了多篇序，有〈《竹林的故事》序〉、〈《桃園》跋〉、〈《棗》和《橋》序〉、〈《莫須有先生傳》序〉和〈《談新詩》序〉等。但是，廢名為周作人的著作寫過序就鮮為人知了。一九三三年章錫琛徵得周作人同意編選的《周作人散文鈔》，就由廢名作序。這也算是互相作序的又一事例。

　　新文學史上有許多對夫妻作家，如陳衡哲與任叔永、凌叔華與陳西瀅、馮沅君與陸侃如等，還可以開出一長串。這些作家在出書時，作為最瞭解的愛人，自然有義務喝彩、捧場，這些序跋中敘及夫妻間的趣事佚聞，是瞭解作家的珍貴史料。序跋中對作品的評論也能深中肯綮，同時，讀這些序跋中還能感受到夫妻間的濃濃情意。如陳衡哲的《小雨點》就有夫君任叔永所作的〈序〉，序作者開頭就說：「她這本小說集的印行，也可以說是我常常慫恿的結果，所以我覺得有說幾句話的必要──即使犯一點『台內喝彩』的嫌疑。」[7]文中還交代了一件趣事，自己把莎菲女士的一首詩寄給胡適之，說是自己寫的。而胡適卻未受蒙蔽，回信說：「叔永有此情致，無此聰明；杏佛有此聰明，無此細膩；這一定是一個新詩人作的。」又如陸侃如在一九二八年給馮沅君的《卷葹》寫了〈再版後

5　田漢，〈《電影戲劇表演術》序〉，《電影戲劇表演術》，上海生活書店，1935 年版。

6　洪深，〈《回春之曲》序〉，《回春之曲》，上海普通書局，1935 年版。

7　任叔永，〈《小雨點》序〉，《小雨點》，上海新月書店，1928 年版。

記〉、〈《春痕》後記〉和〈《劫灰》後記〉，這些後記有作品版本變遷的介紹、作品內容的概述以及解題等，為研究馮沅君的文學創作提供了很大幫助。孫良工為她的妻子王梅痕的詩集《遺贈》也寫了〈前序〉和〈後序〉，在〈後序〉中，交代了該詩集的出版過程，對詩集內容也展開了具體評說，有很高的史料價值。上面的例子都是夫為妻序，而妻為夫序也不乏其例。如陸小曼就曾為徐志摩的詩集《雲遊》、散文集《愛眉小箚》以及《志摩日記》作過三篇〈序〉，這些序是讀者知悉徐陸兩人浪漫愛情的重要文本。

序跋一般由一人寫成，若是多人寫成，自然應該署上每位寫作者的名字。但二十世紀序跋寫作史上有許多幕後英雄，就是序跋本來是他撰寫或參與撰寫，但是沒有署上名字。既然有無名英雄，那自然也就有冒名頂替者。如孫中山就曾做過一回冒名者，在上海廣益書局出版的《民國文粹》，收錄了一篇〈《太平天國戰史》序〉，署名是孫文逸仙拜撰，實際上是《太平天國戰史》的著者劉成禺所作，這篇序只經孫中山同意而署他名。陳獨秀也曾作過一回，亞東圖書館在出版《儒林外史》新式標點本時，汪孟鄒懇請陳獨秀作序，但陳轉而請汪原放寫，陳獨秀對汪原放的文章只修改了幾個字，經陳同意，在序末加了一行：民國九年十月二十五號，陳獨秀。這樣，這篇序的版權就變成陳獨秀的了。無名英雄也並非無名，有些更是「赫赫有名」。如一九二九年上海群益書店重印《域外小說集》，魯迅寫了新序，但署的卻是周作人之名，可見，魯迅也當了一回無名英雄。毛澤東在序跋寫作中也作過一回無名英雄，一九六〇年，文學研究所根據黨中央書記處的指示，編輯了《不怕鬼的故事》，該書由所長何其芳撰寫了序言。因事關大局，序言送毛澤東審閱，毛澤東於一九六一年一月四日和一月二十三日前後兩次召見何其芳去中南海頤年堂他的住處，與他談話，並親筆對序文做了修改，但最後仍單獨署何其芳名。

徐志摩惹禍的三篇序跋

　　現代文學三十年期間，文事論爭層出不窮，真是你方唱罷我登臺，一波未平，一波又起。劉炎生先生著的《中國現代文學論爭史》（廣東人民出版社 1999 年版）就梳理出了現代文學三十年間共九十次文學論爭，由此可見新文學文壇文事論爭發生的密度。而作家間論爭總是需要由頭，或者說是導火線。在筆者收集整理新文學序跋的過程中，發現許多新文學序跋常常充當了文壇論爭的導火線。拙文僅以徐志摩所寫的三篇序跋為例，梳理因序跋所引起的三次文學論爭。

　　一九二三年七月七日的《時事新報・學燈》刊登了徐志摩的詩作〈康橋西野暮色〉，這是一首沒有標點的詩作，詩前有一段小序，專門對詩作有無圈點提出了自己的看法，在小序中，徐志摩有這樣的話：

> 我常以為文字無論韻散的圈點並非絕對必要。我們口裏說筆上寫得清利曉暢的時候，段落語氣自然分明，何必多添枝葉去加點畫。……真好文字其實沒有圈點的必要……我膽敢主張一部分的詩文廢棄圈點。

爭論由此引發。七月十三日，《晨報副刊》上登出了兩篇文章，一篇是十地的〈廢新圈點問題〉，他質問徐志摩，不知西洋的「聖經賢傳」上有無圈點？彌爾頓一流的妄人所編的不說也罷，不知道像徐先生一樣有教化的西洋紳士們所看的古書，是否都用散字母排成

平方一塊的版本？徐先生的書庫裏一定有不少沒有圈點的西洋「聖經賢傳」，何妨請用銅版印一頁在《學燈》上，給我們長點見識呢？另一篇是松年的〈圈點問題的聯想〉，也對徐志摩的小序中的關於圈點的主張提出了地批評。「我們每歎一部好書沒有圈點，但世間也會有歎息痛恨於一部好書可惜有了圈點的人。」稍後的七月十八日，《晨報副刊》上又登出了黃汝翼的〈廢棄新圈點問題〉，又與徐志摩的觀點進行了批評，並把徐的觀點奚落稱為「徐志摩定律」。徐志摩自然也給予了回擊，在看到黃汝翼的文章的當天，徐就寫了致伏廬（《晨報副刊》編輯孫伏園）的〈一封公開信〉，此信在二十二日的《晨報副刊》登出。在信中，他申明：

> 我相信我並不無條件的廢棄圈點，至少我自己是實行圈點的一個人。一半是我自己的筆滑，一半也許是讀者看文字太認真了，想不到我一年前隨興寫下的，竟變成了什麼「主張」。不，我並不主張廢棄圈點。……」

他在申明自己主張的同時，也承認了自己筆滑。但因前面幾篇批評他的文章的發表，徐又對《晨報副刊》的編輯方針提起了意見：

> 所以我勸你，伏廬，選稿時應得有一個標準：揣詳附會乃至憑空造慌都不礙事，只要有趣味──只要是「美的」──這是編輯先生，我想，對於讀者應負的責任。

這顯然是針對作為編輯的孫伏園，責怪編輯為什麼要發批評自己的文章，自然得罪了孫伏園。所以在徐的公開信的後面，編輯寫了〈伏廬後記〉，對於徐的意見進行了反駁，首先就說，辯論而至於教訓記者，這是下下策。最後嚴正地指出，平常作者被人駁倒無可申訴卻遷怒於編輯的窠臼，這是大文學家們不屑為的。

徐志摩與魯迅的結怨，也是緣於他的一篇小序。一九二四年十二月一日，《語絲》第三期出版，刊有徐志摩的譯詩〈死屍〉（波特賴爾作），前面有他寫的一小序，他提出了自己的神秘的文藝論：「詩的真妙不在他的字義裏，卻在他的不可捉摸的音節裏；他刺戟著也不是你的皮膚（那本來就太粗太厚！）卻是你自己一樣不可捉摸的魂靈」。接下來，他又有這樣的話：

> 我深信宇宙的底質，人生的底質，一切有形的事物與無形的思想的底質——只是音樂，絕妙的音樂。天上的星，水裏泅的乳白鴨，樹林裏冒的煙，朋友的信，戰場上的炮，墳堆裏的鬼燐，巷口那隻石獅子，我昨夜的夢無一不是音樂做成的，無一不是音樂，你就把我送進瘋人院去，我還是咬定牙齦認帳的。是的，都是音樂——莊周說的天籟地籟人籟；全是的。你聽不著就該怨你自己的耳朵太笨，或是皮粗，別怨我。你能數一二三四能雇洋車能做白話詩或是整理國故的那一點子機靈兒真是細小有限的可憐哪——生命大著，天地大著，你的靈性大著。

但是，這篇小序引起了魯迅的反感。半月之後，在《語絲》第五期上刊出了魯迅的《「音樂」？》。文中開始就說，因夜裏睡不著，坐起來電燈看《語絲》，不幸就看見了徐志摩先生的神秘談。接著，他馬上糾正，不是神秘談，而是看到了音樂先生的關於音樂的高論。但是，對於魯迅來說，他這樣皮粗耳笨的人能聽到天籟地籟人籟，卻沒有聽到徐先生所謂的絕妙的音樂。所以，他調侃道：「我不幸終於難免成為一個苦韌的非 Mystic 了，怨誰呢。只能恭頌志摩先生的福氣大，能聽到這許多『絕妙的音樂』而已。但是，他又筆鋒一轉，諷刺道：「但倘若有不知道自怨自艾的人，想將這位先生『送進瘋人院』去，我可要拼命反對，盡力呼冤的，——雖然將

音樂送進音樂裏去，從乾脆的 Mysti 看來並不算什麼一回事。」最後，魯迅意味深長地反問：「只要一叫而人們大抵震悚的怪鴟的真的惡聲在那裏!?」

不難看出，魯迅顯然不同意徐志摩的神秘主義的文藝觀，而徐對音樂的看法，也讓他不敢認同，這是兩種不同的文藝觀的交鋒。所以，他寫下這篇頗帶諷刺和嘲笑的妙文來表示自己的不敢苟同。十年之後，魯迅在〈《集外集》序〉中還提及到此事：「我其實不喜歡做新詩的……我更不喜歡徐志摩那樣的詩，而他偏愛到各處投稿，《語絲》一出版，他也就來了，有人贊成他，登了出來，我就做了一篇雜感，和他開了一通玩笑，使他不能來，他也就果然不來了。」[1]

一九二五年九月，徐志摩開始主持《晨報副刊》的編務，改版為《晨報副鐫》，十月一日出版第一期。但是就是在第一期裏，徐志摩又是一篇序跋惹了禍。在這一期發表的凌叔華的小說〈中秋晚〉後面，徐志摩隨手寫下的幾句跋語，其中一句是：「還有副刊篇首廣告的圖案，也都是凌女士的，一併致謝。」這一句給人的印象是似乎副刊篇首廣告的圖案是由凌叔華畫的。這一筆誤自然給了人口實。一週後，《京報副刊》上就刊出了重余（陳學昭）寫的〈似曾相識的《晨報副刊》篇首圖案〉，[2]文中指出，偌大的北京城，學者專家隨處皆是，但是為什麼都沒有發現竊賊呢？作者很想看到有人發出點聲息，但是使我等得耐煩了。文章末尾，作者只好自己來點明這幅畫是剽竊琵亞詞侶的：

1　魯迅，〈《集外集》序言〉，《魯迅全集》第 7 卷，人民文學出版社，2005 年版。
2　陳學昭，〈似曾相識的《晨報副刊》篇首圖案〉，《京報副刊》，1925 年 10 月 8 日。

> 琵亞詞侶是英國人，他現在已變為臭腐，已變為泥土，總之
> 是不會親自出馬說話的了！但這樣大膽是妥當的嗎？萬一
> 有彼邦的人士生著如我的性格一樣者，一入目對於這個「似
> 曾相識」起了追究，若竟作大問題似的思索起來，豈不？？？
> 我覺得難受！
> 可是仔細想想我又何必著急替人家難受？反正人家有這樣
> 的本領做這樣的事，呀喲！真──算了罷！！！

這一指責自然是針對徐在跋語中所說的凌女士，因自己一句隨意的
一句話而使凌女士蒙受不白之冤，徐志摩當然需要澄清事實。他當
天便寫信給《京報副刊》編輯孫伏園，請求將此信刊出，說明事情
經過，為凌女士辯誣。十月九日，《京報副刊》刊出了徐的信。信
的開頭就交代：「這回《晨報副刊》篇首的圖案是琵亞詞侶的原稿，
我選定了請凌叔華女士摹下來製版的。……幸虧我不是存心做賊，
一點也不虛心，趕快來聲明吧，」但是，徐在信中也對質疑者表達
了不滿，在他看來，「琵亞詞侶的黑白素繪圖案，就比如我們何子
貞張廉卿的字，是最不可錯誤的作品，稍微知道西歐畫事的誰不認
識誰不愛他？」言外之意即是，你以為別人剽竊，實際上是你自己
孤陋寡聞而已。

　　稍後，這幅畫自然就被撤下來了。到十月十七日出第九期時，
就換上聞一多畫的刊頭。但是，此誤會並沒有完。在一九二六年年
初，魯迅在《不是信》中還提起此事，說陳西瀅以為是他揭發了凌
叔華剽竊琵亞詞侶的畫，才說他的《中國小說史略》整節的抄襲了
日本學者鹽谷溫的書。凌叔華也不甘休，在《關於〈說有這麼一回
事〉的信並一點小事》[3]發洩了自己的不滿：「哪曉得因此卻惹動了

---

[3] 凌叔華，〈關於「說有這麼一回事」的信並一點小事〉，《晨報副刊》，1926
年5月5日。

好幾位大文豪小文人，順筆附筆的寫上凌××女士抄襲比斯侶大家，種種笑話，說我個人事小，占去有用的刊物篇幅事大呀！因此我總覺得那是憾事，後來就請副刊撤去這畫。」

作家佚事、作品問世歷程的鉤沉

滕固婚戀事蹟考
——兼與沈家騏先生商榷

沈家騏先生在〈淺識滕固〉[1]一文中，對藝術家滕固婚姻一事有記載摘錄如下：

> 最讓人不為理解的，他竟找了一個很是難看的女人當老婆。那時，滕固對教育家、思想家黃炎培十分崇拜，常常徒步去黃家拜訪。不久，滕固認識了黃家的一個丫頭，那丫頭長得又胖又醜，但很有素養，且待人接物很有禮貌。神差鬼使，滕固竟對她產生了愛慕之情。黃炎培知道後，徹夜不眠，為照顧滕固之顏面，黃炎培決定認醜丫頭為義女，然後張燈結綵地嫁給滕固。當時，很多朋友都不理解滕固，可他卻說：「外表醜不要緊，內心美才是真正美。」對「唯美」又有了一種更加深涵的注釋。他娶醜女後，恩愛異常，成為從不二色的典範。

我不知道沈先生是據什麼材料知道滕固的婚戀事蹟的。但據我所掌握的資料，我認為沈先生的這一段話有許多不實之處，現提出來與沈先生商榷。

原中國美術研究院的沈寧先生編撰的《滕固藝術活動年表》[2]記載了滕固一生的主要藝術活動。滕固，字若渠，誕生於江蘇寶山縣月浦鎮（今屬上海市），一九一八年從上海圖畫美術學校畢業。一

九二〇年秋，東渡日本留學。一九二一年春考入日本東京私立東洋大學。留日期間，與早期創造社成員田漢、郭沫若、郁達夫、張資平等過從甚密，並在創造社刊物上發表文學作品。一九二一年初加入文學研究會。一九二一年五月，與沈雁冰、鄭振鐸等十三人發起成立民眾戲劇社，編輯出版《戲劇月刊》。一九二四年七月，與方光燾等人組織獅吼社，編輯出版《獅吼》（半月刊）雜誌。在一九二四年裏，《年表》中有這樣一段記載：是年日本東洋大學畢業，獲文學士學位，返國後，任教於上海美術專門學校。但對於滕固從日本回國的具體時間，《年表》沒有記載。從滕固的短篇小說集的序〈《壁畫》自記〉（寫於一九二四年五月十日）中，可知他從日本回上海的大致時間應是一九二四年四月中旬。在〈《壁畫》自記〉後有一個〈再記〉，內容如下：

> 此集無足稱述之習作在印刷局中擱幾半載是半載中我降辱身為百千人嗤笑今雖印刷完竣不及見裝訂發行我又被迫出國門
>
> 　　自投滄海流方急
> 　　來共魚龍哭失聲
> 　　駿馬美人今去也
> 　　隻身萬里任縱橫
> 　　誦曩年舊作悠悠此去我心實痛
>
> 　　　　　　　國慶日後一日記於東海舟中
> 　　　　　　　　　（原文無標點）

從〈再記〉中可知，滕固回國後的半年，發生了一件讓他「為百千人嗤笑」的事，但具體什麼事，滕固說得語焉不詳。是否是美專的「模特兒」事件呢？據《劉海粟年譜》記載，「模特兒」事件

的高潮在一九二五年八月，因江蘇省教育會通過禁止模特兒提案，而且主要針對的是以校長劉海粟為首的上海美術專門學校。滕固當時只是美專的老師，儘管也是「模特兒」事件的參與者，但還不是主要的「攻擊對象」，何況時間相差一年。滕固所說的「為百千人嗤笑」的事顯然不是指「模特兒」事件。

那到底是什麼事讓滕固心痛並被迫出國呢？滕固為他的朋友、同門黃中的長篇小說《三角戀愛》所寫的序〈低微的碳火〉[3]中，對此事又有進一步的記載。

> 「我又為書中的主人公之一，往事層層，忽然在前，忽然在後，反使我莫由下筆。」
>
> 「我為了此事，各家報紙上詆毀我；識與不識者相率譏笑我；先輩以側目視我；朋儕以鼻息嗤我；親戚昆弟以揣測疑我；母親涕泣述先人的遺訓，以大義責我；我還有怎樣面目序《三角戀愛》呢！」
>
> 「關於我的一層，一方面他是旁觀者清，我的一切難言之隱，他為我宣洩了；我在陶醉中一切模糊影像的事，我所記不得的，他為我提及了；在這裏，我不盡地感激他。」
>
> 「更進一層《三角戀愛》的每行每字之外，尚有無盡藏的真實話；我們應得用一番苦心，在筆外求情，言外求意！那麼我更有何說。」

序文最後落款：「十三年十月末日滕固於東京澀谷」。可見，滕固因這件事被迫到日本去「避難」了一段時間。

---

[3] 滕固，〈低微的碳火〉，黃中《三角戀愛》（第一集），上海金屋書店，1929年版。

在一九二四年十月二十三日的《申報》第二版上，登出了《三角戀愛》的出版預告，這則廣告也可作為這件事情的旁證。內容如下：

三角戀愛　黃中作　滕固序

> 作者仗著狂放的天才，纏綿的文筆，描寫精神戀愛和失戀的痛苦，甜蜜處極迴腸盪氣之罷，悲騷處有婉轉哀鳴之苦。這原使作者自寫悲哀，比較旁的著作深刻得多而思想高超。言論怪僻，尤其是言人所不敢言，道人所不能道，直把隱秘的人心，虛偽的世界大聲喊破，是何等大膽的筆仗啊！備有樣本，函索即寄。

從上面三則材料中，可推知滕固在一九二四年四月至十月期間鬧了一場為社會所不容的戀愛，這起戀愛風波還很轟動！但這就是沈先生所說的娶了黃炎培家的一個又胖又醜的丫環一事嗎？從滕固的敘述中可知，他因這場戀愛事件被迫離開上海，再次來到日本的。而且是一個人孤身前往的！這顯然與沈文的記載不符。

究竟是一場什麼戀愛，上面的材料沒有直接交代。好在《章克標文集》[4]中，對滕固的婚戀事蹟有比較詳細的交代，或許可為我們揭開這個謎團，糾正沈先生一文中的一些錯誤。

> 大約就在這個時候（指組織獅喉社，出版《獅喉》月刊期間）生活比較混亂，他一個人單身在上海，很少回到家，大概家裏也不關懷他。這時他急於求偶結婚，由其好友黃中的導演，做出了一齣滑稽戲。（下冊，379頁）
> 黃中告訴他，有一個新寡的文君，容貌十分美麗，是做女醫生的，有自立的職業，並且自己開業，收入不壞，而且她家

4　陳福康、蔣山青編，《章克標文集》(上下冊)，上海社會科學院出版社，2003年版。

裏也富有，男家也是有名大家，所以照現在寡婦可以再嫁，
能把她弄來是很合算的，第一是容顏美麗之極這也是滕固所
要求的。滕固裝著病人去看病就醫，去看門診之下就一見傾
心，覺得婦人是文君再世，可能比卓文君更美也難說，所以
決心著手去做司馬相如的鳳求凰了。（下冊，380 頁）

但是，滕固只是單相思，不知如何把對這位醫生的相思傳達過
去。事也碰巧，女醫生家裏雇傭了一個鄉下丫頭，除了幫忙做雜務
之外，也幫著做掛號收費及量體溫等助理工作，可以說是女醫師的
一個心腹。黃中又為之出謀劃策：

叫張生去打通紅娘這條路，對紅娘殷勤起來，取得她的好
感。紅娘倒也真心實意，肯為張生效勞。她認為張生是個好
人，以為女醫師能和滕固結合，是很好的一對。通過紅娘的
傳達，鶯鶯小姐也動心了，她正當妙齡，也看到滕固的確是
大家公子少爺模樣，人才出眾，相貌風流，很事合意的。事
情就快要圓滿成功了。（下冊，381 頁）

但是，滕固與女醫生的戀情很快被女醫生的男家人知道了。男
方家裏自然不能讓她自己再尋夫家。所以：

男家的家長出面，委託律師在申報上刊登了一條警告廣告，
指出黃花奴（即黃中）的姓名，以為他是主謀，當然也不指
名的對司馬相如下逐客令，同時還在報上發表了地方新聞，
作為一件社會醜事加以揭發，以造成輿論制裁。這又是要引
起新舊思想的大衝突的。這種做法是借了大眾之口以發言
論，聲討探花郎君和蜂媒蝶使，嚴屬申斥洋場惡少的這種輕
佻浮薄的誘因勾搭行為。（下冊，381 頁）

迫於家庭的壓力，女醫師知難而退，滕固毫無辦法！女醫生的男方家長出面干涉，並登報警告，使得滕固名譽掃地。所以，才有《三角戀愛》序中的情形。而且滕固因為這事，大病一場，但在生病期間得到了這位女醫生的心腹的悉心照顧：

> 一方面也實際出力來照顧孤獨而患病的張生，服侍他，為他做身邊的一切工作，像一個貼身的侍婢，這樣的許多日日夜夜，滕固的病才慢慢地恢復，調養好起來，兩人被社會壓迫得發生了真正的愛情。（下冊，381-382 頁）

所以，就有了滕固娶鄉下丫頭的異常之舉：

> 有一家大旅社，名叫萬國或環球，是還算比較體面的飯店，滕固在此處舉行結婚儀式……來祝賀並參加結婚典禮的人也寥寥無幾，而且看熱鬧的人也不多，不是盛大隆重而有點寒磣的樣子。……證婚人是鼎鼎大名國學大師章太炎先生，可老先生自己沒來，是由張水淇代行的，並在結婚證書上蓋印，印章是用山薯臨時自家刻的。介紹人是黃中，報告了新人相識相愛的經過，愛情成熟的過程。」（下冊，379-380 頁）

章克標與滕固早在日本留學時就認識了，而且也是獅吼社的成員。在《世紀揮手》之老友下落一章中，首先就為滕固寫了一節。此外，還在《文苑雜憶》中寫了〈滕固與獅喉社〉一文。可見，他對滕固是非常熟悉的。《文集》中對於滕固婚戀事蹟的記載與滕固自己在序言中的敘述基本吻合。可見，滕固的婚戀事蹟不僅僅是娶了一個鄉下丫頭這麼簡單，而是經過了一番曲折，結婚的對象也不是黃炎培家的丫頭。

舒新城的「傾城之戀」

　　民國文人的婚戀故事中，屬師生戀的為數不少，如魯迅與許廣平、沈從文與張兆和、孫俍工與王梅痕等。儘管新文化運動以來，普通民眾的思想已漸趨開放，師生戀不會遭到來自道德等方面的激烈反對，但還是有人對師生之間的戀愛有些非議，這可從魯迅與許廣平的《兩地書》中找到證據。但更有極端的，因師生之間的密切交往（甚至還談不上戀愛）卻遭到一些人的嫉恨，引發當局的追捕，幾乎喪了當事一方性命的事，在二〇年代的成都卻真實的發生過。多年後，著名的文學史家劉大傑對此仍憤憤不平：

> 在現在青年人的眼裏，男女的交遊和戀愛在人生的過程中，實在是最平凡的一件事。但在二十年前的中國社會，尤其在西南一帶的社會，在那些以舊軍人偽君子衛道者和臭名士所聯合組成的封建傳統的舊社會，把男女的交遊和戀愛，看作是一種倫理的犯罪行為。他們有時利用武力，可以制你的死命，然而社會上還要對他們歌功頌德，說他們是倫常的衛隊，道德的救星。[1]

　　這就是一九二五年四月底五月初發生在成都高師的一起轟動全國的「師生戀愛」事件，事件中的「師」即舒新城，「生」則是該校預科女學生劉舫（濟群）。一個湖南人，一個四川人，在二〇

---

[1]　劉大杰，〈《十年書》序〉，舒新城、劉濟群《十年書》，中華書局，1945 年版。

年代的成都高師相識、相交，共同抵禦了外界的無端責難，經歷了
生離死別，最後喜結良緣，譜寫了一曲動人的愛情樂章。

一、舒新成入川

　　舒新城，一八九三年生於湖南漵浦，家境貧寒，上學時斷時續，
一九一三年考入湖南高等師範本科英語部，畢業後在長沙兌澤中
學、省立一中、福湘女校等處任教。在此期間，開始致力於研究教
育學、心理學，與友人創辦《湖南教育》月刊，批判現有的教育制
度，力主教育改革。二〇年代初，他又在湖南省立一師、上海吳淞
中學、江蘇省立一中等地大力推行道爾頓制，並在《教育雜誌》等
報刊上撰文、介紹，廣為宣傳，使道爾頓制逐漸為教育界所重視，
作為最早實驗並大力宣導的他，一舉以教育改革家聞名全國。與此
同時，在長期的社會實踐活動中，他接觸到了惲代英、左舜生、曾
琦、田漢、穆濟波等眾多少年中國學會會員，進而對少年中國學會
的綱領、宗旨加深了理解，引起了他的共鳴。一九二三年十一月，
經惲代英、穆濟波等人的介紹，正式加入了少年中國學會。
　　一九二三年二月，惲代英應時任成都高師的吳玉章校長之聘，
到成都高師任教，講授教育學等課程。七月，惲代英離蓉，去上海
出席中國社會主義青年團第二次代表大會，會後留團中央工作。由
於不能回成都高師繼續執教，他向吳校長推薦了舒新城來接替自己
的工作。此時，成都高師在吳玉章校長的主持下推行教育改革，而
以教育改革聞名的舒新城能來高師自然是求之不得，吳校長決定聘
舒新城來成都高師執教。
　　一九二四年二月，四川政局發生變化，楊森部攻佔成都，成都
高師被楊森接收，吳玉章校長辭職，接任者為原高師英語學科主任
傅振列（子東）。傅校長決定守約，連發數電誠邀舒新城前來成都

高師執教。一九二四年十月十五日，為著調查全國教育之志願，領略蜀地人文風情，舒新城放棄了南京平靜而安舒的生活，孤身一人，溯江而上，經武漢，穿三峽，到重慶，於十一月三日晚到達國立成都高師。

此時期的成都高師，以舊日皇城為校址，學校占地面積不過數十畝，校舍都是平房，只能容納四五百學生，並從一九二四年起九月，開始實行男女同校。舒新城在成都高師開的課分別為：為三年級開中學教學法，為二年級開現代教育方法，為一年級開教育心理學，每週教課十二小時。經過一周時間的休息、準備，十一月十一日起，他正式開始了成都高師的執教生活。

二、結識陳岳安、李劼人

由於人生地不熟，剛到成都的舒新城認識的朋友較少，除去校內的舊識王克仁、黃淑班夫婦以及孫卓章外，校外而過從最密者首先要算陳岳安。陳是一位佛教居士，早在一九一九年，舒在長沙辦《湖南教育》月刊時，他們就有文字上的交往，一九二〇年，舒新城在吳淞中學任教時，陳作為四川教育考察團的代表到上海時，兩人還見過面。客居異鄉的的舒新城，自然便常到陳岳安處閒聊。由於陳在成都開設了一家「華陽書報流通處」，代售全國各地的報刊雜誌，以此為媒他結識了當地一些報界人士、進步青年等。通過陳的介紹，舒新城認識了同是少年中國學會會員、《川報》的主筆李劼人，關於他們的初次見面，舒新城在其散文集《蜀遊心影》中有詳細的敘述：

> 劼人長不滿五尺，但兩目灼灼有光，講起話來，聲音高亢而嘹亮，氣勢從容不迫，儼然向人演說的一樣。他平常作事的

責任心如何，我因為係初見面而不能斷定，但他說話一字一句不肯輕放過，兩手抱著水煙袋也在那裏一口一口地狂吸，走起路來就在房間裏也是大踏步向前的態度，很可以想到他平時治事的精神。[2]

　　兩人交談起來，好似久別重逢的故人，他們談天說地，談時局，論人情，談家常，談古今中外文學、教育、哲學，無話不說，滔滔不絕。李劼人個性耿直、樂觀、頗有俠士之風，甚至個人的戀愛隱私也不隱瞞，「不獨互道家常，就是他人所認為不可與第二人道的戀愛經驗，也信口而出。他並且把他在巴黎所結識的法國愛人的影片指示給我看。」[3]經過初次見面的暢談，李、舒二人的關係變得密切起來，他們經常聚在一起交流、出遊，感情日益加深。

三、結識預科女生劉舫

　　如按課時的安排，作為教師的舒新城與作為預科學生的劉舫在課堂上沒有見面的機會，但是，由於劉舫在王克仁家補習英語，而舒新城也時常到王家走動，他們於一九二四年十二月二十四日第一次相見。由於舒新城愛好攝影，經常隨身帶著相機，這在二〇年代的成都確實是個新鮮的玩意，自然吸引了包括劉舫、林靜賢這樣的男女同學。因攝影之由，他們開始了頻繁地交往：

　　　　一月一日的上午，我們又在王家偶然相值，她們見我帶有相機，要我為她們照相，我即為合攝一張……五日又相值，她們因為舊同學劉某岳某新購一照相機，而不會用。請我代為

2　舒新城，《蜀遊心影》，上海開明書店，1929年版，第170頁。
3　舒新城，《蜀遊心影》，上海開明書店，1929年版，第171頁。

指導，於是第二日她們四人及高師女生王某同至王寓，我當為之指導一切。[4]指導完照相之後，又為她們沖洗照片，因成都無代洗照片的照相館，學校又無暗室，只好另行設置，並只能在夜間操作。由於照相需要實際練習，他又帶領一大群男女同學在成都城內外的名勝古跡采風。

在與教師舒新城的多次接觸、交流之後，劉舫始覺得自己的知識面不寬，思想上也不夠先進，於是提出向舒學國語文及閱讀方法，而舒新城對於好學的人，無論男女，自當盡力指導。經過一段時間的輔導，舒新城對劉舫的學習有很高的評價：

> 她則特別努力，夜以繼日地閱讀，並能提出問題互相討論；寫作甚勤，日記尤無間斷。幾於每日都有文稿呈教，我亦隨時為之改削。在學校她不曾上過我的課，但自一月十五日以後，她已是我的私淑弟子。[5]

但是，教師舒新城和學生劉舫的相識、相交，只能算正常的男女交往（舒新城在南京已有妻子和兒子），還根本談不上有戀愛關係，但是在風氣閉塞、封建禮教極為濃厚的成都，卻演變成一場危及個人性命的「戀愛風波」，今天看來，真有些匪夷所思。

4　舒新城，《我和教育——三十五年教育生活史 1893-1928》，中華書局，1941年版，第 305 頁。
5　舒新城，《我和教育——三十五年教育生活史 1893-1928》，中華書局，1941年版，第 307 頁。

四、舒、劉在高師成為眾矢之的

　　舒新城來高師任教之前，事先與校方有過約定，薪金方面，每月二百元，與成高一般的教師相比，確實優厚得多，而且每月的薪水不得拖欠，訂立這樣的待遇確實是全校僅此一人。所以，他一到成都高師，就引起了一些教師的不滿。到了一九二五年的四月初，學校因經費問題，全校教師曾一度罷教，舒新城因學校未欠自己的薪水，不但拒絕罷教，而且還加課，這更遭到其他教師的嫉恨。此外，在教學安排上，為了在規定的時間內把課上完，他不得不為學生加課，這使同事感到異樣，也使其他老師感覺不快。

　　在教課之餘，舒新城還不斷在校內、其他學校、各種學術團體演講，平均每週有二三次，極為活躍，乃至成都的報紙幾乎天天有舒新城講演情況的報導。如他在一九二五年三月底四月初的演講：

> 在校內英語部留別會中講《人格的教育》，數理部留別會中講《科學的教育》，在三年生考察團出發時，講《教育調查常識與成高之將來》，在校友會送別畢業學生時，講《教育家的責任》……在成都公學講《我的理想的私立學校》，在外專十周紀念會講《中國教育制度問題》……[6]

　　與上海、南京相比，二〇年代中期的四川教育落後、思想保守，而作為教育改革家的舒新城，一來到成都高師，社會上的所見所聞也讓他很快就感受到了舊有教育制度的弊端。在講演、課堂上，難

---

[6]　舒新城，《我和教育——三十五年教育生活史 1893-1928》，中華書局，1941年版，第 299-300 頁。

免借題發揮，對於學校的規章制度、作法多有責備之詞，這又得罪了成都教育界的當權人士。

而學生劉舫，她的成績不但優良，而且面容姣好，極易成為異性追求的對象，而追求不到的異性又容易轉化成恨，隨時等待發洩。對於同性來講，她的成績、面容以及知識使得她鶴立雞群，令人望塵莫及，這也容易成為她們嫉妒的對象。

所以，兩位「紅人」的交往很容易成為學校各方關注的焦點。正如舒新城事後分析：

> 她與我相往還，我在那時既已風頭健得令人難堪，她又那樣「紅」得令人側目，我們的往還無異在一般人的「妒」與「恨」的積薪之下燒著火，只等積薪乾燥到相當的程度，便會自然而然地燃燒起來。[7]

五、校方強令劉舫退學未果

此時，軍閥楊森的姨太太也在成都高師就學，一些女生以長官眷屬為後臺開始排擠劉舫。第一步聯合女生冷淡對付，第二步偷閱她的書信日記，希望找到有可以籍口的資料，第三步向學校當局告發其行為不正常，欲圖借長官眷屬之意強學校令其退學。

一九二五年四月二十四日下午，傅校長招劉舫談話，以多位女學生反映她與教師舒新城戀愛，並以一封舒的情書和她的日記記載的種種與人戀愛的情形為證據，為了學校安寧計，清除師生戀愛的惡劣影響，強令其轉學。但是，這封情書並不是舒氏所為，以無頭

7　舒新城，《我和教育——三十五年教育生活史 1893-1928》，中華書局，1941年版，第 308 頁。

情書為證自然不能令人信服，而以自己的日記為證據，又涉及到侵犯個人隱私問題，所以，劉舫拒絕服從。

四月二十五日，校長再次招劉舫談話，令其轉學，劉舫仍堅持不從。

四月二十六日，學校致函劉的保人林梓鑒先生：謂女生告劉有不正當之戀愛，令其轉學，自星期一日起不必到校上課。

四月二十七日上午劉舫仍返校上課，下午林梓鑒和其女林靜賢到學校，與校長理論，言語之間不免有所齟齬，學校以林靜賢干涉學校行政，咆哮校長被強行斥退，並向督署請派憲兵來校監視。

學校的這種做法迅速讓全校學生知道了，其中一些富有新思想學生極為憤怒，四月二十七日晚，學生集中百餘人開會質問校長無故令劉舫轉學，無故開除女生及請憲兵監視女生的理由，要求校方收回成命，校長迫於學生的強烈反對，只得允諾收回成命。

六、事情忽然起變化

因學校強令劉舫退學未果，四月二十七日晚上之後，事情卻突然急轉直下，一些教師、學生轉而把舒新城看成了主要的禍端，罪名是「誘惑女生，師生戀愛」，於是舒成為了他們緝拿的目標。後來舒新城專門分析了這次事件急轉直下的原因：

> 我在思想上本早與許多人對立，在行動上亦早為許多人所不滿，再加上劉舫的反對者及「新文化派」學生之反對者各色人等混合在一起，於是產生了另一個集團。……於是再追原禍始，遂不能不牽及我，而當晚開會之人，又是所謂「新文化」派，更疑是受我指使，而把所有的罪尊都移我身上。……

數月以來，各方面有形無形受我的影響與怨氣者很多，不管
結果如何，能夠出氣、開開心也是好事。[8]

於是，學校中很快形成了「驅舒」和「擁舒」兩派。「驅舒」
派有組織，有學校領導、教員、學生參與，勢力大。「擁舒」派只
是一些學生，無組織。這樣，「驅舒」派很快就取得了壓倒性優勢。

四月二十八日上午，「驅舒」派請校長在操場開會，認為一切
的一切都是舒新城在那裏作怪，禍首乃舒新城。「擁舒」派儘管不
能平服，但勢單力薄，未能扭轉情勢的發展。

四月二十八日下午一時，以教職員全體名義召集學生開會，以
男生陳某為舒劉戀愛之證人，女生陳某背誦日記，教員林某、羅某、
以及齋務長秦某說明劉係被舒誘惑。然後再由教員張某提議由校長
帶領教職員及學生代表至督署請兵。傅校長無法統馭，只得遵從眾
議，由他率領教職員學生代表至軍署請兵，齋務長秦某則指揮一些
教職員工、學生到舒平時往來之友人處及街上尋捕，明令捕得即行
毆斃。

七、李劼人代牢

幸運的是，舒新城於中午十二時半出校訪李劼人和陳岳安，有
學生從學校後門偷跑出來在路上截住舒新城，向他報告了「驅舒」
派的計畫，勸他不要再返學校，免遭毒手。到了李劼人家後，劼人
和陳岳安知道此事後，也認為不宜返校，且事情緊急，應該易裝
避走。

易裝甫畢，即聞門外人聲嘈雜，劫人乘酒興出，與大鬧，我乃由岳安乘間引至劫人舅氏後院短牆邊，扶我逾牆跳至鄰居，鄰人初以為盜，大聲呼喊，岳安告之，且同逾牆，始獲無事。劫人之鬧，則為故延時間，使我能安全逃出，經過半小時之爭辯，劫人卒令督署憲兵及學生代表入室搜索，不得，乃將劫人捕去。[9]

憲兵走後，陳岳安把舒接到他家，住了三日，外面風聲甚緊，他家不能居住，於四月三十日晚上由林靜賢女士引到其姨丈吳先生家中，五月五日，又由只見一面的胡曉卿介紹至親戚胡先生家中寄居，五月八日，李劫人被釋，當夜即趕來看望舒新城。舒有對他們此次見面情形的描述：

詢以經過，則謂一切如第一次（即一九二四年十一月，李任《川報》主筆期間開罪了軍閥楊森，被捕入獄三日）不好亦不壞，可算是休息了十天，且曾教訓了幾個人，不過二十八日進署前為憲兵將其左手無名指上的結婚戒指掠去。[10]

儘管把李劫人捕去，「驅舒」派仍然沒有放棄對舒新城的尋找。先是在校內先後貼出兩條佈告：不請假自由出校查出嚴辦；從今日起如再有人與舒新城暗通消息查出嚴懲不貸。然後，他們請求督署發佈了全省通緝令，四處散佈密探，凡與舒新城平日往來之友人寓所以及教堂醫院無不派人查訪，各城門口亦放有「步哨」。同時，加緊對劉舫、林靜賢兩位女同學進行勸說、追問、威脅，以回校、

9　舒新城，《我和教育——三十五年教育生活史 1893-1928》，中華書局，1941年版，第 314-315 頁。

10　舒新城《我和教育——三十五年教育生活史 1893-1928》，第 317 頁，中華書局 1941 年版。

赴外省求學等為誘餌，希望他們吐露舒新城藏匿之處。此外，還在成都的報紙上大肆造勢，以便得到輿論的支持。劉舫不但拒絕承認被誘惑，還自己撰文駁斥報上不負責任的報導。從五月四日起到五月底，劉與「驅舒」派在成都報界打起了的筆墨官司，鬧得滿城沸沸揚揚。上海、北京、重慶等地的報刊如《民國日報》、《蟋蟀週刊》等對此事也進行了報導、評論，此事成為了一九二五年五月轟動全國的事件。

八、化裝逃離成都

事不宜遲，三十六計，走為上計。舒新城在成都多呆一天，就增加了一天的危險。李劼人被釋後，陳岳安和李劼人以及劉舫、林靜賢等人就開始了周密策劃，以便儘快讓舒新城安全離開成都。而要離開戒備森嚴、暗探密佈的成都，需要辦兩件事。一是改裝，他們認為，舒新城的標識除姓名外，就是西裝革履長髮無鬚及大眼鏡與湖南話，所以讓舒改穿長袍布鞋，戴墨鏡，操藍青官話，剪掉長髮，剃成光頭，留鬍鬚，姓名改為余仁，扮成京華書局主任身分。二是路費，而陳岳安早有準備，除去轎夫的工資外，還為路上備有數十元零用錢，並先匯了一部路費到重慶，解決了重慶到南京路費。

五月十日晚，陳岳安帶著轎夫來胡先生家相見。十一日凌晨，開始起程，陳岳安和李劼人趕來相送。出發時，陳還告訴轎夫，說轎中的乘客是北京人，是胡家的親戚，對此地語言及地方情形不熟，請路上一定善為照顧。出城門時，守城軍士睡眼朦朧，未遭仔細盤查，得以順利通過，經龍泉，過簡陽，終於到了安全地帶。又經過十天的旅途，舒新城於五月二十日到達重慶，徹底安全了。

九、舒、劉二人終成眷屬

　　毫無疑問，這件轟動全國的師生戀愛事件對舒劉雙方各自的思想、生活等都帶來了巨大影響。舒新城在一九二九年回顧這件事時說：「我雖不敢說此時以前與此時以後的我，完全是兩樣，但對於人生與社會的瞭解因此而進步得許多。也許我現在與未來的生活，有形無形都為那次的事變所影響。」[11]舒於一九二五年六月回到南京以後，轉而專門從事教育研究和著述工作，整理近代中國教育史。一九二八年，他又接受中華書局總經理陸費逵的邀請，繼徐元誥主編《辭海》，後又兼任書局編輯所所長，從教育界走向了出版界。

　　從這件事中，舒新城對劉舫的瞭解更進了一步，認為她的表現似乎不是一般青年尤其年未二十之女子所能有，不但對別人的誣害視若無睹，而且還時時關心他人的安危，甚至考慮到他出川之後何處入校等問題。所以，因人格上的互相吸引，他們之間因此次事件結成了生死之交，儘管他們當時還說不上戀愛，只是交往比較密切而已，可從他們之間通信集《十年書》前後的稱謂就可看出。但自此而後，彼此的潛意識裏確實滋長了愛情的火苗。後來，隨著兩人通信的頻繁，接觸愈來愈深入，六年後，他們最終在上海走到了一起，組建了新的家庭，並育有子女二人。

　　所以，一九二五年發生在成都高師的戀愛風波確實是舒新城和劉舫二人走向結合的一個轉捩點，或者說，正因為這場風波，成全了後來舒劉二人的喜結良緣。

---

[11] 舒新城，〈《蜀遊新影》序〉，《蜀遊心影》，上海開明書店，1929 年版。

附識

　　還有一件事值得一提。經此事後，舒新城與李劼人之間由少年中國學會會員之間的普通友誼發展為生死之交。這為三〇年代李劼人著手創作大河小說三部曲提供了十分重要的經濟保證。由於舒新城時任中華書局總編輯，對稿件有生殺大權。從中華書局收藏的《現代名人書信手札》中可以看出他對李劼人的創作提供了無微不至的照顧。正因為此，李劼人寫出的《死水微瀾》、《暴風雨前》、《大波》第一部均由中華書局出版。從某種程度上講，舒新城就是李劼人的 Patron。

輯佚當求證據

——〈《蘇曼殊全集》（廣告）為魯迅所擬考〉質疑

搜輯、考證作家佚文，個人的直覺和大膽的假設是重要的，但關鍵是要有證據。直接證據、大量的旁證都要有，這樣得出的結論才會令人信服。

在《語絲》第四卷第三十五期（一九二八年八月二十七日）上，刊出了《蘇曼殊全集》的出版廣告，全文如下：

蘇曼殊全集

一二三集出版了　柳亞子編

平裝每集一元　精裝每集一元五角

曼殊大師是曠代的薄命詩人，他的天才的卓越，辭藻的倚麗和情感的豐富凡稍讀過他的作品的人，都可以同樣的感覺到，他的詩集是我們近百年來無二的寶貴的藝術品，他的譯品是真正教了我們會悟異鄉的風味，他的說部及書札都無世俗塵俗氣，殆所為一卻扇一顧，傾城無色者，現經柳亞子先生廣為搜輯，遂成此集，為曼殊作品之最完全者，分為曼殊著作及附錄兩部，裝訂成五冊，前三冊是曼殊自己的作品，

日內可以出齊，附錄二冊，是曼友人寄贈哀悼之作，及後人研究曼殊的文字，十月內可出齊，凡愛讀曼殊作品，不可不手置一編也。

劉運峰先生在〈《蘇曼殊全集》（廣告）為魯迅所擬考〉（刊載於《魯迅研究月刊》二〇〇六年第一期）一文（以下簡為「劉文」）中大膽地推斷出上面這則出版廣告為魯迅所擬，卻沒有提出任何直接的證據，這不能不說是個缺憾。

劉文的推斷主要基於以下幾方面的礙難成立的間接證據：

其一、劉文將收到李小峰贈送《蘇曼殊全集》和柳亞子請吃飯聯繫了起來，認為「送書和請客是為了同一個目的：請魯迅為《蘇曼殊全集》撰寫廣告。」

按，魯迅一九二八年八月十九日日記中確有這樣的記載：「下午收小峰所送《語絲》及《曼殊全集》等。……晚柳亞子邀飯於功德林，同席尹默、小峰、漱六、劉三及其夫人、亞子及其夫人並二女。」其中並沒有一字提及被邀為《全集》作廣告事。

況且，柳亞子只是《蘇曼殊全集》的編輯者，而李小峰是北新書局的老闆，如果北新書局為《全集》的銷路計而想讓魯迅先生作廣告，作東的應該是李小峰，而不應是柳亞子。究底來看，柳亞子當時並不關心該書的銷路，因此也不會有無請魯迅作廣告的動機，他在〈《曼殊全集》校後雜記〉中寫得很分明：「《曼殊全集》，編是我編的，印卻由書局去付印。版權我已送給了書局；除掉收還編輯費二百五十元，略償兩年來工作時的耗費，並取書二百多部，分送曼殊的朋友外。我並沒有享受抽收版稅的權利。所以賺錢與虧本，完全是書局方面的事情，與我無涉，特此聲明。」[1]

---

[1] 柳無忌編，《柳亞子文集·蘇曼殊研究》，上海人民出版社，1987年版，第431頁。

其二、劉文認定「這種書並不是暢銷書，而且投資大、成本高，如果不廣為宣傳，是不會有好銷路的」，所以編輯者和出版商非請魯迅執筆撰寫廣告以作宣傳不可。

實際上，蘇曼殊在當時的名氣非常大，由於他的身世、特殊的經歷以及他的戀愛故事，早已在讀者心目中留有深刻印象。他的詩歌、散文、翻譯和繪畫在當時也很受人追捧。死後又有許多友人撰文呼籲出版其全集。從一九二七年柳無忌編撰的《蘇曼殊年譜及其他》的銷售情況看，也並不用擔心《全集》的銷路。柳無忌有如下回憶：「一九二七年，我編印《蘇曼殊年譜及其他》。次年，先父柳亞子和我自己合編一部《曼殊全集》（五冊）。這兩種上海北新書局出版的集子在當時備受歡迎。」[2]事後柳亞子回憶，《曼殊全集》的銷售情況很好，到一九三三年印行《曼殊全集》普及版時，共買了一萬多部，以致引起書業同行的眼紅氣脈。[3]

其三、劉文認為廣告的文字內容與魯迅對蘇曼殊的評介大致合拍。他舉了兩個例子，如魯迅認為蘇曼殊的「古怪」和「浪漫不羈」與廣告中所稱的「天才的卓越，辭藻的倚麗和情感的豐富」等基本吻合；魯迅稱蘇曼殊的日本話說得「非常好，跟日本人說的一樣」，與廣告中的「他的譯品是真正教了我們會悟異鄉的風味」也非常接近。

實際上，「天才的卓越」云云，出自《曼殊全集》第四卷收錄葛克信的文章〈落葉哀蟬〉，原文如下：「在中國最近五十年的文學家之中，曼殊大師至少應當占一個位置。他的天才的卓越，辭藻的綺麗和情感的豐富，凡稍讀過他的作品的人總可以同樣感覺到。」而「會悟異鄉的風味」云云，則出自第四卷中張定璜對蘇曼殊譯作的評價，其

2 柳無忌，〈亦詩亦畫話曼殊〉，柳光遼，金建陵，殷安如主編《教授‧學者‧詩人柳無忌》，社會科學文獻出版社，2004年版，第187頁。

3 柳無忌編，《柳亞子文集‧蘇曼殊研究》，上海人民出版社，1987年版，第432頁。

原文為：「他的譯品是真正教了我們會悟異鄉的風味。」至於「卻扇一顧，傾城無色」云云，則也是照搬第五卷中柳亞子對曼殊詩歌的評價。

筆者以為，魯迅一向把撰寫廣告看作是獨出機杼的創作，決不會照搬他人的文字，更不會不加引號地採用他人的評價。而且，在該廣告面世之前，魯迅也只收到了《全集》的前三冊，他不可能看到《全集》第四、五冊的原稿，當然也不可能讀到其中收錄的曼殊友人的評價。再次，魯迅所撰寫的書刊廣告習慣在最後交代書、刊的價格，而這則廣告則把價格排在正文之前。

綜上所述，劉文最後的推論「新友盛情難卻，老友舊情難忘，正是在這兩重關係下，使得魯迅在短時間內寫出了這則富有感情的廣告文字」，所依據的都是間接證據，缺乏實證的基礎。

筆者認定《蘇曼殊全集》（廣告）絕非為魯迅所擬，還有兩個極為重要的旁證。

繼《語絲》第四卷第三十五期所刊廣告之後，《語絲》第五卷六期（一九二九年四月十五日）又重刊了《蘇曼殊全集》的出版廣告，兩則廣告一比較，後發的廣告對前發的廣告作了若干處更正，如將「情感的豐富」與「凡稍讀過他的作品的人」中間以逗號隔開，將「殆所為」改為「殆所謂」，將引用的「卻扇一顧，傾城無色」加了引號，為「是曼友人寄贈哀悼之作」補上了漏掉的「殊」字。僅數十字的廣告竟出現如此多的錯訛之處，顯然與魯迅嚴謹的寫作不符。

無獨有偶，一九二九年六月三日《申報》第五版上又刊出經過重

大修改的《蘇曼殊全集》出版廣告。摘錄部分內容如下：

> 曼殊大師是曠代的薄命詩人，天才卓越，情感豐富，又生就
> 一副浪漫的性情，頗足以代表革命前後的文藝界的風氣，其
> 詩「淒麗清新，秀絕塵寰」，書札「造語俊絕，雋永有味」，
> 散文「濃纖合度，雅而不俗」，小說「哀婉淒惻，寄託深遠」，
> 譯品「按文切理，語無增飾，陳義悱惻，事辭相稱」，博得
> 全文藝界之欣賞，老幼讀者之讚歎，惟其遺文散逸極多，坊
> 間所集又多真偽莫辨，其至友柳亞子先生有鑒於此，特廣為
> 搜輯，流傳者加以整理，遺失者勉力徵集，復考其身世，集
> 其軼事，旁及友人唱和之作，近人紀念考證之文，窮年經月，
> 遂成此集，堪稱曼殊作品之最完美者，分裝五冊，前三冊是
> 曼殊自己的作品，凡詩文書札隨筆小說譯品靡不畢羅，附錄
> 二冊，是曼殊友人寄贈哀悼之作，及後人研究的文字，全集
> 二千餘頁，插圖百餘幅，裝訂精美絕倫，凡關心近代文藝及
> 愛讀曼殊作品者，不可不手置一編也。
> ……（下略）

　　如果說第一則廣告是魯迅所擬，第二則廣告是魯迅親手修訂，
第三則廣告則提供了所有這三則廣告絕非魯迅所撰的有力證據：其
一、魯迅日記及所述中並無為該廣告三易其稿的任何記載；其二、
北新書局在《申報》上刊登《全集》的宣傳廣告，自然會用現成的
名家手筆，絕不會妄作修改；其三、該廣告詞多引用他人的評價，
且有「全文藝界」、「老幼讀者」等溢美之辭，斷非出自魯迅手筆。

　　由上述可以肯定，《蘇曼殊全集》的出版廣告並非為魯迅所擬。

　　那麼，這則廣告到底是誰所寫呢？因為缺乏原始資料，確實難
以確認。柳無忌在《蘇曼殊年譜及其他序》中有一段文字或許能給
我們一些提示，但也僅僅是提示。在序的最後，柳無忌這樣寫道：

「李小峰先生為愛讀曼殊著作，及一切研究曼殊作品的緣故，答應把此書印得精緻美觀些，售價低廉些，除了感謝外，我又有什麼可講呢？」[4]這一段文字告訴我們一個資訊，北新書局的老闆李小峰也是一個曼殊迷。他有沒有可能為《全集》撰寫宣傳廣告呢？我們如果假定這則廣告是李小峰所為，似乎也完全合理。原因有如下幾點：（1）李是北新書店的老闆，書店所出圖書能否賺錢與他有利害關係，他有寫這則廣告的動機。（2）因為他是愛讀曼殊的著作和有研究曼殊的興趣，當一九二七年六月，柳無忌在即將離開中國到美國留學前，柳無忌「先自北京抵滬，將《曼殊全集》稿本交北新書局印行」。[5]李作為書局老闆，自然是有機會提前讀到第四冊和第五冊的內容的。所以，在寫廣告時，就引用了未出版的文字內容。（3）作為出版社的老闆，對全集的出版情況，包括每冊的內容、裝幀、出版的時間等是十分清楚的，而這一點魯迅則難與李小峰相比。（4）劉文提到寫作的時間，李小峰同樣可以很快速地把自己所寫的廣告刊登在《語絲》上。因為《語絲》由北新書局出版，作為刊物出版人的廣告文字，自然可以做到隨寫隨發。當然，這僅是幾點推測性意見，沒有實證材料，也不能肯定就是李小峰所為。

4　柳亞子編，《蘇曼殊全集》第四冊，上海北新書局出版，1928 年 12 月版，第 119 頁。

5　柳無忌編，《柳亞子年譜》，中國社會科學出版社，1983 年版，第 78 頁。

魯迅給周楞伽的回信應該收入
《魯迅全集》

　　上個世紀八〇年代初，為了紀念魯迅先生百年誕辰，作家周楞伽寫了〈我和魯迅先生的交往及通信內容〉[1]一文，文章主要回憶了他與魯迅先生的幾次通信（他給魯迅寫信四次，魯迅給他回信兩次），由於作者沒有保存魯迅寫給他的兩封原信，寫此文時，他憑記憶寫下了兩封信的內容：

第一封（一九三五年十二月八日）

> 　　來信收到，我也和先生一樣，只會著書，不會賣書。我著的書都是由北新書局出版發行的，最近一個時期，版稅欠得一塌糊塗，無奈交給其他書店出版，版稅又都靠不住。先生問我如何發行，我完全是外行，真是問道於盲了。
>
> 　　聽說生活書店有總經售處，專門代售全國新書，葉紫的《豐收》就是他們代售的，據說不需要介紹，先生試去問問如何？

---

[1]　先收錄在《魯迅誕辰百年紀念集》（魯迅博物館魯迅研究室編，湖南人民出版社，1981 年版），後又收進他的文壇回憶文集《傷逝與談往》（周允中編，黑龍江人民出版社，1998 年版）。

第二封（一九三六年一月二十日）

讀來信，不勝感慨！上海出版界過去在檢查老爺大刀闊斧刪削之下，早都被「訓」成軟骨蟲，但畢竟還有門戶可傍；自從《新生》事件以後，這個專門秘密壓迫言論的機關，因被日本指摘，悄悄撤銷，出版界的一大部分便成了孤哀子，無所適從，既怕被指責為「反動文字」查禁封門，又怕違反「敦睦邦交令」，鋃鐺入獄，進退維谷，確實也可憐得很！先生於「審查會」不見之後，還敢於無視「邦交」不思「敦睦」，頂著重重壓力，自費出這麼厚的一本小說，勇氣可佩。但要特別小心，因為此輩雖對外溫順如貓，對內卻是兇殘如虎，慣於格殺新生力量的。弄得不好，書被查禁，丟掉本錢事小，坐牢入獄，也非不可能，杜重遠就是前車之鑒。

囑為寫序，本當奉命，但作序必須細讀全書，近來體力不濟，兼之編校《海上述林》很忙，大作有三十萬字，自顧體力時間，兩皆不夠，看來不可能了，有方台命，尚希鑒原。

由於沒有原文，《魯迅全集》書信部分未能把這兩封憑記憶寫下的信收入。但筆者認為，儘管沒有魯迅的原信來與這兩封信對照，憑周楞伽先生記憶所寫下的兩封信，可以收入《魯迅全集》，即使不能以正文的形式收入，但可以注釋或附錄的方式收入，主要理由有如下幾個方面：

一是魯迅先生兩次回信中的內容應該沒有偏差。按周在文中所講，他給魯迅寫第一封信的主要目的是想讓魯迅為他推薦一家代售書店，以便讓自己的書能在全國發售。因為他手上有一部三十萬字的長篇小說《煉獄》，打算自費出版，但一直找不到大的代售書店。

只有大書店，如商務印書館、中華書局、開明書店、生活書店等，建立了全國的銷售網站，通過大書店的代售，圖書才能發售到全國各地。在周昭儉的慫恿下，他寫了一信，希求魯迅先生代他找一家大書店。此信附在周昭儉給魯迅先生的信裏寄去。所以，魯迅在一九三五年十二月八日的日記中有「得周昭儉信，附周楞伽信」的記載。在回信中，魯迅說的卻也是實話。二三〇年代的出版界，書店克扣作家版稅是常有的事，魯迅、郭沫若、茅盾、沈從文等大作家都未能倖免，一些未成名的青年作家更易成為拖欠、克扣版稅的對象。魯迅的書大多由北新書局出版，給他的版稅也不夠痛快，以致差點與北新對簿公堂，但與其他書店相比，北新書局給魯迅的版稅確也算不錯的了。儘管自己幫不上忙，但魯迅還是給周楞伽提了個建議，讓他去問問生活書店。魯迅推薦周去生活書店，實際上給他指出了一個解決的辦法。魯迅為什麼要推薦周楞伽去生活書店呢？估計這個建議與自己熟悉的一次出版經歷相關。一九三五年三月，葉紫的《豐收》作為魯迅主編的《奴隸叢書》自費印行，魯迅為這本書寫了序，而代售的書店就是生活書店。查《豐收》的初版，版權頁上有「經售者全國各大書坊」字樣，可見通過生活書店，《豐收》發行到了全國各地。由於《豐收》是在一九三五年年初出版，魯迅對此書的出版過程自然十分清楚，所以他在信中用了《豐收》的例子。但周楞伽沒有按魯迅的建議去找生活書店，而是通過其二姨夫，委託了開明書店作為此書的總經售。從《煉獄》初版本的版權頁上可知，該書於一九三六年一月一日初版，發行者是「上海微波出版社」，以「群眾圖書雜誌公司」作為總經售，代售處是「全國各大書店」。可見，通過開明書店，周楞伽實現了在全國各大書店發賣《煉獄》的願望。

由於《煉獄》初版後反響不錯，「初版一千在一個月也全賣光」，周又產生了請魯迅為這本書作序的想法，儘管他說是「想知道魯迅

先生對這書的看法和意見」，但肯定也含有讓魯迅「一經品題，聲價十倍」的意圖。魯迅的回信主要有兩部分，一是對當局的書報檢查制度給予了抨擊和揭露，對周自費印書給予讚賞。二是對於作序的請求則具體列出自己的難處，所以，魯迅委婉拒絕了周的請求。下面具體分析這兩部分。對於周去信說到的書報檢查，魯迅真可謂深有體會，在自己的雜文集《偽自由書》、《准風月談》、《且介亭雜文》、《且介亭雜文二集》的後記中，用了大量的筆墨來說明自己的文章被官方審查機構禁和刪的情況，以及當局對整個左翼文藝運動怎樣進行打擊、壓制。在一次與唐弢聊天時，還曾想讓他編寫一部中國文網史。此外，在他的書信、日記以及雜文中也常對書報檢查表示過憤慨。因周去信提到《新生》事件後的出版情形，這觸動了魯迅對此事壓抑許久的情緒，所以回信大談當今文網下的出版界情形。魯迅寫作序跋的態度是嚴肅的，正如許廣平曾說：「魯迅先生凡有寫序，都不是空泛敷衍，必定從頭到尾，細讀一遍，然後執筆。」[2]周寄去的書有六百多頁，三十萬字，細讀一遍確實需要相當長的時間。而一九三六年年初，魯迅正帶病堅持收集整理（如一九三六年一月三日的魯迅日記中有「夜肩及脅均大痛」，次日「往須藤醫院診」的記載）亡友瞿秋白的遺文，這部書分上下冊，有五十餘萬字，這也需要大量時間。所以，魯迅確實是分身乏術，只有向周表示「尚希鑒原」了。

　　儘管有研究者認為「回憶錄是不大靠得住的，因為人的記憶靠不住，更何況還有先入為主的判斷在其中」[3]。但從對這兩封信的內容的具體分析可知，周楞伽憑記憶寫出來的兩信內容應該與魯迅的原文內容是一致的，可看作是周楞伽對魯迅回信的複寫。

---

[2]　許廣平，〈《魯迅先生序跋集》序言〉，《魯迅研究月刊》，1998 年 8 期。
[3]　謝泳，〈建立中國現代文學史料學的構想〉，《文藝爭鳴》，2008 年 7 期。

　　二是魯迅寫這兩封信的價值。在魯迅眾多的回信中，儘管這是兩封十分普通的回信，但是從這兩封回信中可見出魯迅一貫的行事風格，就是對於青年朋友的懇摯態度。在通信之前，魯迅不認識周楞伽，對於這樣的陌生青年，他沒有以師長自居，而是視之為平等的朋友，願意開誠佈公地交流，盡自己的能力給予幫助支持。語氣誠懇，毫無盛氣凌人之勢。如第一封中他為周提的建議，真是讓周楞伽讀後感動不已。第二封回信，儘管婉拒了寫序的請求，但是魯迅一一列出自己的難處，希望對方體諒。不但如此，他還設身處地為對方著想，如他讚揚周自費印書的舉動之後，馬上就提醒他要當心，要認清當局的真面目，「弄得不好，書被查禁，丟掉本錢事小，坐牢入獄，也非不可能，杜重遠就是前車之鑒。」所以，得到魯迅的第二封回信，讀後讓周楞伽感動得流下了眼淚。

　　三是周對信件內容的印象極為深刻。如對於魯迅的第二封回信，他接連讀了三四遍。他說，「這封信給我的印象很深，所以一年後雖毀於『八一三』炮火，至今還能記憶得起來。」但是，由於間隔了四十五年，是憑記憶所寫的信只能保證信中的內容大致如此，要做到與原信一字不差，幾乎是不可能的事。但「所敘都是事實，絕無自我標榜之意。……我的記憶力無論怎樣強，也不能字字符合原信，不過當時情況和『《新生》事件』後魯迅先生的愛憎之情，猶可於記憶中的此二信內依稀彷彿得之。」

　　儘管能證明這兩封信的內容與原信大致不差，但是否能收入《魯迅全集》呢？一般來講，收入作家全集的文字，主要有三個來源，一是作家發表在報刊上的文章，二是作家出版單行本，三是作家未發表的手稿、書信和日記等。《魯迅全集》經過七十餘年的歷史，有了五套全集系統，建立了一整套嚴格的選入標準。這封由周楞伽憑記憶所複寫出的信，雖然內容上與原信大致不差，但是憑記憶寫出來的信卻很難進入全集正文。但是否可以注釋的方式進入全

集呢？在《魯迅全集》的出版歷史中，除了一九三八年版全集沒有注釋，從一九五六年版全集開始，注釋成為全集的一個重要組成部分，以後的版本注釋越來越多，而二〇〇五年版的全集，注釋的字數已接近正文的字數。在文章末加注釋的主要目的是便利讀者閱讀參考，因而注釋成為了全集內容中不可或缺的部分。把周楞伽複寫出的信完全可以「351208」和「360120」排入書信部分（《魯迅全集》中的書信，這兩天恰恰是空白），然後再以注釋的方式把這兩封信排入，並詳細說明這兩封信具體情況。除此之外，筆者認為還可以作為附錄的形式收入。在二〇〇五年版全集中，以附錄的方式收入魯迅書信十六封。這些信有原件殘缺的情況、也有從別人文章中所引的魯迅書信部分等，這些信件內容大多沒有原文對照，但還是作為附錄收進了全集，那周楞伽複寫出的這兩封信為什麼不可以附錄於全集的書信部分後呢？

事實上，任何全集都不可能百分百收入作家的文字。如王彬彬在〈魯迅與中國托派的恩怨〉一文中考證出〈答托洛斯基派的信〉實際上是馮雪峰所寫，並沒有魯迅先生口授一事。事實上，魯迅先生聽到這封信的擬稿時還「不很認可和不很耐煩」[4]，但是研究者還是認為這封信仍然可以留在《魯迅全集》中，只是需要詳細客觀的注釋和說明。由此可見，收入《魯迅全集》的也並非全是魯迅自己親筆寫的文章，甚至有些文章還並不代表魯迅的本意。而周楞伽憑記憶所複寫出的保存了魯迅原意的回信，雖不能以正文的形式收入全集，為什麼不能以注釋或附錄的方式收入全集呢？

---

[4]　王彬彬，〈魯迅與中國託派的恩怨〉，《南方文壇》，2008 年 5 期。

一九三七

──夭折的「叢書年」

叢書，指由很多書彙編成集的一套書，按一定的目的，在一個總名之下，將各種著作彙編於一體的一種集群式圖書，叫叢書，又稱叢刊、叢刻或匯刻等。[1] 中國的叢書出版，一般認為始於宋代。俞鼎孫、俞經的《儒學警語》可算是叢書的鼻祖，它刻於一二〇一年。正式啟用「叢書」這一

名稱，是明代程榮之的《漢魏叢書》。到了清代，叢書的編印尤為盛行，編纂的叢書數量多，卷帙大，門類齊全，校勘精良，其中最著名的是《四庫全書》。民國以來，由於現代印刷技術的引進，現代出版業得以形成，各種名目的叢書就更多了。既有《四部叢刊》、《四部備要》、《叢書集成》等以古籍為主的大型叢書，又有《中華百科叢書》、《ABC 叢書》、《一角叢書》等介紹現代科學文化的叢書，也有《文學研究會叢書》、《中國新文學大系》、《文學叢刊》等以彙集新文學作品的叢書，等等。一九三七年三月十六日《讀書與出版》第二十四期刊出了易稅的《叢書年》，開頭就這

1　漢語大詞典編輯委員會，《漢語大詞典》第 2 卷，漢語大詞典出版社，1988 年版，第 893 頁。

樣寫道：「今年又有人喊出了叢書年了。現在各書店編輯部及許多私人在計畫出叢書，編輯先生在四方八面拉的稿子是叢書，作家忙著在家趕寫的是叢書，報上天天印上大幅廣告的是叢書，是的，叢書、叢書，今年要稱做叢書年了。叢書將取代雜誌在今年的出版社界來露頭角罷。」[2]稍後上海雜誌公司出版《讀書月刊》創刊號上刊出的〈從「叢書年」說到書的「質」和「量」〉開篇就說：「據說今年是『叢書年』，是的，今年是『叢書年』。報紙上登出的叢書廣告著實不少，市場上已出的叢書也就可觀。」[3]可見，繼一九三五年的「雜誌年」之後，一九三七年又被出版界稱之為「叢書年」。

叢書最基本的特徵是匯集群書，具有系統系和完整性。它的編撰和出版能形成出版社、作家、讀者相互服務，熱線對話的良性機制，自然受到了出版社、作家和讀者以及研究者的普遍歡迎。對讀者而言，叢書可以極大地方便系統閱讀，獲取某方面的系統知識和資料。張之洞就曾說：「叢書最便學者，為其一部之中，可該群籍，搜殘存佚，為功尤具」。[4]魯迅也指出：「（叢書）的好處是把研究一種學問的書彙集在一處，能比一部一部的自去尋求更省力；或者保存單本小種的著作在裏面，使它不易滅亡。」[5]「若欲關於某種學問，得一系統的知識，則不能依賴雜誌，非求之於叢書不可。」[6]除了能提供系統化的閱讀和便於系統收藏某一方面的著述外，擁有整套叢書還可讓讀者從中得到一定的美感和滿足感。此外，叢書的

2　易稅，〈叢書年〉，《讀書與出版》第 24 期，1937 年 3 月 16 日。

3　〈從「叢書年」說到書的「質」和「量」〉，《讀書月刊》，1937 年 5 月 15 日。

4　張之洞撰、范希曾補正，《書目答問補正》，上海古籍出版社，2010 年版，第 205 頁。

5　魯迅，〈書的還魂與趕造〉，《魯迅全集》第 6 卷，人民文學出版社，2005 年版，第 238 頁。

6　陳大奇、曾琦等，〈發刊有系統的叢書的意見書〉，《學藝》（日本）第 4 卷第 7 期，1923 年 1 月 1 日。

定價往往低於單行本的價格，如果預約還可以大大節約購書的開銷。由於叢書能滿足讀者多方面的需求，自然贏得了廣大讀者的親睞。

對作者而言，不但可以利用叢書的規模效應使自己的作品產生更大影響，而且加入一套叢書也可讓作者在此找到歸屬感、認同感，因而作者常常樂意為之。叢書實際上也是作者作品的一個重要推介平臺，無名作者如能加入某一著名叢書，得到登臺表演的機會，那他的成名或許就指日可待了。如魯迅主持的「烏合叢書」，選入的作家除了自己外，都是一些愛好文學的青年，真可謂「烏合」之眾。許欽文的《故鄉》、馮沅君的《卷葹》、高長虹的《心的探險》和向培良的《飄渺的夢及其他》這四本書都是作者的處女作，他們正是通過魯迅的扶持、提攜而順利走上文壇的。李金髮的成名也是通過搭上叢書的快車實現的，經周作人的提攜，他的《微雨》和《食客與凶年》作為《新潮社文藝叢書》迅速出版。在短短兩年時間裏，兩本詩集的問世不但使詩人李金髮暴得大名，也使象徵派詩歌從此在中國風行。

就出版社而言，由於叢書能產生規模化的促銷效應，許多出版社都喜愛叢書這種集束式的出版形式。魯迅曾論及出版者為什麼都喜歡印叢書：「出版者是明白讀者們的心想的，有些讀者們，苦於不知道什麼是必要的書，所以往往以為被選進叢書裏的，總該是必要的書籍；而且叢書裏的一本，價錢也比單行本便宜，所以看起來好像很上算；加上大小一律，也很合人們愛好整齊的心情。本數又多，一下子可以填滿幾書架，規模不大的圖書館有這幾部，館員就省下時常留心選購新書的精神了。然而出版者是很明白購買者們的經濟狀況的，他深知道他們手頭已沒有這許多錢，所以這些書一定是廉價，使他們拼命的辦出來，或者是分期豫約，使他們逐漸的繳

進去。」[7]此外，由於叢書有統一的封面、開本、紙張，這些只需要設計一次，以後照用即可，僅這一項就可以省去大量的人力物力。從銷售上看，叢書的規模化出版很容易引起讀者的注意，只要叢書的前幾本是名家，品質上又能保證，後續出版的叢書系列也不愁銷路，在銷售上也可省去一部分廣告支出。所以，許多出版社樂意出版叢書，如王雲五自一九二一年聘任為商務印書館編譯所所長以後，主要的業績就是編印多種大中型叢書，如《國學小叢書》、《算學小叢書》、《史地小叢書》、《百科小叢書》、《東方文庫》、《北京大學叢書》、《清華大學叢書》，《萬有文庫》等等。據統計，到一九二九年十月，在他任編譯所長八年時間裏，商務印書館出版的叢書共計六十八套。以出版新文學作品為主的北新書局，其出版重點仍然是叢書，在一九二五至一九四九年間，共出版了叢書五十餘種。

出版也是國家政治經濟的晴雨表。三〇年代中期叢書出版能出現繁榮的局面，還在於政治上的統一和經濟的發展和為叢書的興盛提供了一個相對平穩的外部環境和經濟支撐。一九二八年，南京國民政府的建立和「東北易幟」標誌著國民黨表面上統一了全中國。「儘管有種種對國家不利的條件，在這十年中還是有進步的。到了一九三七年中期，中央政府似已經穩操政權，從而出現了自一九一五年以來，政治上從未有過的穩定。經濟正在好轉；政府正大力推進運輸及工業計畫；貨幣比以前更統一了。」[8]相對穩定的局面為社會經濟的發展提供了良好的外部環境，這十年使國民政府的經濟上取得了巨大的發展。作為佔據民國出版半壁江山的上海，民國最大的五大出版機構商務、中華、世界、大東、開明都匯集於此，上

7　魯迅，〈書的還魂與趕造〉，《魯迅全集》第6卷，人民文學出版社，2005年版，第239頁。

8　費正清、費維愷編，《劍橋中華民國史》下，中國社會科學出版社，1993年版，第184頁。

海的經濟繁榮與否直接影響到全國叢書出版總數量。而一九二七至一九三七年上海，被稱為發展的「黃金十年」。李歐梵在考察一九三〇年的上海時認為：「一九三〇年的上海確實已是一個繁忙的國際大都市——世界第五大城市，她又是中國最大的港口和通商口岸，一個國際傳奇，號稱『東方巴黎』，一個與傳統中國其他地區截然不同的充滿現代魅力的世界。」[9]城市經濟的繁榮必然會對城市文化的發展提供經濟保障，也為出版發展帶來了持續的活力。

此外，三〇年代中期的叢書熱還與通俗化運動密切相關。一九三一年十一月左聯執委會通過的《中國無產階級革命文學的新任務》的決議提出，今後的文學，必須以「屬於大眾，為大眾所理解、所愛好為原則」，明確規定「文學的大眾化」是建設無產階級革命文學的「第一個重大的問題」，為此成立了「大眾文學委員會」，大眾化問題成為左翼文學理論的焦點之一。在左翼的推動下，出版界也掀起了圖書的通俗化運動。許多出版社把目光瞄向普通大眾，推出了大量的通俗小叢書。如一九三七年問世了《抗戰小叢書》、《戰時民眾小叢書》、《救亡小叢書》、《社會教育小叢書》等等。所以，夏征農在〈談叢書年與通俗化〉中指出：「今日叢書熱之所以造成，是與整個通俗化運動有密切關係，通俗化運動擴大了讀者的範圍，提高了讀者的求知欲，所以通俗小叢書才能在出版界風靡一時，各書店才可以拿小叢書來向讀者號召。」[10]

有研究者依據《中國叢書綜錄》、《中國叢書綜錄補正》和《中國近代現代叢書目錄》作了一個不完全的統計，從一九一二年至一九四九年間，叢書的出版總數有六千四百種以上，數量空前，超過了此前歷代出版叢書的總和。而從每年的出版叢書數量來看，從中

---

[9]　李歐梵，《上海摩登：一種新都市文化在中國，1930-1949》，北京大學出版社，2002 年版，第 3-4 頁。

[10]　夏征農，〈談叢書年與通俗化〉，《讀書月刊》第 1 期，1937 年 5 月 15 日。

華民國建立到一九三七年抗戰爆發前，叢書出版整體上呈上升趨勢。從抗戰爆發到一九四九年中華人民共和國成立，這十餘年時間裏，由於抗戰以及國內戰爭的影響，出版業處境艱難，叢書出版量再無突破，只在二百至三百種之間徘徊。具體列表[11]如下：

年份	數量	年份	數量	年份	數量	年份	數量
1912	13	1922	64	1932	172	1942	197
1913	20	1923	71	1933	288	1943	207
1914	23	1924	74	1934	233	1944	217
1915	41	1925	122	1935	261	1945	180
1916	28	1926	106	1936	320	1946	269
1917	29	1927	118	1937	236	1947	313
1918	30	1928	168	1938	221	1948	292
1919	31	1929	233	1939	234	1949	185
1920	37	1930	213	1940	269	年份不詳	427
1921	54	1931	192	1941	260	總計	6358

　　從上表可知，叢書在一九三六年已經達到三百二十種，如按正常的發展速度，一九三七年叢書數量應該比一九三六年大。

　　到一九三七年為止，叢書數量越來越多，呈現出如下幾個特點：一，地區分佈布不平衡。「叢書出版地點高度集中於政治、經濟、文化中心和有優良刻書傳統的江浙一帶，集中於大城市。」[12] 以上海、北京、南京、杭州、廣州為主要叢書出版地。其他如中南、

---

[11] 下表來自賈鴻雁〈民國時期叢書出版述略〉，《圖書館理論與實踐》，2002 年 6 期。

[12] 賈鴻雁，〈民國時期叢書出版述略〉，《圖書館理論與實踐》，2002 年 6 期。

西南、西北諸省的叢書出版數量不足百種，也主要集中在城市。二，叢書發展不平衡，主要以人文社會科學方面的叢書為多，而自然科學類叢書數量很少。如以一九三六年叢書為例，屬人文社會科學類叢書數量有近三百種，而自然科學叢書只有二十餘種。三，品質良莠不齊。各家出版社都以叢書為主要出版方式，帶來的結果是跟風嚴重。造成許多叢書內容大致差不多，作者名單大致差不多。出版的重複不但降低了品質，也帶來大量的浪費。如一九三三年就有廣益書局、小朋友書局、北新書局、良友圖書印刷公司、兒童書局等十餘家出版社爭相退出了兒童叢書三十餘種。茅盾就就批評了當時兒童讀物存在的弊端：「大都注重於低年級的兒童讀物，……高年級讀物……關於科學的及歷史的讀物最為缺乏。」[13]

遺憾的是，出版業因抗戰的爆發而受到了嚴重影響。特別是一九三七年八一三滬戰爆發，國民黨軍隊進行頑強抵抗，雙方共投入一百萬大軍，激戰三個月，閘北等華界地區一片廢墟。上海文化街（如黃浦區福州路一帶、蘇州河以北四川路等）上的眾多書店的出版業務被迫暫時停止或轉移。如商務印書館自滬戰爆發後，因各廠在戰區以內，無法繼續生產，書棧房也無法提貨，只得被迫停產，後在租界內成立臨時工場，至十月一日才恢復生產。後又把總管理處遷往香港，在長沙開設工廠。中華書局的陸費逵被迫赴香港，成立駐港辦事處，掌握全局重要事務；上海方面由常務董事舒新城等主持日常事務，設在公共租界的印刷總廠以「美商永寧公司」的名義維持營業。世界書局印刷廠被日軍海軍報導部佔用，廠內設備大受損失；大華書局被日偽掠劫一空；開明書店的廠房被毀；良友圖書公司「營業損失無可估計，棧房存書因事起倉促未能運出，又被

---

[13] 茅盾，〈論兒童讀物〉，《申報・自由談》，1933 年 6 月 17 日。

竊取一空」[14]被迫從四川路遷至江西路。可以說，原本欣欣向榮的出版界因戰禍而遭到了嚴重的打擊，計畫出版的叢書自然受到嚴重干擾，已出版的叢書被迫中斷，如讀書生活出版社擬計畫出版的叢書《少年的書》，原計劃十二冊，但在出版九冊之後，就因抗戰爆發而中斷。而在計畫中的叢書被迫取消，如良友圖書公司擬推出的《中國新文學大系》姊妹篇《世界短篇小說大系》（十冊）胎死腹中。儘管如此，一九三七年還是出版了二百三十六種叢書，而且這些叢書有近二百種是在八‧一三事件之前開始問世的，而從八月到年底問世的叢書數量不足五十種。

　　一九三七年，真可謂是夭折的「叢書年」。

14　〈良友圖書公司緊要啟事〉，《良友畫報》第 131 期，1937 年 11 月號。

記讀書生活書店出版的《少年的書》
叢書

　　劉大明和范用合寫的長文〈一個戰鬥在白區的出版社〉中介紹了《少年的書》的出版情況，原文如下：

> 讀社沒有忘記下一代。在出版理論著譯和文藝讀物的同時，特地給孩子們出版了一套《少年的書》（凡容主編）。這是一套用新的觀點，新的形式寫作的少年讀物。原定十個題目，出版了九本，即《世界現勢的故事》（柳湜作）、《人的故事》（依凡作）、《社會的故事》（沈舟作）、《一個孩子的夢》（陳白塵作）、《學校裏的故事》（張天翼作）、《好問的孩子》（文若譯）、《奴隸的兒子》（風沙作）、《仁丹鬍子》（塞克作）、《新少年歌曲》（沙梅作）。此外，崔嵬的《牆》（戲劇）、周巍峙的《少年音樂知識》、高士其的《細胞奮鬥史》這幾本，因為作者離開上海去延安，未交稿。[1]

　　這段介紹實在太簡單，關於該叢書的編選緣由、主編、出版時間、出版過程等等都沒有交代，留下許多不解之謎。筆者不揣淺陋，試圖對這套叢書的編選過程做些補充交待，望方家多加補正。

　　一九三七年年初，在柳湜、艾思奇等的支持下，讀書生活書店開始策劃一套少年兒童叢書——《少年的書》。作為一個主要以出

---

[1]　范用編，《戰鬥在白區：讀書出版社 1934-1948》，生活·讀書·新知三聯書店，2001 年版。

版社會科學著作的進步出版社，卻在一九三七年針對少年朋友策劃出版一套叢書，這不但有對當前兒童出版物的仔細考察，還具有一定的政治眼光。早在一九三三年，茅盾就批評了當時兒童讀物存在的弊端，「七八歲的孩子，還容易對付，我們有《兒童世界》、《小朋友》等等刊物，到十一二歲，他們對於狗哥哥貓妹妹的故事既已不感興趣，而又看不懂一般的文藝刊物，於是為父母者就非常之窘」。[2]「大都注重於低年級的兒童讀物，……高年級讀物……關於科學的及歷史的讀物最為缺乏。」[3] 鄭振鐸在一九三四年也對兒童出版物提出了批評，他認為近年出版的兒童讀物，主要是神話、傳說、神仙故事、小說等等，他們大多是「縮小」的成人的讀物，並不全都適合兒童。他提出了兒童讀物的原則：「凡是兒童讀物，必須以兒童為本位，要順應了兒童的智慧和情緒的發展的程式而給他以最適當的讀物。」[4] 兩年後，他又發表了〈中國兒童讀物的分析〉，對古舊的童蒙讀物給以了猛烈的抨擊，認為這樣的順民教育，無時不在加緊的製造奴隸，他呼籲：「積極的建設國防的兒童教育，盡量的寫作適合時代與國防的兒童讀物是必須立刻著手去做的！」正因為看到了高年級兒童讀物的缺乏以及對現時代的敏感把握，讀書生活出版社把這套叢書的閱讀對象確定「小學五六年級至初中一年級的少年朋友」，這既有生意眼的考慮，更重要的是要力圖為高年級的少年朋友提供一套切合現時代的圖書。

在確立選題以及閱讀對象之後，需要為叢書物色一位主編，讓他具體負責叢書的組稿以及編選事宜。他們選擇了年僅二十八歲的朱凡（又名朱一葦，筆名凡容、阿累），儘管只有二十八歲，但卻是一位具有豐富革命鬥爭經驗的左翼批評家。十六歲就參加進步活

[2] 玄（茅盾），〈給他們看什麼好呢？〉，《申報·自由談》，1933 年 5 月 11 日。
[3] 珠（茅盾），〈論兒童讀物〉，《申報·自由談》，1933 年 6 月 17 日。
[4] 鄭振鐸《中國兒童讀物的分析》，《文學》第 7 卷第 1 期，1936 年 7 月 1 日。

動,「九一八」後,參加反帝大同盟。一九三二年在上海參加「左翼劇聯」。因參與領導英商公共汽車公司罷工活動,於一九三二年十月被當局逮捕,判刑十五年。一九三五年冬,經黨組織和眾親友的多方營救,才得以辦理保外就醫手續出獄。後又輾轉馬亞西亞任教,參加了馬來亞共產黨,由於支持馬來亞愛國學生的罷課鬥爭,被官方驅逐。一九三六年八月,在陶行知的幫助下返回上海,以投稿賣文為生。由於精通文學、哲學、歷史,熟練掌握英、日兩門外語,他涉筆範圍十分廣泛,寫過小說、詩歌、散文、雜文、報告文學,文藝評論、歌詞、譯文等,如在《中流》半月刊上發表過〈在殖民地〉(報告文學)、〈沈從文的《貴生》〉(文學評論),抗日言論〈堅決抗戰〉;在歐陽山主編的《小說家》月刊發表過對舒群、劉白羽小說的評論,參加了該刊討論魯迅小說《祝福》、《在酒樓上》等的「小說家座談會」;在汪錫鵬等編輯的《矛盾》月刊發表過戲劇評論〈評《戲》月刊募款公演〉;在《譯文》上發表過〈理想主義者的鯽魚〉(譯文);在《生活學校》發表了〈高爾基給文學青年的信〉(書評);在《大公報》發表過小說〈接風〉;他創作的歌詞〈大家唱〉,經孫慎作曲,在社會上傳唱一時;魯迅逝世後,他又以阿累為筆名寫出了名作〈一面〉,深情地追述起他和魯迅見面並得到魯迅贈書的事,使之成為一段千古佳話。

在文化界長期的對敵鬥爭中,他與上海文化界中一些進步作家有著廣泛的交往,結識了陳

白塵、張天翼、將牧良、王任叔、艾思奇、柳湜、葉以群、沙汀、艾蕪、陳凝秋（塞克）、周而復等一大批作家。在寫作之餘，他還為徐邁進編選國內外短篇小說二十餘冊，協助歐陽山編過《小說家》，和柳湜創辦《大家看》等等，又具有一定的編輯經驗。更重要的是，他還曾經辦過教育，任過中學教師，對中學生的情況十分瞭解。如一九二八年在上海創辦過「外語學校」，一九三一年在漣水縣立初級中學任過教員。一九三五年又在馬亞西亞任過教。可以說，讀書生活書店找他作為《少年的書》的主編應當是一時之選。後來的事實也證明，但他為這套叢書制定的編選標準、具體的選題、組稿的作家以及稿件的內容等方面確實具有獨到的眼光，使這套叢書成為進步文化界貢獻給三〇年代中國少年兒童的精神食糧。在為該叢書作的出版預告[5]中，他為該叢書列出了八大特色，也可看作他為這套叢書擬定的編輯方針：

一、程度劃一，以小學五六年級至初中一年級的少年諸友為讀者對象。

二、文字通俗新鮮，潑剌。很少難懂的辭句和專門術語。

三、形式和內容上竭力顧到讀者生活的特殊性，瞭解的範圍，使書本和讀者的生活聯成一片。

四、範圍廣泛，包括文學藝術，自然科學，社會科學，及與少年身心健康有關的各部門。

五、沒有抽象的說理，看不懂的圖畫，演不出的劇本，玩不來的遊戲，唱不上口的歌曲。

六、插圖大部係董天野、周漢民所繪，非常生動有趣。

七、一律用四號字印，版式與教科書相同。對於讀者的攜帶和閱讀都很方便，封面用三色畫，美麗可愛。

---

5 〈《少年的書》出版預告〉，《生活學校》第 1 期，1937 年 3 月 16 日。

八、每月出版兩冊，計十二冊。

此外，在預告中他還特別與時下出版的少年讀物進行了對比：「本叢書沒有過去少年讀物的毛病，如艱深枯燥，缺少少年人的趣味。它現在是在嶄新的形式下面提供嶄新的內容。作者都是名作家，誠懇的研究者和專門學者。如張天翼的童話、白塵的劇本，沙梅的歌曲，高士其董純才的自然科學小品，柳湜艾思奇的社會科學著作等，早為全國進步的讀者所熟知，這是無須介紹的了。」

在叢書預告中，他還列出了第一輯十二種書目，並注明「三月份開始出書」。具體書目如下：

第一輯十二種

張天翼：學校裏的故事　　（童話）

白　塵：一個孩子的夢　　（戲劇）

沙　梅：新少年歌曲　　　（唱歌）

文　若：好問的孩子　　　（翻譯的童話）

董純才：進化的故事　　　（自然科學）

塞　克：仁丹鬍子　　　　（遊戲）

崔　嵬：牆　　　　　　　（戲劇）

風　沙：蘇聯的故事　　　（翻譯的故事）

沈　舟：社會的故事　　　（社會科學）

依：人的故事　　　　　　（社會科學）

高士其：細胞的奮鬥史　　（生理衛生）

盛家倫：音樂的故事　　　（故事）

事實上，叢書是從四月份開始出版，在後來的出書過程中，加入叢書的作者也發生了一些變化。在六月的廣告中，增加了柳湜的《世界現勢的故事》，而原定董純才的《進化的故事》取消。在八

月的廣告中，又增加了周巍峙的《少年音樂知識》，而原定盛家倫的《音樂的故事》也被取消。所以，這套叢書實際涉及到了十四位作者，擬出版十四冊圖書。但最終只出版了九冊，具體的出版時間如下：四月，出版了四冊，分別是陳白塵的《一個孩子的夢》（劇本），張天翼的《學校裏的故事》（童話），沙梅（原名鄭志）的《新少年歌曲》（歌曲），文若（即梁文若）譯的《好問的孩子》（童話）；五月，出版了允一（即柳湜）的《世界現勢的故事》（社會科學）一冊；七月，又出版了三冊，分別是塞克（原名陳凝秋）的《仁丹鬍子》（遊戲），依凡（即胡依凡）的《人的故事》（社會科學），風沙（原名章維榮）翻譯的《奴隸的兒子》（蘇聯故事集）；八月，還出版了沈舟的《社會的故事》（社會科學）。八一三之後，讀書生活出版社開始西遷，主編凡容接受中共地下黨組織的派遣，參加陳誠部隊的「戰地服務團」，從事抗日救亡統一戰線工作。一些進步作家、學者等也紛紛撤離上海，如崔嵬、周巍峙、高士其等人轉赴延安。這套《少年的書》只出版了九冊，後再無下文。

從這些寫稿的作者來看，他們幾乎全部是左聯及其週邊組織的成員。左聯成員，如張天翼、周文若、胡依凡；劇聯成員，如陳白塵、沙梅；南國社成員塞克，等等。儘管為建立文藝界的抗日統一戰線，「左聯」於一九三六年自動解散，社聯、劇聯等也隨之解散。但左聯的戰鬥精神、革命傳統仍在團結、鼓舞著廣大的文藝工作者，他們仍然活躍在文化戰線上。這些進步作家（有的還是中共黨員，如張天翼、柳湜、沙梅等）的加入使這套叢書充滿了極強的政治色彩，是三〇年代左翼文學力量對兒童文學的又一次集體關注和實踐。兒童文學研究者王泉根認為三〇年代中國兒童文學出現了三種突出現象：一是左翼文藝運動給兒童文學注入新鮮血液，二是張天翼創作的三部長篇童話把現實主義兒童文學創作推向了新的高度，三是伴隨著「科學救國」的詩

潮出現了科學文藝創作熱。[6]筆者認為,《少年的書》的編選出版無疑集中代表了中國兒童文學在三〇年代的新的發展趨向,它集中匯集了三種突出現象。

夭折的《瞿秋白全集》

一九三五年二月二十四日，作為中國共產黨早期主要領導人和中國革命文學事業的重要奠基者之一的瞿秋白，在福建長汀縣水口鎮被國民黨地方武裝保安團包圍，不幸被捕。後押解至駐長汀的國民黨三十六師師部。六月十八日，瞿秋白高唱《國際歌》走向刑場，慷慨就義，死時僅三十六歲。

對於這樣一位英勇犧牲在敵人屠刀下的著名共產黨人，收集並出版他的作品無疑是紀念他的最好的方式。在他犧牲後的幾年中，黨內外朋友開始搜集整理出版其留下的文字。為大家所熟知的有魯迅編選的《海上述林》，分上下冊，以諸夏懷霜社的名義於一九三六年八月、十月出版。謝旦如編印的《亂彈及其他》，上海霞社一九三八年五月出版。但是，作為瞿秋白黨內的朋友阿英（錢杏邨）還曾計畫編印《瞿秋白全集》一事，則不見有任何記載。事實上，如果不是因書店被查禁，阿英編印的全集將在一九三九年陸續問世。筆者認為這一段歷史事實應該得到重視，阿英編撰《瞿秋白全集》的歷史功績不應該被人遺忘。

作為中國左翼文藝戰壕的戰友，早在太陽社成立前，錢杏邨就與瞿秋白有過接觸，「蔣光慈和他（阿英）去找瞿秋白請示（成立太陽社一事），得到瞿秋白同意。」[1]此後，瞿秋白作為「左聯」的領導人又時常給予阿英以理論指導。一九三一年八月，阿英為出版瞿秋白翻譯的高爾基短篇小說幫忙聯繫過出版社。一九三二年四

---

[1] 錢厚祥整理，〈阿英年譜〉（上），《新文學史料》，2005 年 4 期。

月，兩人還為華漢的《地泉》作序，對普羅文學中的革命浪漫主義傾向進行清算和檢討。在不斷的接觸交往中，兩人也建立起了親密的友誼。當瞿秋白犧牲後，阿英自然也想為紀念瞿秋白做些工作。正如魯迅所說：「一個人如果還有友情，那麼收存亡友的的遺文真如捏著一團火，常要覺得寢食不安，給它企圖流布的」。[2]

　　事實上，作為從事政治文化活動近二十年的瞿秋白來講，畢生留下至少六七百萬字的作品。印出的《海上述林》和《亂彈及其他》的字數還不到其文字總量的十分之一，且這兩部集子搜羅的作品大多為瞿秋白晚期所作。從一九一九年開始，瞿秋白就開始發表文章，內容涉及馬列主義理論、政治思想、文藝理論和創作、翻譯、教育、新聞、文字改革等許多方面。僅就文學領域，身前已出版《餓鄉紀程》、《赤都心史》、《蕭伯納在上海》、《俄國文學史》、《論文學革命及語言文字問題》等作品。此外，還翻譯了《列寧論托爾斯泰》、《高爾基創作文集》、《高爾基論文選集》、《解放了的堂吉訶德》等文學論文。對於瞿秋白這樣一位在文藝、政治領域影響巨大的人物，出版其全集自然是最好選擇。正如葉聖陶在回憶編撰《聞一多全集》時說：「當時大家都有這樣的一種情緒：聞一多先生被反動派看作死敵，他當然是咱們的英雄；反動派消滅了他的肉體，咱們就得擁護他的精神永生——包括他的道德和文章。給他遍集子當然應該遍全集，不編全集就感到不滿足，不夠勁，不能給敵人一種威懾力量，不足以向全世界控訴反動派竟殺害了這樣一位正義的有成就的學者。」[3]在魯迅編印《上海述林》前，對於如何出版紀念瞿秋白的集子，當時有不同意見。黃源主張出全集，瞿秋白夫人楊之華認為

---

[2] 魯迅，〈白莽作《孩兒塔》序〉，《魯迅全集》第 6 卷，人民文學出版社，2005 年版，第 511 頁。

[3] 葉聖陶，〈《聞一多全集》重印後記〉，《我與開明》，中國青年出版社。1985 年版，第 277-278 頁。

創作比翻譯更重要。魯迅考慮周全，認為出版全集和創作有很大困難：不易搜集、經費不足和時機不對，不如先出譯文集。魯迅的考慮無疑頗有遠見，且不考慮經濟條件的限制，在三〇年代的政治環境下，要為一個著名的共產黨領袖出版作品，那可是要冒極大的風險！

應該說，在當時上海瞿秋白的朋友中，除了魯迅、謝旦如之外，阿英是最有條件為瞿秋白出集子的朋友了。他不但是作家、左翼盟員，還是一位十分留意保存文學史料的藏書家。一九三五年良友圖書印刷公司編撰出版《中國新文學大系》時就大量借用了阿英的藏書，他也承擔了大系史料卷的編撰任務。對於瞿秋白曾出版的作品，他肯定收藏了其大部分著譯，不但如此，作為進步作家的他還親身參與了一些刊物的創辦、編輯，保存了許多進步的文藝刊物，而這些刊物上也刊載了瞿秋白的一些文字，對這一點，阿英比其他人熟悉。如在一九三八年五月上海霞社出版《亂彈及其他》之際，阿英專門寫了〈關於瞿秋白的文學遺著〉一文，他首先簡要回顧了他所瞭解的關於秋白同志的文學生活。然後對最近輯印的《亂彈及其他》進行了介紹，但他認為《亂彈》所收的，只是秋白作品的一部分，遺漏的還太多，甚至在編者已經搜集到的雜誌上換了另一署名的文稿，也被遺落了。

「《亂彈》裏所收的秋白的文學作品，即是後期，也是『諸多不備』的，除已舉出的，當還有不少。說到前期，那是更不必說，除掉翻譯的托爾斯泰的短篇，一部分收在商務印行的《托爾斯泰短篇小

說集》外，可以說全未收集。」[4]

寫作〈關於瞿秋白的文學遺著〉時，阿英也認為，鑒於當時的經濟、出版條件等原因，編撰出版瞿秋白全集，即使文學部分在目前也有相當困難，只能等待時機。沒想到，出版全集的機會很快就來了。一九三八年十月，阿英、金學成、李之華等人在黨的領導下為配合《文獻》創刊而創辦了風雨書屋，阿英主編《文獻》並擔任書店的總編輯，金學成任經理。風雨書屋的創立為阿英整理編撰出版瞿秋白留下的文字提供了可能。為了緬懷這位革命戰友，讓他的遺稿能得到更好地保存，讓其精神得到更好地發揚，在出版社創立伊始，他幾乎迫不及待地開始著手編印《瞿秋白全集》。很快，他就在《文獻》（第四號，一九三九年一月出版，後又在第六號再次刊出預告）上刊登了發刊預告，宣告風雨書店將印行《瞿秋白全集》的計畫。

中國新文化的海燕

瞿秋白全集　發刊預告　錢杏邨先生編

瞿秋白先生逝世已五年了。他的遺著刊行的，有魯迅先生輯印之譯著《海上述林》，及謝旦如先生輯印之雜著《亂彈》。顧二書所收，大都為瞿先生後期著譯，且未盡。至五四運動以還著作，及後期政論，則全未編入。瞿先生從事政治文化活動，前後凡二十餘年，所作文字，不下六七百萬言，在政治文化上，所起之影響極大，此偉大之歷史里程碑，時至今日，實不能再聽其湮沒。錢杏邨先生於瞿先生著作，二十年來，搜集至勤，所藏亦富，瞿先生故後，久有為亡友輯遍全集之意，現應本店之請，將瞿先生關於文藝部分著譯，先行

---

[4] 阿英，〈關於瞿秋白的文學遺著〉，《劍腥集》，上海風雨書屋，1939 年版。

付印。諸凡瞿先生初期著作，蘇聯通訊，文學譯品，以至發表在秘密刊物上之有關文藝文字，靡不搜羅俱備。付印有期，僅先預告其內容卷目，以告愛讀瞿先生著作者。

第一卷　文藝論著　第二卷　文學史　第三卷　笑峰亂彈

第四卷　蘇聯通訊　第五卷　創作集（遊記雜著附）　第六卷　文藝譯論（一）

第七卷　文藝譯論（二）第八卷　翻譯小說（一）　第九卷翻譯小說（二）

第十卷　翻譯戲曲（雜譯稿附）

上海風雨書屋出版　英商中華大學圖書公司發行

上海寧波路一三〇號　電話一五〇一五號

　　儘管號稱要出全集，由於書店經濟實力小、政治環境惡劣，以及阿英所藏的大多是瞿秋白文學著譯類作品等原因，不得不計畫先刊行文藝類著譯。從預告上看，計畫出十卷，基本上囊括了瞿秋白文學各領域的作品。此外，為了配合《瞿秋白全集》的宣傳，阿英還在《文獻》（第六號，一九三九年三月十日）文前刊登了〈瞿秋白遺像及其獄中手跡〉，刊有瞿秋白於民國二十四年在福建汀州獄中攝影一張和獄中所作詞的手跡。

　　不幸的是，正當廣大讀者翹首期盼《瞿秋白全集》會陸續問世時，日本侵略者破壞了這一計畫。儘管風雨書店用英商中華大學圖書發行公司掩護，用外商招牌以抵制日軍查究，成立幾個月以來，「辱承讀者熱忱擁護並推廣，銷數蒸蒸日上，無任銘感。茲以事物煩複，特自本月起，正式建立營業部組織，熱誠為讀者服務。」[5]但一九三九年七月下旬，日軍會同公共租界捕房協助下，查抄了《文獻》編輯部，將金學成拘捕，書店圖書被沒收，阿英被迫隱蔽，預告將印行的《瞿秋白全集》一卷也未能出版。

　　新中國成立後，在中共中央宣傳部、文化部主持下，成立了「瞿秋白文集編輯委員會」，由人民文學出版社負責編撰出版，社長馮雪峰主持了文集的編選工作，文集主要收集瞿秋白畢生的文藝類著譯。一九五三至一九五四年人民文學出版社出版了八卷本《瞿秋白文集》（四冊），「收入了到那時為止秋白同志所有的文學方面的著譯」[6]。馮雪峰為這套文集寫了序，他特別提到了保存瞿秋白遺著的朋友：「除了他的戰友魯迅先生的盡力之外，還有其他幾位先生和同志也盡了力量，我們在這裏對他們表示衷心的感謝。」[7]這裏提到的「其他幾位先生和同志」當然應該包括在一九三九年試圖編輯出版《瞿秋白全集》的阿英。

5　〈風雨書屋營業部啟事〉，《文獻》第 6 號，1939 年 10 月。

6　王士菁，〈介紹《瞿秋白文集》〉（文學編），《新文學史料》，1999 年第 1 期。

7　馮雪峰，〈《瞿秋白文集》序〉，《瞿秋白文集》第 1 冊，人民文學出版社，1953 年版。

《財主底兒女們》的出版歷程

　　一九四〇年年初，路翎開始了《財主的兒子》的創作。一九四一年二月，初稿《財主的兒子》寫畢，他寄給了正在香港的胡風，遺憾的是，胡風在戰亂中將書稿遺失。從一九四二年夏開始，沉浸在托爾斯泰「偉大的魄力」和「羅曼・羅蘭底英雄的呼吸」中的路翎，在重慶南溫泉國民黨中央政治學校圖書館的一間小屋裏，開始重新構思和創作他的《財主底兒子》，小說分兩部，第一部完成於一九四三年十一月，共十五章，第二部完成於一九四五年五月，共十六章。共計八十餘萬字。

　　第一部完成後，路翎就把初稿交給了胡風。胡風花了七八天時間看完，並記下一些意見，打算與路翎在見面時詳細談談。到了一九四四年春節後，路翎來胡風家，兩人詳細討論了這篇小說，胡風提出了自己的意見，路翎決定對小說的部分內容加以修改，並改名為《財主底兒女們》。在路翎對第一部進行了修改的同時，胡風就開始聯繫出版社。因幾個月前，五〇年代出版社（該社成立於一九四一年一月成立，金長佑擔任社長，梁純夫擔任總編輯）曾向他約過稿，還想請他幫忙介紹稿子。此時，胡風首先想到了該社。在《胡風回憶錄》中有如下記載：

　　　　我又重看了一遍修改後的《兒女們》第一章，決定去找金長佑，試談一下這本書的出版。談完回到住處不久，金長佑及

其編輯梁純夫就來找我，商談《兒女們》的出版條件。看來，他們是有意了。當即將稿子交他們送審。[1]

書稿交給出版社後，表明此書已進入了出版程式，但距書出版還有一個較長的週期。出版社要把書稿提交圖書審查機關送審，與者訂立出版合約，編輯還要對小說進行編輯、校對等。在這個期間，時常發生變數，《財主底兒女們》就遭遇此劫。

也就是《財主底兒女們》提交五〇年代出版之際，胡風正在計畫辦《希望》文學刊物，但要辦刊物，必須向國民黨中宣部送審，只有得到刊物的登記證後才能正式發行。到了一九四四年八月底，登記證才拿到。金長佑社長知道此事後，又主動表示願意出版，雙方一拍即合，很快就簽定了出版合同。由於雜誌由胡風主編，七月派作家積極投稿，稿源充足，第一期很快就於一九四五年一月問世。刊物問世之後，很快引起了讀者的注意，僅重慶一地，一天就買出了幾百份，實在讓主編胡風看到了前景。第二期、第三期的組稿、編輯也在緊鑼密鼓地進行著。但是忽生變數，五〇年代出版社在出版了第三期之後，就不願再出版了！至於原因，胡風認為是《希望》雜誌沒能約到郭沫若和茅盾等名家的稿件：

> 他（指金長佑）曾向我提出過要我約郭沫若和茅盾等寫稿，我拒絕了。這是我多年來辦刊物的宗旨。如果我用名人的文章做廣告，就不至於在出雜誌時受到這多的阻力，在個人經濟方面遭受這多的剝削。我的目的就是願在眾多的讀者來稿中選出有新的思想新的活力的新人的作品。[2]

---

[1] 　胡風，《胡風回憶錄》，人民文學出版社，1993 年版，第 322 頁。

[2] 　胡風，《胡風回憶錄》，人民文學出版社，1993 年版，第 338 頁。

因不願出版《希望》，而累及到《財主底兒女們》，以致出版社把已訂好的合約都毀了，這讓原本以為能順利出版並能得到一定經濟回報的胡風大為不滿。五〇年代出版社既然不能出，胡風只得寄希望於自己的出版社——南天出版社。這是一家由胡風主辦，七月派作家入股，梅志作發行人出版社，主要以出版該派的作品，但沒有版稅稿費，但此時南天出版社已經處於崩潰的邊緣。為了募集出版《財主底兒女們》的資金和擴大此書的影響，胡風又特意提前在《新華日報》（一九四五年七月十五日）和《希望》（第三期，一九四五年八月）上提前刊登了預告：

財主底兒女們　路翎作　南天出版社出版

約一百一十萬字的大長篇。時間自一・二八戰爭到蘇德戰爭爆發，舞臺由蘇州、上海、南京、江南原野、九江、武漢以至重慶、四川農村，人物有七十個以上，（這裏有真的人汪精衛和陳獨秀。）主要的是青年男女，一・二八一代的青年男女，抗戰發生後一代的青年男女。以這些人物為輻射中心，在這部大史詩裏面，激蕩著神聖的民族解放戰爭底狂風暴雨，燃燒著青春底熊熊的熱情火焰，躍動著人民的潛在的力量和強烈的追求，而且，作者是向著將來，為了將來的，所以，通過這部史詩裏面的那些激蕩的境界，痛苦的境界，陰暗的境界，歡樂而莊嚴的境界，始終流貫著對於封建主義和個人主義的痛烈的批判和對於民族解放，人民解放，個性解放的狂熱的要求。這是現代中國底百科全書，因為他所包含的是現代精神現象的一些主要的傾向，橫可以通向全體，直可以由過去通向未來的傾向，這是光明和鬥爭的大交響。在眾音的和鳴中間，作者和他的人物是舉起了整個的生命向我們祖國的苦惱而有勇氣的青年兄弟姊妹們呼喚著的。

優待讀者預定辦法

1. 《財主底兒女們》分裝四厚冊，第一冊八月中旬出版，全書年內出齊，在第一冊出版前匯款二千元，可為本書預約戶。但為顧及成本計，預約以一千部為度。

2. 預約戶可享下列優待：（一）書價七折，包紮費免收；全書比照第一冊出版時之基本價倍數出售，不受加價影響。

3. 預約戶收到第一冊書後，如欲購買全書，第二次再匯二千元，第三四次各匯一千五百元，俟全書出齊後再行結算，多退少補，如不願繼續購買，可於每冊出版後，立即通知結算。

4. 凡非預約戶，概照定價十足發售。

5. 每次出版，首先寄發預約戶。

需要指出的是，這則廣告中所說該書有一百一十萬字，但實際上全書只有八十萬字。擬訂出四冊，也主要考慮到由土紙印，土紙品質較差，一本書不能印得太厚。儘管擬該書由南天出版社出版的，但在抗戰勝利後，出版情形有了變化，上海方面的白報紙湧進四川，土紙印的作品就很難發行。南天出版社用土紙印行的書賣不出去，經濟周轉不靈，直接導致了出版社的倒閉。

在南天出版社宣佈結束後，胡風開始又以希望社的名義向社會募集資金，在一些朋友、文藝朋友青年等的鼎立支持下，共募得股金十多萬元，就是依靠這些股金，開始了以希望社出版圖書的計畫。由於採用了白報紙印書，《財主底兒女們》原來計畫四冊改為上下冊出版，幾經周折，《財主底兒女們》（上）作為希望社出版的第一部作品於一九四五年十一月終於出版。全書六百四十七頁，書前有胡風的〈序〉（一九四五年七月三日）和作者的〈題記〉（一九四五年五月十六日）。

為了擴大此書的銷路和影響，胡風又特地在《新華日報》一九四五年十二月三日上再次刊登了出版廣告，宣傳內容與預約廣告相同。但這次廣告不同的是，這次標明是「希望社出版」，紙張也是用瀏陽紙精印，定價比預約時的價格便宜了近一半。由於沒有自己的圖書發行機構，胡風親自到各書店去推銷，所以又有「各大書店代售」的說明。

按理，上冊出版後，下冊應該馬上進入出版程式。但抗戰勝利後，重慶作為政治、文化中心的使命結束。南京、上海分別作為政治、文化中心得以恢復。胡風一家人回遷上海，找房子重新安頓下來，繼續印行《希望》，參加各種社會活動。而路翎則回南京，找工作謀生，小說下部的修改也受到影響。直到一九四七年五月，路翎來上海與胡風商討小說下部的修改，下冊才進入出版程式，一直到一九四八年二月，希望社推出了《財主底兒女們》（下），由於上部出版的時間較早，又主要在重慶發賣，所以在初版下冊的同時又再版了《財主底兒女們》（上）。自此，《財主底兒女們》才以全貌面世。

解放後，新中國建立了新的出版體制，出版業成為國家的文化事業機構，是社會整合、輿論宣傳和意識形態建構的強有力工具。出版圖書不再是單個人的意志所能決定，而必須經過一套嚴格的發

稿制度、出版制度。由於胡風派理論和作品從四〇年代就一直受到了批判，特別是「胡風反革命集團」確立之後，其主要成員的作品更是遭到查禁。 如一九五五年七月，中共中央中宣部發出了《關於胡風及胡風集團骨幹分子的著作和翻譯書籍的處理辦法》中，公佈了第一批明令停售和停版的書目為十九人九十三種著譯作品，其中路翎有九種。同年的十一月，文化部又頒發了《處理胡風及胡風反革命集團骨幹分子著作和翻譯書籍補充目錄》，共涉及胡風及胡風集團骨幹分子十四人六十六種作品，其中路翎有六種。[3]《財主底兒女們》自然不可能得到再版的機會。直到文革結束，胡風派命運得以徹底改觀之後，胡風派作家作品才得以重新面世。

從一九八一年開始，為保存我國現代文學資料，滿足研究、教學工作者和廣大讀者的需要，人民文學出版社以「中國現代文學作品原本選印」的名義陸續推出了一大批現代文學作品，在第二批中，《財主底兒女們》（上下）得以在一九八五年三月重排問世，沒有改動，只是對書中多處文字舛誤作了改正。這一次印行了七萬六千冊。從一九四五年到一九八五年，時間已相隔了整整四十年！此後，《財主底兒女們》的再版或重印才得以陸續出現。

[3] 李輝，〈1955 年的禁書〉，《筆墨碎片》，安徽教育出版社，2007 年版。

臧克家《十年詩選》的編選和出版

一九四三年七月，姚雪垠、田仲濟和沉櫻在重慶創辦了一家主要出版文藝書籍的出版社——現代出版社，地址設在重慶通遠門金湯街十二號。在姚雪垠的提議下，出版社決定出版一套文藝叢書——現代文藝叢書。由於臧克家與姚雪垠同住在張家花園六十五號中華全國文藝界抗敵協會，甚至還「和姚雪垠同志在這裏（指張家花園六十五號中華全國文藝界抗敵協會）連床而眠」了大半年時間。當他們辦的的出版社要策劃出版叢書，自然想到了要拉這位享譽新詩壇的著名詩人入夥以造聲勢。作為對這家小出版社的支持，臧克家也爽快地答應選編一本詩集加盟。

應該說，編選這本詩集，臧克家不但是為了迎接四十的生辰，也是對自己寫詩歷程的一種回顧和總結。「四十歲，才知道用靈魂的眼睛重新去看——看宇宙，看人生，看自己的過去和未來。」[1] 從一九三三年自費印行詩集《烙印》開始，截止到一九四三年出版《國旗飄在鴉雀尖》，臧克家在十年間，總共印行了十三本詩集，碩果可謂豐富。但是，要從這些已經問世的詩作中選出數十首詩歌作為

---

[1] 臧克家，〈《十年詩選》序〉，《十年詩選》，重慶現代出版社，1944 年版。

自己最為滿意、最能體現個人藝術旨趣的作品，這真是非常困難。詩人曾記錄下了這一艱難的抉擇過程：

> 選詩，太長的有困難，所以《自己的寫照》，《淮上吟》，《向祖國》，《古樹的花朵》，《感情的野馬》，只好踢開。從八本短詩裏，我挑過來，挑過去，用了沙裏揀金的心情和耐性一遍又一遍的挑選。把根本看不上眼的丟在一旁（詩篇呵，你不能抱怨我，我以鐵面對著你們，跳不過詩的龍門，只好怨自己的拙劣了。）把有希望入選的題額上粘一張張小條，上面標著：「選」，「擬選」，「？」，三等。然後，在反覆咀嚼，斟酌，象一個嚴明的審判官判定一件重要的案子，我怕自己的詩篇，有的僥倖，有的冤枉。反覆，猶豫，翻案，經過了劇烈的鬥爭，在優勝者的頭頂上，我點狀元似地畫一個紅圈。這樣，我還怕偏愛，私見隱伏在眼裏，我還怕有些篇什以歷史的因緣與情感攀我，誘我，媚我，賄我。我又用藍鉛筆在另一些詩篇上打了記號。

為了慎重起見，臧克家還請吳組緗、李長之兩位朋友對選詩的篇目提出了意見。吳組緗寫作態度嚴肅，對別人的作品要求也極嚴，所以吳的選詩建議對詩人是個極重要的參考。李長之是詩人中學同學，他花了許多精力和時間，還在每首詩前加以標注「必選」、「可選」、「可不選」等。以致詩人在八〇年代回憶編選《十年詩選》時還特地對他們表示了感謝，「這兩位朋友的意見，對我的幫助很大，他們對讀者負責，也對作者負責，這種友情，這種嚴肅的工作態度，實在令我感謝，也深深感

動。」[2]最後，經過臧克家本人的仔細斟酌以及參考兩位好友的意見，共選出了〈難民〉、〈憂患〉、〈希望〉、〈烙印〉、〈不久有那麼一天〉、〈老哥哥〉、〈當爐女〉、〈罪惡的黑手〉、〈窗子〉、〈拍〉等共計七十首短詩，篇幅共一百六十三頁。

如果篇目的確定可謂精挑細選，那麼作者寫的序言也頗花了詩人不少的心血。此序言長達萬言，所占篇幅長達十六頁，主要對自己近二十餘年的詩歌創作道路進行了回顧與總結。「檢選十年來的詩作，不管用什麼尺度，總帶點衡量，結束，也就是『蓋棺論定』過去，為未來的詩的生命作一個遠矚呢。」[3]詩人堅持「詩是離不開生活的，想瞭解（不是誤解或曲解）一個人的詩，必須先挖掘他的生活」的詩歌創作主張。由於詩人生於窮鄉，長於窮鄉，所以接觸的全是頂著農奴命運的忠實淳樸的農民，看他們生長在泥土裏，工作在泥土裏，埋葬在泥土裏，他就在這樣的鄉村裏，從農民的饑餓大隊中，從大自然的景色中，長成的一個泥土的詩人。正因為詩人對農村、農民以及鄉村生活等的熱愛，「把整顆心，全個愛，交給了鄉村，農民」。所以，他寫出了〈泥土的歌〉、〈村夜〉、〈場園上的夏夜〉等詩篇。但處在新舊交替蛻變的封建農村，他接觸到更多的還是悲劇性的農民，暴露封建鄉村的罪惡，寫出封建農民的悲慘命運，如〈老哥哥〉、〈神女〉、〈希望〉、〈老馬〉等。除了堅持從生活中獲取詩之外，詩人在詩藝追上還堅持真實的創作原則，「真實才可以持久，一個作品真實的生命，可以常年光輝，經久不老」。正因為作者具有廣闊農村的生活經驗，寫詩時把整個靈魂注入其中，唱出了最真摯，最充沛，最豐盈的泥土之歌。所以，抗戰前的《烙印》選詩最多，而抗戰後的東西選入的則少得可憐。詩人反思

---

[2] 臧克家，《逝水落華集》，黑龍江人民出版社，1998 年版，第 179 頁。
[3] 臧克家，〈《十年詩選》序〉，《十年詩選》，重慶現代出版社，1944 年版。

自己的抗戰詩時，認為是自己沒能深入抗戰，沒有豐富的生活經驗所致。他的詩歌沒有熱情，是觀念的，口號的，在藝術上確實無多大可取之處。最後，詩人總結了自《烙印》詩集出版以來十年間的詩歌創作經驗：他受過聞一多的教益，受到過「新月派」的影響，但他依然循著自己的道路走，不被淹沒。在談到寫詩的要求時說：詩應凝練、謹嚴、含蓄、樸實、熱情，尋找思想和情感飽和交凝得焦點。在形式方面，是應該寫成詩，有自己的一個法則。儘管詩人認為自己的詩歌創作歷程非常窄小，但他還是對新詩的發展前途充滿信心，「只要向前走，生活的道路是長的，寬的，詩的道路也是。」序言於一九四四年六月底完成，隨後分別在成都、昆明、重慶的報刊上以顯著地位發表，在大後方引起了較大的反響，也為詩集起到了宣傳促銷的作用。

　　一九四四年十二月，《十年詩選》作為現代文藝叢書第一本出版，三十二開五號宋體橫排，由於在重慶印行，只能有土紙印刷。字封面黑與綠色雙色印刷，「十年詩選」用大號美術黑字體，著者、叢書名以及出版社均為黑色印刷，單線和雙線的裝飾線以及右下角的兩枝花朵，則用綠色印刷，封面簡潔大方，極富有書卷氣。詩集出版後，好友吳組緗讀了數遍，特寫了一封信給臧克家，談了自己對該詩集的一些看法，誠懇卻又不乏尖銳。由於吳組緗也是農村出身，所以他最喜愛的還是哪些懷念農村生活的詩篇，認為這些詩寫得深刻、濃厚與親切，飽含情緒，詩中表現出哀憐與感傷的情素也能引起他的的共鳴。對於歌吟詩人個人生活情緒的作品，他也比較喜愛，認為這是從詩人靈魂的底裏呼喊出來的代表詩人性情的詩。對於詩集中的抗戰詩，他認為有概念化、教訓意味色彩，讀來也讓人寡味。儘管吳也特別欣賞詩人對字句的錘煉和推敲，但他卻從五個方面一一列舉了詩集中用字方面存在的瑕疵。此外，他還對個別詩題的不簡潔提出了修改意見，如可把〈場園上的夏夜〉可改為〈場

園〉或〈夏夜〉，〈歇午工〉簡為〈歇午〉等。[4]稍後，勞辛也寫出了《十年詩選》的評論，他認為詩人儘管感受到時代的悲傷，但沒有表現出時代的信仰和希望，詩人「像一般知識份子一樣陷於憂鬱與失望的泥淖裏，所以會在像『一二九』這樣一幅色彩鮮豔的時代畫面前收斂了自己的感情，在緬懷過去，在自我陶醉的情形下歎息自己生命的遭劫」。[5]文章分以「戰爭進行曲」、「農村的風景畫」、「田園詩的情調」、「詩人的道路」四個小標題逐一進行評論。總的看來，作者對臧克家選入的詩作並不十分滿意，歌唱鬥爭的詩歌卻被逆流的黑手扼住了喉頭，反映抗戰幾年來農村的面目和性格還不大夠，未能深入農民們的生活的底深處，沒有反映出他們的鬥爭氣氛，寫作技巧上受舊詩次影響太深，喜歡用舊時代舊意義的辭彙來表現詩人的情感。但他看好詩人近來詩歌的創作，認為有很大的轉變，「新作充滿了健康的色素和戰鬥的情感，而且無論題格的選擇與辭彙的運用方面都和從前有了顯著的區別。」[6]

應該說，《十年詩選》基本上代表了詩人戰前時期和抗戰時期的主要創作傾向。詩篇內容上，基本包攬了詩人以現實主義為原則而創作的優秀詩作。藝術上，也是詩人質樸凝練的語言，自然流暢的音韻和嚴密的結構以及含蓄深沉的情感等創作風格的總結。正如初版廣告所說「讀了這本詩不但可以完全窺到詩人風格與人格，也無異讀了他的全部著作了」。抗戰勝利後，田仲濟、姚雪垠等於一九四六年夏返回上海，現代出版社也遷往上海。一九四六年六月，《十年詩選》在上海再版兩千冊，同年十一月又第三次印刷。一九四九年三月，又印行了第四版。

4　吳組緗，〈讀《十年詩選》〉，《文哨》第 1 卷 1 期，1945 年 5 月 4 日。
5　勞辛，〈十年詩選〉，《文藝復興》第 2 卷 5 期，1946 年 12 月 1 日。
6　勞辛，〈十年詩選〉，《文藝復興》第 2 卷 5 期，1946 年 12 月 1 日。

臧克家與曹辛合編《創造詩叢》

一九四五年年初，曹辛之、林宏、郝天航等人計畫開個書店。此舉得到臧克家的贊同和支持，他還把自己的作品《罪惡的黑手》和《泥土的歌》交給出版以版稅充作股金。一九四六年春，星群出版社在上海成立，由曹辛之主持日常工作，從編輯、校對、跑印刷廠、購買紙張，甚至財務等，所有的工作基本都由他來處理。依靠他與生活書店出版部的關係，以先印書後付錢的優惠條件開始出版業務。創立伊始，在臧克家、曹辛之等人的努力下，出版社得到了一批作家的支持，吳組緗的《山洪》、駱賓基的《北望園的春天》、吳祖光的《牛郎織女》以及臧克家的《泥土的歌》、《罪惡的黑手》陸續出版，星群出版社很快在上海站穩了腳。幾乎在書店掛牌的同時，在臧克家、郝天航、沈明、方平等人支持下，曹辛之和林宏又集資創辦了詩刊《詩創造》（月刊），由星群出版社印行，編者為曹辛之、林宏等。由於作者陣容整齊，詩歌作品水準高，以及刊物的裝幀、設計，詩刊很快受到文藝界的好評，每期印行一兩千冊，很

快就被愛好者搶購一空。除國內各地還，甚至還遠銷香港、新加坡乃至整個東南亞地區。

作為一家出版社，除了印行《詩創造》外，自然還需要開展其他業務。因《詩創造》的存在，彙聚了一大批詩人，隨著詩刊的不斷出版，特別是年輕詩人的作品逐漸增多，把這些詩人的作品收集起來印行單行本不但可為出版社增加業務，也可讓他們的作品得到長期地保存和傳播。更重要的是，通過這套叢書可以讓他們得到一次集中地展示，進而順利地問鼎文壇。所以，《創造詩叢》也就應運而生了。作為一套叢書，主編尤為重要，他不但是叢書的旗幟，也是「票房」的保證。臧克家自一九三三年出版《烙印》問鼎詩壇之後，又陸續出版了《罪惡的黑手》、《自己的寫照》、《從軍行》、《泥土的歌》等詩集，逐漸成長為三四〇年代的著名詩人。在星群出版社的創立以及《詩創造》的具體編輯工作上，儘管他沒有具體參與，但他一直支持星群出版社以及《詩創造》的發展，不但為出版社和詩刊廣泛聯繫作家，代為組稿，還經常在大方向上給予指導，如確定刊物要搞現實主義，政治色彩不要太強等。當星群出版社策劃出版《創造詩叢》時，讓文壇知名詩人的他來擔任主編可謂最佳選擇。

《創造詩叢》共十二冊，一九四七年十月初版於上海。對於大多現代文學叢書而言，通常的情況是，先匯集幾種出版，以後再陸續出版，而一次出齊的情況極為小見。而在四大文類中，以現代詩歌為對象的叢書本來就比較少，而一次出版十二本詩集確實更為罕見，

所以在它的宣傳在廣告中，打出了「今日中國的詩壇，一次出版十二種這樣豐富多樣的詩集，恐怕還是第一次」、「轟動全國詩壇的一件盛事」的噱頭。這十二種詩集分別是：

> 杭約赫的《噩夢錄》，上下兩輯，每輯收詩 6 首，共 31 頁。
> 吳越的《最後的星》，收詩 18 首，共 34 頁。
> 蘇金傘的《地層下》，收詩 8 首，共 32 頁。
> 沈明的《沙漠》，收詩 12 首，共 31 頁。
> 青勃的《號角的哭泣》，收詩 15 首，共 31 頁。
> 索開的《歌手烏卜蘭》，收詩 3 首，共 28 頁。
> 方平的《隨風而去》，收詩 11 首，共 33 頁。
> 黎先耀的《夜路》，收詩 4 首，共 32 頁。
> 唐湜的《騷動的城》，收詩 9 首，共 32 頁。
> 康定的《掘火者》，收詩 13 首，共 31 頁。
> 李摶程的《嬰兒的誕生》，收詩 9 首，共 30 頁。
> 田地的《告別》，收詩 12 首，共 30 頁。

每一本都以集中的一首詩題為書名，未編號，詩集大都三十餘頁。這些詩人的詩作部分在《詩創造》上發表過。從這些作者的年齡看，除蘇金傘有四十歲、吳越三十六歲外，大多只有二十幾歲，田地、黎先耀甚至剛二十歲，皆當時意氣風發、風華正茂的青年詩人。正如廣告中所說「十二位作者的年齡、出身、職業都各不相同，他們的詩的題材和技巧也都各異」，而這次叢書的出版給了他們一次集體亮相的機會，引起詩壇不小的轟動。

作為主編的臧克家寫了〈論十二位詩人的詩〉作為這套叢書寫了總序，[1] 他高度讚美了這些青年詩人，「他們的熱情有如春汛；他

1　總序發表在 1947 年 9 月 26 日《大公報》上。由於總序中對每一位詩人都

們感覺新穎而尖銳；他們向前奔赴，率真又勇敢；希望從拉滿的弓弦上射出去，帶著耀眼的光芒，嗖嗖的響聲。」在這個殘酷的時代裏，詩人在廣闊的生活中迸射出了血一樣的詩句：「在窒息的空氣裏，他們以自己的詩句呼吸；在悲痛的心境下，他們以自己的詩句哭泣；在扼抑的喉嚨裏，他們以自己的詩句怒吼；在生之鬥爭的戰場上，他們以自己的詩句作戰」。這些詩人的生活都不一樣，他們的詩的風采也就各異，「有的像冬天的爐火使人溫暖；有的像和煦的春風使人旺生；有的像大海潮汐，黎明的雞聲或早號，使人奮勇鼓舞；有的像一隻放出去的信鴿，寄託了善良暖和、向上的一顆真心。」最後，他逐一對這十二位詩人的詩作進行了簡要而精當的評介，這些簡短的評介確可以幫助讀者閱讀理解詩人的作品。如他對蘇金傘的詩的看法：

> 蘇金傘的詩讀的很多，而印象卻只有一個：樸素。樸素的不僅是詩的外貌，而是貫徹了整個詩體的靈魂。作者雖不是地道農民，但至少他瞭解他們，和他們結在一起。他的詩材大半取於農村，他酷愛這受難的土地，土地上受難的農民，而支付出他的熱愛和深憎。他的句子看上去很素淨沒有斧鑿的印痕，可是，味道卻很醇，有點「土心」氣，然而這卻並不是什麼衝突，反之，他的情感是頗為濃郁的。

由於主編臧克家此時正主持《僑聲報》的文藝副刊《星河》和《學詩》詩專頁，後又主編文通書局的《文訊》月刊，他自己還要從事創作，工作十分繁忙，身體也不好。雖然是叢書的掛名主編，但許多具體工作落在了作為書店的負責人曹辛之身上。所以，臧克

進行了評論，所以，在出版叢書時，在每一本詩集前附上的臧克家寫的序，就從總序中抽取而來，這樣總序就轉化成十二篇序，只是前面八段完全相同，只最後一段是針對本集詩人作品的評論。

家在回憶錄中專門提到了「在辛之的鼓勵和協助下，我主編了一套《創造詩叢》。」[2]事實上，這套叢書從策劃選題、組織編選、裝幀設計、廣告宣傳等各個環節，曹辛之都全程參與。不但協助主編完成了詩集的編選任務之外，為了擴大這套叢書的影響，曹辛之還為這套叢書撰寫了兩種樣式的宣傳廣告，第一種就是以這套叢書為對象，對選入這套叢書的詩人、作品風格以及歷時地位給予了評介。內容如下：

> 這裏的十二位作者的年齡、出身、職業都各不相同，他們的詩的題材和技巧也都各異，有的像冬天的爐火使人溫暖；有的像和煦的春風使人旺生；有的像大海潮汐，黎明的雞聲或早號，使人奮勇鼓舞；有的像一隻放出去的信鴿，寄託了善良暖和、向上的一顆真心。今日中國的詩壇，一次出版十二種這樣豐富多樣的詩集，恐怕還是第一次。它的問世，實為每一個愛好新詩和學習寫詩的讀者們最大的喜訊。
>
> 本書前有主編臧克家的序文，給讀者在閱讀時對作品的理解上尤多幫助。

第二種就是逐一為每一本詩集寫了五十餘字的廣告詞。儘管這些廣告文字大多出自臧克家的總序，但他在撰寫廣告詞並沒有全盤抄襲，而是選擇性拼接和補充，使之更精練、簡潔。如以他為蘇金傘的《下層地》寫的廣告詞：

> 這裏的詩大半取於農村。作者給讀者的印象──樸素，樸素的不僅是詩的外貌，而是貫徹了整個詩體的靈魂。

與上文中所引的臧克家的評論作以對比，就可見撰寫者在臧的前面四句話上進行了高度的概括。又如在為黎先耀的《夜路》寫的廣告詞：

---

[2]　臧克家，《臧克家回憶錄》，中國工人出版社，2004 年版，第 194 頁。

> 這裏給我們展開了不同的生活，對這些被生活壓倒的苦難的
> 人群，作者為他們寫下了激越的呼號。

再來對照臧克家對黎先耀詩的評介，就可知道曹辛之撰寫這些廣告
詞是用了功夫：

> 黎先耀的詩給我們展開了不同的生活。而所謂生活，實在不
> 能算是生活，連襯托它的背景都是塗著那麼灰慘慘的色調。
> 為什麼他不寫別的而寫了這一些呢？因為他熟悉這些，對於
> 這些被生活壓倒的苦難人群，他有種親切得感覺。這種親
> 切，如其說出發於同情，毋寧說來自不平。他同他們都是感
> 「夜路」的同伴，一樣在受著煎熬。他的詩句，隨著情感進
> 展，進展的很自然，不放縱也不局促。有時，把精華無意的
> 接穴在一個句子，甚至一二個字上，但不使人覺得他在雕琢。

此外，作為一位圖書裝幀設計者，曹辛之還為《創造詩叢》每
一本圖書製作了封面設計。經他的巧妙設計，這套叢書變成一套精
美的袖珍型小書，開本不大，只有三十六開，每冊也就三十餘頁。
但書的裝幀非常漂亮，封面最上面是「創造詩叢」，大號草書，其
次是「臧克家主編」，中號宋體字，正中是該詩集的題名，最大號
宋體子，下面是詩集作者名，手寫體；最底下是「上海星群出版公
司刊行」，黑底白字。每一本詩集封面上有四種字體，三種顏色，
搭配得體。封面採用同一幅版畫，但每一冊的配色各不相同，放在
一起特別美觀，雖五顏六色，卻絲毫不覺得俗氣。詩集的版權頁設
計、目錄以及封底也別具匠心。讀者在還沒有打開這些詩集之前，
已經被這些明麗、清新、挺秀，具有獨特的藝術風韻的封面吸引了。

這套詩集體現出「把美術家的個人風格和原作的精神面貌完整地統一在一個裝幀設計中」，[3]成為一個個精美的藝術品。

---

[3] 方平，〈如飲芳茗 余香滿口——談曹辛之的裝幀藝術〉，《文藝研究》，1984年第4期。

《森林詩叢》
——一套沒有主編的叢書

　　自《詩創造》一九四七年七月創刊以來，採用相容並蓄的辦刊方針，大多數國統區的詩人在刊物上發表過詩作、評論，作者隊伍十分廣泛，但還是基本形成了兩大核心作者群。一是與臧克家交往較多或受其影響的青年詩人，主張革命現實主義與詩歌的大眾化。主要以林宏、勞辛、黎先耀、青勃、康定、蔣燧伯、沈明、田地、方平等。另一部詩人則通過曹辛之個人的關係而成為《詩創造》的作者，他們不同程度上受到西方現代派詩人的影響，在詩歌觀念與追求上不同於前一類詩人。主要以曹辛之、唐湜、唐祈、陳敬容、辛笛、袁可嘉、方敬等。[1] 儘管兩派有分歧，但由於林宏、康定等人沒在上海，臧客家又不親自參與《詩創造》的編輯工作，主持編輯事務的主要是曹辛之、唐湜等人，故編輯同人內部沒有較大分歧。但一九四八年春，林宏、康定、蔣燧伯從外地相繼來到上海，開始編輯參與《詩創造》的編輯工作。在選稿標準上，他們與曹辛之、唐湜、唐祈等人發生矛盾。「前者認為在殘酷的現實環境下，要多刊登戰鬥氣息濃厚與人民生活密切聯繫的作品，以激勵鬥志，不能讓脫離現實、晦澀玄虛的西方現代派詩充斥版面；後者則強調詩的藝術性，反對標語口號式空泛之作，主張要講究意境和色調，多作詩藝的探索」。[2] 由於臧克家大力支持林宏等人的意見，《詩創造》的編輯主導權開始更迭。

---

[1]　錢理群，《1948：天地玄黃》，中華書局，2008 年版，第 88-89 頁。
[2]　林宏，〈關於星群出版社與《詩創造》始末〉，《新文學史料》，1991 年第 3 期。

　　就在兩派分歧明顯加劇之際，曹辛之、陳敬容、唐湜就開始計畫出版一套詩叢。在《詩創造》（第七期，一九四八年一月出版）編者在《詩人與書》中就披露了這一計畫：

> 陳敬容、唐湜、杭約赫、唐祈、田地諸詩人計畫出版一套詩叢，約十種左右沒，一部分稿子已付排中，約二月內可出版，由星群出版公司發行。

　　在一九四八年二月的《詩創造》上又刊出了《森林詩叢》的預告，首次公佈了這套詩叢的名稱、詩人姓名、出版冊數：

預售新書　森林詩叢

方　敬：受難者的短曲	田　地：風景
辛　勞：捧血者	杭約赫：（題未定，後確定為《火燒的城》）
陳敬容：交響集	莫　洛：渡運河
唐　祈：詩第一冊	唐　湜：英雄的草原

三月底出版　　下月初發售特價預約　　上海星群出版社刊行

　　事實上，這套叢書的出版頗為艱難。作為親歷者的陳敬容在回憶她的《交響集》初版時曾談及這套叢書的出版過程：「《交響集》是一九四七年在上海與友人共同籌畫創辦詩刊《中國新詩》時期所編的一套《森林詩叢》當中的一冊。當時，星群出版社（出版《詩創造》的）和森林出版社（出版《中國新詩》時用的名稱）經費都極其困難，為了節約紙張和印刷費用，只好讓整套叢書以袖珍本形式出現，並由友人帶到浙江交由一個極小的印刷廠承印，雖然總算做到了按時出書，但錯排和脫漏之處不少，……」[3]這套詩叢比預

3　陳敬容，〈《陳敬容選集》序〉，《陳敬容選集》，四川人民出版社，1983 年版。

計延遲了一個多月，五月份才問世。這是繼十二冊的《創造詩叢》後，上海星群出版公司推出的又一套詩叢。

這套詩叢也由曹辛之負責裝幀設計，有統一封面設計，三十六開本，稱之為是袖珍小型本。但與《創造詩叢》相比，這是一套無主編的叢書，因此每本書前後的序跋沒有統一的規範，其次，詩叢全部改豎排版為橫排版。就詩集的頁數看，也沒有統一的要求，但都比《創造詩叢》的篇幅要厚得多。具體如下：

> 方敬的《受難者的短曲》，收入詩作 23 首，共 53 頁，無序跋。
> 田地的《風景》，收入詩作 12 首，共 80 頁，書前引綠原詩句：「我驕傲，生活像風景。」
> 辛勞的《捧血者》，長篇敘事詩，共 55 頁，前有序詩，詩後附東平的《給〈捧雪者〉的一封信》，還有詩人寫的後記。
> 杭約赫的《火燒的城》，收入詩作 14 首，共 52 頁，無序跋。
> 陳敬容的《交響集》，收入一九四六年二月至一九四七年十一月在重慶、上海所寫的詩作 57 首，共 87 頁，無序跋。
> 莫洛的《渡運河》，收入詩作 8 首，共 74 頁，無序跋。詩集最後一首《寫詩的意義》，有桌跋的意義。
> 唐祈的《詩第一冊》，收入詩作 38 首，共 64 頁，有後記。
> 唐湜的《英雄的草原》，長篇敘事詩，共 224 頁，前有獻詩，無序跋。

在《詩創造》（第十一期）中，有對《森林詩叢》的介紹：「這裏的八位詩人，凡關心今日詩壇的讀者都不會陌生吧，這八冊詩集便是他們辛勤工作的成績：有抗戰期的戰鬥者的踉蹌的身影的映照，也有和平躍動的沉思者的交錯深情的抒說，有吐著理想光焰的歌吟者的光芒萬丈的幻象，也有踏在堅實的土地上的深沉的情思的

交融。這是星群出版社繼《創造詩叢》後的又一大貢獻，也是今日中國詩壇的又一個豐收。」[4]

從所選入的八位詩人來看，除辛勞於一九四五年去世，之外，其餘七位詩人都在二三十歲的年齡，方敬最大，三十四歲，田地最小，只有二十一歲。從這些詩人的詩作看，主要傾向於詩歌藝術本身，對新詩的現代化探索抱有虔誠和嚴肅的態度。正如唐湜在〈嚴肅的星辰們〉詩評中就把唐祈、莫洛、陳敬容和杭約赫等四人視為「嚴肅的星辰們」。如陳敬容的《交響集》，全部作品反映了新舊時代在詩人內心中的搏鬥和交響。從〈播種〉、〈鬥士・英雄——悼聞一多先生〉、〈渡河者〉、〈過程〉、〈從灰塵中望出去〉、〈無淚篇〉等詩中，我們不時地感到更加悲壯的氣氛，以及新的生命力在詩人心中不斷地跳躍和升騰。其他如唐祈的《詩第一冊》寫出了一個遊吟詩人在多樣生活旅途上的自如的抒唱；莫洛的《渡運河》是一個鬥士在運河周圍的戰鬥旅程的感情記錄；方敬的《受難者的短曲》傳達出的受難的中國人的心聲；唐湜的《英雄的草原》抒發的一個理想主義者的寓言，等等。從他們的各種風格裏，可以「從各個角度感覺到這時代的歷時風雨怎樣表現為特殊的深沉或凸出，悲劇性或戲劇性的光影，一些特殊的感情風格，甚至思想與精神風格，一些生命的躍進。」[5]唐湜在一九四八年六月創刊的《中國新詩》的代

---

[4] 編者，〈詩人與書〉，《詩創造》第 11 期，1948 年 5 月。

[5] 唐湜，〈嚴肅的星辰們〉，《詩創造》第 12 期，1948 年 6 月。

序〈我們呼喚〉中說:「我們面對著的是一個嚴肅的時辰」、「一個嚴肅的考驗」、「一份嚴肅的工作」,「渴望能虔敬地擁抱真實的生活,從自覺的沉思裏發出懇切的祈禱、呼喚並回應時代的聲音」,呼籲「必須以血肉似的感情抒說我們的思想的探索」,「首先要求在歷史的河流裏形成自己的人的風度,也即在藝術的創造裏形成詩的風格」,「進一步要求在個人光耀之上創造一片無我的光耀———個真實世界處處息息相通,心心相印……」。[6]可以說,這八位詩人的詩歌都是在這個嚴肅的時代發出的嚴肅的聲音,他們對歷史生活本身都有一種嚴肅的氣度與反應,也都對人類的理想生活與藝術的完成有著堅執的追求,他們在更高的本質上表現出一時代的精神風格。

曹辛之不但負責這套叢書的策劃、裝幀、出版外,還為這八本詩集逐一寫了撰寫廣告,如下:

受難者的短曲　方敬著　森林社編輯,上海星群出版社一九四八年五月版

作者描寫過不少中國最好的新抒情詩,這裏的詩都是他最近所寫的圓熟之至的作品,平凡得出奇的小花草,大大小小全是受難的中國人的心聲。

風景　田地著　森林社編輯,上海星群出版社一九四八年五月版

他有一份幼小者的無忌的初心,在這薄薄的都市里,無所顧忌也無所渲染地書寫著他的「風景」,雖僅是一些浮光掠影的浮世繪,但卻頗質樸可喜。

6　唐湜,〈我們呼喚〉,《中國新詩》(創刊號),1948 年 6 月。

捧血者　辛勞著　森林社編輯，上海星群出版社一九四八年五月版

辛勞是一個嘔血寫詩又嘔血而死的詩人，本書是他傳揚一時的名作，有著真誠的浪漫蒂克的熱情，曾使一切真誠愛國者的靈魂為之戰慄不已的。

火燒的城　杭約赫著　森林社編輯，上海星群出版社一九四八年五月版

他的詩正如畢卡索的畫，是多方面的，有各種不同的色彩與傳奇的組合，有的明白如話，有的晦澀艱深，但都能有交錯的思想的形象隱潛在脈葉裏，字字都經錘煉。

交響集　陳敬容著　森林社編輯，上海星群出版社一九四八年五月版

作者的詩全是智慧的火花，透明澄澈的水紋，晶瑩耀目如露珠，更像幾何畫中的軌跡，一點一線就能引出一個宇宙的覺識，一丘一壑全能動人於衷。

渡運河　莫洛著　森林社編輯，上海星群出版社一九四八年五月版

本書是一個鬥士在運河周圍的戰鬥旅程中的感情記錄，對戰鬥的運河有一個光輝而全貌的抒寫，凝練、矜持中極高貴的浪漫情趣。

詩第一冊　唐祈著　森林社編輯，上海星群出版社一九四八年五月版

他可能是中國最好的遊吟詩人，在遊牧人回教徒中間，在鄉村與都會裏面，全能意態自如地抒唱出最能感人的抒情詩。他的詩，有如沙漠中的清泉會使人心醉。

英雄的草原　唐湜著　森林社編輯，上海星群出版社一九四八年五月版

這是首史詩型的長詩，一個虔誠的理想主義者的寓言。作者具有一份宏大的氣息，一份可驚的浪漫蒂克德力量，波瀾萬丈，使人迷暈又振奮。

這些廣告文字簡短，語言精煉，行文自如，而且具有深厚的文化內涵。不但對詩人詩作的評介確十分中肯，完全可作為詩集的評論，而且本身也可作為傳之後世的藝術品。如對《風景》、《受難者的短曲》、《捧血者》的介紹，這些文字幾乎沒有一點商業的推介，全是以詩人熱情、詩化的語言來精準評說這些詩集，文字精煉，字字珠璣。他為《交響集》寫的廣告詞，就像一首散文詩，既有詩的激情，詩的意象，詩的敘述，但也有散文的舒緩，散文的跳躍，散文的揮灑自有。對於自己的詩集《火燒的城》，他寫的廣告文字沒有王婆賣瓜似地宣傳推銷，而是對自己詩作的特點如實進行了介紹，不誇大，為諱飾，在一種誠摯的語氣表達了自己的詩歌創作追求。王朝聞在論及曹辛之的裝幀藝術的特點時把他比作高明的「導遊」。他說：「高明的導遊詞有不同的原則，它掌握得住遊人的興趣，對景色特徵抓得住要領，言簡意賅，卻更能調動我的遊興，對我起

著『領你去會見自己』的積極作用。」[7]曹辛之寫的廣告詞也可作如是觀。

　　實際上，《森林詩叢》的策劃以及編輯、出版，宣告了《詩創造》兩大核心作家群分離的開始。期間經過了從《森林詩叢》——森林社——森林出版社——《中國新詩》——中國新詩社的過程。當一九四八年一月提議編輯這套叢書時，名稱還未確定，但在二月確定以「森林」為名編輯詩叢時，刊行處是「星群出版社」。當一九四八年五月《森林詩叢》出版時，刊行處儘管還是「星群出版社」，但編輯者已署名為「森林社」。而當一九四八年六月《中國新詩》創刊時，創刊號版權頁上已公開注明：「編輯者：中國新詩社　刊行者：森林出版社」。可見，為了配合《中國新詩》而成立的「森林出版社」來自於《森林詩叢》的「森林社」，而《中國新詩》的編輯者「中國新詩社」也是自「森林社」而來。這可從人員組成上看出端倪，《森林詩叢》的八人除了已去世的辛勞外，陳敬容、唐湜、唐祈、杭約赫、方敬[8]都成為《中國新詩》的編委會成員，而莫洛也是《中國新詩》作者，並多次得到唐湜的好評。所以，筆者認為，《森林詩叢》以及「森林社」的出現標誌著與「詩創造社」分離的第一步，而《中國新詩》以及「中國新詩社」的出現則標誌著原《詩創造》兩大詩人群正式分手。

7　王朝聞，〈「領你去會見自己」——略論曹辛之《最初的蜜》的裝幀藝術〉，《裝飾》，1987 年第 3 期。

8　據王聖思在〈辛笛與唐湜——懷念唐湜先生〉（香港《文匯報》2006 年 8 月 15 日）一文中說，《中國新詩》初定編委六人：杭約赫、辛笛、陳敬容、唐祈、唐湜和方敬，後因方敬遠在重慶無法參與編輯工作而成為五人。

《京華煙雲》的寫作與翻譯

Moment in Peking（《京華煙雲》或《瞬息京華》)是林語堂旅居巴黎期間用英文寫成的長篇小說，作家從一九三八年三月開始構思，八月八日開始動筆，一九三九年八月八日脫稿，歷時一年。同年底，該書由美國紐約約翰‧黛（John Day Book Company）公司出版，迅即被美國的「每月讀書會」選中，成為十二月特別推銷的書。出版三個月後，該書售出二十五萬部。《時代週刊》發表書評說：「《京華煙雲》很可能是現代中國小說經典之作。」它的成功，奠定了林語堂作為小說家在現代文學史上的地位。

　　小說分三卷：（一）道家的女兒，（二）園中的悲劇，（三）秋日之歌。以書中人物的悲歡離合為經，以時代變遷為緯，小說的地理背景以京津為主，蘇杭為賓，故事以八國侵華時的逃難開始，又以抗日戰爭中逃難作結。通過姚（代表初期民族資本家）、曾（代表進步的政治家）、牛（代表封建官僚）三大家族的興衰浮沉，以傳神的水墨畫式的素描筆法，描寫了從庚子年間義和團事件起至「七七」抗戰為止的四十年間中國社會生活畫面。其中，有佳話，

有哲學，有歷史演義，有風俗變遷，有深談，有閒話。並在其中安插了袁世凱篡國、張勳復辟、直奉大戰、軍閥割據、「五四」運動、「三一八」慘案、「語絲派」與「現代評論派」筆戰、青年「左傾」、二戰爆發等重大歷史事件，涉及到眾多歷史人物，有林琴南、辜鴻銘、宋慶齡、傅增湘、齊白石、王克敏以及文學革命先驅人物等。小說寫出了封建勢力的逐步崩潰，描述了腐敗的舊軍閥與政治的沒落，也涉及到了新思想與新力量的萌芽與發展，全景式展現了現代中國社會風雲變幻的歷史風貌。

在小說每卷卷首都引用莊子的話開頭。《道家的女兒》卷首就引《莊子‧大宗師》：「大道，在太極之上而不為高，在太極之下而不為深，先天地而不為久，長於上古而不為老。」《園中的悲劇》卷首引《莊子‧齊物論》：「夢飲酒者，旦而哭泣；夢哭泣者，旦而田獵。是其言也，其名為吊詭；萬世之後，而遇大聖知其解者，是旦暮遇之也。」在《秋之歌》卷首又引《莊子‧知北遊》：「故萬物一也，是其所美者為，臭腐，臭腐化為神奇，神奇變化為臭腐。」這樣的結構安排表明，作者力圖「以道家精神貫穿之，故以莊周哲學為籠絡」。[1]

小說的人物約一百餘位，作者以三大家族中的青年男女為主要描寫對象，又以姚木蘭、姚莫愁、孔立夫、姚思安四人為貫穿小說的主人公。以青年男女的愛情、婚姻為故事發展線索，情節起伏曲折。全書人物，深受《紅樓夢》影響，但又有所獨創，林語堂在給郁達夫的信裏曾說，「大約以紅樓人物擬之，木蘭似湘雲（而加入陳芸[2]之雅素），莫愁似寶釵，紅玉似黛玉，桂姐似鳳姐而無鳳姐之貪辣，迪人似薛蟠，珊瑚似李紈，寶芬似寶琴，雪蕊似鴛鴦，紫

---

[1]　見林語堂 1939 年 9 月 4 日寫給郁達夫的信。

[2]　此為沈復《浮生六記》之女主人公。

薇似紫鵑，暗香似香菱，喜兒似傻大姐，李姨媽似趙姨娘，阿非則
遠勝寶玉。孫曼娘為特出人物，不可比擬。至曾文伯（儒），姚思
安（道），錢太太（耶）及新派人物孔立夫（科學家），陳三（革命），
黛雲（女革命），素雲（「白面女王」），鶯鶯（天津紅妓女），巴固
（留英新詩人）則遠出紅樓人物範圍，無從譬方。以私意觀之，木
蘭、莫愁、曼娘、立夫、姚思安（木蘭父，百萬富翁，藥店茶號主
人），陳媽，華大嫂為第一流人物。孫亞，紅玉，阿非，暗香，寶
芬，桂姐，珊瑚，曾夫人，錦羅，雪蕊，紫薇，銀屏次之。他若素
雲之勢力，環玉之貪污，雅琴之懦弱，鶯鶯之無恥，馬祖婆（牛太
太）之專橫，姚太太（木蘭母）之頑固，不足論矣。」[3]

　　而作者心目中的理想人物是姚木蘭。他以古代代父從軍的女英
雄花木蘭的名字來命名小說中的人物。作者把她置於天翻地覆的時
代大動盪的歷史背景中，寫出木蘭個人遭際與時代潮流休戚相關的
聯繫。木蘭出生於富商家庭，但不迷戀紙醉金迷的物質生活享受，
卻嚮往幽雅山居的村婦生活，把自己看成是刻苦忍耐的民眾海洋中
的一滴水。在她身上，凝聚了東方、西方的女性美，形體美和心靈
美的高度統一並昇華到理想的境界，西方文化中的愛情至上與傳統
文化的家庭至上這兩種情愛觀得到了統一，同時，還把作者特殊的
女性觀加之其上，木蘭被塑造成為納妾的支持者，甚至主動勸丈夫
納妾。在木蘭性格發展的過程中，開始，她的政治意識非常淡薄，
即使在「三一八」慘案中，她也只是從母愛的角度傾瀉了失女之痛。
愛和恨，還停留在人道主義的層次上，而到小說結尾時，木蘭的愛
和恨已經包容了民族主義和愛國主義的激情。

　　林語堂創作《京華煙雲》是為「紀念全國在前線為國犧牲的勇
男兒」而作。在小說正文之前有獻詞：

---

[3]　見林語堂 1939 年 9 月 4 日寫給郁達夫的信。

　　謹　以

　　一九三八年八月至一九三九年八月期間寫成的本書

　　獻　給

　　英勇的中國士兵

　　他們犧牲了自己的生命

　　我們的子孫後代才能成為自由的男女

　　為了能儘快讓中國國內讀者能讀到它的中譯本，發揮文學作品的藝術感染力，在小說脫稿後，他親自寫信給好友郁達夫，希望他把此書譯成中文。為此，他還給郁達夫附了一張 5000 美元的支票。但郁達夫因婚變和編務繁忙遲遲未能譯完，[4]只在新加坡的《華僑週報》上發表了約二萬字，這部未完的譯稿下落不明，成為一個無可挽回的損失。

　　迄今為止，這本小說的漢譯本主要有三種：一是鄭陀、應元傑譯的譯本，書名為《京華煙雲》，是最早的漢譯全本。如上面的廣告所示，該譯本於一九四〇年六月至一九四一年一月上海春秋出版社出版。對譯者文筆，作者頗不滿意，認為「譯文平平，惜未諳北平口語，又兼時行惡習（看隔院之花，謂『看看它們』）。書中人物說那南腔北調的現代話，總不免失真。」[5]為此作者專門寫了〈談鄭譯《瞬息京華》〉列舉了多處錯誤。二是張振玉的譯本，書名仍為《京華煙雲》，由臺灣遠景出版社於 一九七七年三月初版。譯者「係居北平由童年至成長，對當地之民情風俗，古跡名勝，季節氣候，草木蟲魚，語言歌謠等，餐飲零食，皆所熟悉」，張譯本的問世，使「流落英語世界之我國文學瑰寶庶乎得以純正漢文面目，回

4　據徐悲鴻 1941 年 11 月 7 日給林語堂的信可知，郁達夫已「譯完大約三十萬字」，接近全書一半篇幅。

5　林語堂，《無所不談合集》，臺北開明書店，1974 年版，第 784 頁。

歸中土」。[6]遺憾的是，作家身前未能看到此譯本的問世。這是目前
流傳最廣的譯本，臺灣版《林語堂全集》和大陸版《林語堂名著全
集》、《林語堂文集》也是收錄此譯本。三是郁達夫之子郁飛的譯本，
書名恢復為林語堂自己定下的《瞬息京華》，一九九一年十二月由
湖南文藝出版社初版，譯者翻譯時參考了鄭、應的譯本和張譯本，
刪去了一些無關緊要的注釋，變動了書中某些敘述文字，力圖忠實
表達作者的原意，這也是譯者替父還債的譯本。

6　張振玉，〈《京華煙雲》譯者序〉，林語堂《京華煙雲》，上海書店出版社，
　　1989 年版。

郭箴一和她的《少女之春》

　　在中國現代文學史上有大量不為人知的作家，他們如流星一樣在文壇一閃而過，留下了各自的印跡。郭箴一（後改名宗錚）可算一位，這位正值風華正茂的知識女性因被牽連進中共歷史上著名的「五人反黨集團」而蒙冤四十年，現今各種人名大辭典都很難查找到其簡要的生平。可在三〇年代初，大學未畢業的她就出版了個人的第一本小說集《少女之春》，在師長們眼裏她可是一位頗有前途的女作家啊。

　　小說集由上海聯合書店於一九三一年四月初出版，印行一千五百冊。作者郭箴一當時還正在復旦大學新聞系讀書。全書收錄十一篇短篇小說。包括〈牛背上的春天〉、〈心閃〉、〈退了顏色的偶像〉、〈捉不住的憧憬〉、〈衝破重圍〉、〈雲煙〉、〈她竟〉、〈黃包車的報酬〉、〈新痕〉、〈破碎心弦彈出的懺悔哀調〉等十篇小說，譯文〈如願的一抱〉一篇。作者在〈後記〉中對收入小說集的小說做了說明，之處這十篇創作都不是寫的她自己經歷和個性，大部分故事內容都是道聽塗說而來的。

　　整部小說集以男女青年的戀愛為主。〈牛背上的春天〉寫出了一對鄉村男女（五壽和巧雲）在熱戀中的調情與密約；〈心閃〉先以書信的形式，寫出一個男子對其朋友女友的愛戀，以及女主人公收到此信後不平靜的心理活動；〈退了顏色的偶像〉寫霞君的悲愁，反襯出少女失戀的心情；〈捉不住的憧憬〉是寫一個男子亂愛的悔恨；〈衝破重圍〉寫志清拒絕小江的愛；〈雲煙〉描寫一位進山探幽的老者偶識一位厭世隱逸的富家小姐，得知其家世遭遇。〈她竟〉

寫小主人愛憐小杏子，但又沒有能力阻止他的父親的毒手。〈黃包車的報酬〉寫了一位貧窮車夫徐大與一個富家丫頭的戀愛與苦悶；〈新痕〉寫兩個性格相反的少女琦仙和靜娟的對話和心理活動。〈破碎心弦彈出的懺悔哀調〉寫出了一個為命運所撥弄的女子。譯作〈如願的一抱〉寫英俊的格伯爾與一位浪漫的富家女愛麗絲的愛情。作者通過對話、心理活動等形式突顯了這些男女主人公的的戀愛心理。儘管作者當時還是一位還未畢業的大學生，年紀尚小，但能對這些男女人物心理的刻畫如此細膩，人物對話如此生動活潑，故事的情節設計也頗為精妙，確實是一位頗有前途的女作家。

此書的出版得到了復旦大學新聞系系主任謝六逸和新聞系教授黃天鵬兩位師長的鼓勵和介紹。作者在出版前也特請兩位師長為此書作序。謝六逸在序中特別對〈牛背上的春天〉一篇頗為欣賞，「用她天真樸素的筆調，描繪五壽和巧雲的戀愛。題材是很簡單的，人物只有一男一女，此外還有一皮水牛。但作者卻能用單調的題材，傳達濃厚的情調。」[1]最後，他還特別指出作者善於對女性心理的描寫，認為她在國內的文壇的女作者中，應有相當的地位。

黃天鵬的序中首先通過與冰心、廬隱等女作家的對比，來暗示郭箴一作品的獨特價值。然後對作者忠實大膽女性心理的解剖給予了很高的評價，認為其在女作家中也是不多見的。最後，他對作者寄予了很大的希望：「郭箴一女士是位對於文學很有涵養的女作家。在這創作集裏面充溢著天真又深刻的描寫。因為由女性來描寫女性的心理，總比男性幻想著的真摯動人。我信作者將來的造詣，必為文壇增不少的榮光。這裏我希望作者在最近的將來，有更成熟更偉大的作品公世。」[2]

---

[1] 謝六逸，〈《少女之春》序〉，郭箴一《少女之春》，上海聯合書店，1931 年版。
[2] 黃天鵬，〈《少女之春》序〉，郭箴一《少女之春》，上海聯合書店，1931 年版。

作者郭箴一，湖北黃陂人，生卒年不詳。關於她的一些情況，她的師長、同學在為她的《上海報紙改革論》一書所作的序跋文字中有一些介紹。如她的老師黃天鵬認為她「為女同學中之錚錚者，天資卓越，雄辯無礙，益以中西文字之造詣，才識在在足以應世。」另一位老師郭步陶認為她為人沉著而機警，長於言辭，勇於任事，除新聞學習之外，還愛好寫作，詞令敏妙，思想透澈。她的同學田蘊蘭認為她「勤於學問，終歲契而不舍。且長於口才，每參與競賽，必獲獎榮歸」。而在陳耕石（此人情況不詳，似是作者的家人）為《少女之春》所寫的序言中，序者以簡要的文字把作者稚氣未托、天真活潑的女孩子形象展現了出來。文字如下：

> 作者年紀小，小孩子脾氣一點也沒有褪，說聲寫文，拿取筆就直畫；有的謄清都沒有謄清就送到書局；因為兩位可敬可愛的師長的鼓勵並介紹，說付印，也就有勇氣讓她匆促所寫的東西變成現在這樣的冊子；至於東西的價值怎樣，能不能同許多說是成了豪成了家的作者們的印著紅紅綠綠的封面畫的書本在書架子上爭一小塊地方，會不會有人順便翻翻看看；這些，她卻跳回家去了一概不管；全同小孩子打破了金魚缸，往門後一躲，自己就不是闖了禍的腳色一樣呢。[3]

儘管謝六逸和黃天鵬都看好這位年輕的女作家，但她在出版後這本《少女之春》後說要多多的致力於學識的探求，拿以後的成績來填補這一次荒唐問世的過失。寫完這些小說之後，作者就真的專心致力於學術研究。同年五月，其學士學位論文《上海報紙改革論》列入復旦大學「新聞學會叢書」，年底由上海復旦大學新聞學會刊行，作為老師的黃天鵬、樊仲雲、謝六逸、郭步陶逐一為之寫序，

---

[3] 陳耕石，〈《少女之春》序〉，郭箴一《少女之春》，上海聯合書店，1931 年版。

並給予較高評價。此書成為我國現代媒體批評史上的第一部專著，作者郭箴一也成為民國期間為數不多受過正規新聞本科教育，並對新聞學有所研究的女性之一。一九三五年，她又完成了《中國婦女問題》一書，作為「現代問題叢書」之一，收入王雲五總編的《萬有文庫》第二輯，於一九三七年三月由上海商務印書館出版 。一九三九年，她又完成了《中國小說史》，三十三萬字，後納入王雲五、傅維平主編的「中國文化史叢書」，由上務印書館（長沙）於一九三九年五月出版，此書為她帶來了巨大的社會影響和學術聲譽。一九八四年，上海書店予以付印出版。一九九八年，商務印書館再版。港臺兩地亦多次翻印。二〇一〇年一月，中國社會科學出版社又將其列為「民國學術經典叢書「之一，改為簡體字，橫排印行 。所以，有研究者認為：「民國年間的小說史論著中，郭箴一的《中國小說史》從刊印版次和數量上講，說是僅次於魯迅《中國小說史略》而位居第二名，恐怕是一點兒也不為過的。」[4]

可見，郭箴一自從出版了《少女之春》後，在文學創作方面未能貢獻出更多的佳作，但她在學術領域為我們帶來了更大更多的成果，可謂失之東隅，收之桑榆。

---

[4] 李鴻淵，〈郭箴一《中國小說史》述評〉，《古典文學知識》，2011 年 5 期。

關於《救國時報》上悼念魯迅的文章

　　《救國時報》是中國共產黨在法國巴黎創刊的旨在國內外從事抗日救國宣傳的機關報。一九三五年十二月九日創刊，初出版時為週刊，對開四版。從一九三六年一月第六期起改為五日刊。每期兩開一張，分四版（有時兩期合在一起刊出，時間並不十分固定）。該報編輯於莫斯科，製成紙型後航寄巴黎印刷發行，主編先後為廖煥星、李立三、陳潭秋，在法國巴黎負責出版的主要有吳玉章、吳克堅、饒漱石等。以「不分黨派，不問信仰，團結全民，抗日救國」為宗旨。以海外華僑為主要讀者對象，發行遍及全世界四十三個國家。其發行量之大、發行面之廣在當時的海外華文報刊中首屈一指，創刊時僅銷售五千份，未滿一年就猛增至兩萬份，其中國內約一萬份，遍及歐洲、美洲、東南亞等四十三個國家，一千餘訂戶。國內讀者遍及北平、天津、南京、上海、武漢、長沙、廣州、西安、成都等大城市。一九三八年二月，巴黎版《救國時報》在出版第一五二期後，於一九三八年二月十日停刊。在它存在的兩年多時間內，克服了重重困難，特別是經費的嚴重不足，不斷改進業務，在加強抗日民族統一戰線和世界反法西斯陣線的宣傳方面作出了重大貢獻，被讀者譽為「海外權輿」、「抗日先鋒」、「革命民眾的喉舌」等。

　　該報還出過多次特刊、專號，如為孫中山、瞿秋白、高爾基、普式庚、魯迅等十餘人出過紀念專欄。與其他人物的紀念文章相比，魯迅的悼念文章最多。據筆者統計，自一九三六年十月二十五日刊出追悼魯迅先生的唁電，到一九三七年十月二十日的一周年紀

念。《救國時報》不但及時登
載了國內外悼念魯迅先生的
各種活動報導，還登載了紀念
先生的文章，共計二十八篇。
從版面內容上看，巴黎《救國
時報》對魯迅逝世及其後續報
導和登載的紀念文章主要有
以下三方面特色。

一、悼念魯迅與宣導建立抗日民族統一戰線、反托陳派緊密結合

　　早在一九三五年八月一日，出席共產國際第七次代表大會的中國代表就以中國蘇維埃中央政府和中國共產黨中央委員會名義公開發表了〈為抗日救國告全國同胞書〉（即〈八一宣言〉），提出了停止內戰，聯合起來，一致抗日的主張。同年十月，〈八一宣言〉在《救國報》第十期刊出。《救國時報》創刊伊始，首先就登載了〈中國共產黨告全國民眾各黨派及一切軍隊的宣言〉（闡述了〈八一宣言〉）等文章，宣傳中共關於抗日民族統一戰線的方針、政策。在宣傳抗日統一戰線的同時，《救國時報》也一直與中國的托陳派[1]作鬥爭，刊登了大量反托派文章。在悼念魯迅先生的文章中，把紀念魯迅與建立抗日聯合戰線、反托陳派緊密地結合起來。從《救國

---

[1]　文中涉及的托派，因領袖為托洛茨基而得名，是史達林製造的最大的國際共運冤案。而中國的託派，因為陳獨秀的介入也稱托陳派。至於陳獨秀與托派的關係，現在也都清楚了。參見：胡明，〈陳獨秀與「托派」問題始末〉（《陝西師範大學學報》2004 年 3 期；張家康，〈陳獨秀與中國托派〉（《文史精華》2005 年 2 期）等文。至於把托陳派全部視為反革命、國民黨特務和日寇漢奸，這完全是污陷。

時報》第六十三期的首批悼念文章就有明顯地體現。在〈我國偉大的革命文學家魯迅先生逝世〉指出：

> 九一八事變後，魯迅氏更努力從事抗日救國運動，偕同左聯諸人廣作聯合戰線之宣傳，主張文學界、文化界人應各站到民族陣線上的自己的崗位上來，且提出「民族革命戰爭大眾文學」等口號為國難時著作目標；對破壞聯合戰線運動者如對反革命的托陳派等等，不惟儘量批評糾正，而且揭奸發究，不遺餘力。

陳紹禹（王明）的文章〈中國人民的重大損失〉中，也提到：

> 當中國共產黨去年發表建立抗日民族統一戰線新政策時，魯迅始終表示熱烈地擁護並積極地參加組織文化界反日民族統一戰線的事業。從對全世界人類解放關係看來，魯迅是帝國主義和帝國主義戰爭底堅決反對者，是爭取自由和保障和平底忠實實行家，是對現時英勇奮鬥的西班牙人民的熱烈擁護者。……他不僅痛恨那些「所為有背於現時中國人為人的道德」和「恰恰為日本侵略者歡迎」的「托陳取削派」，而且他痛恨那一切假革命之名行反革命之實的那些掛羊頭賣狗肉的人，同時，他特別痛恨那些沒有革命家風度和為人氣節的受反動勢力威脅利誘而變節投降的人。

也是在這一期上，以「魯迅先生之遺言」的名義登載了魯迅一九三六年六月九日口授，O‧V親筆寫給陳仲山的信〈托陳派主張「有背於現在中國人為人的道德」〉，在文章前面還加了一個按語，交代事情的來龍去脈，內容如下：

中國反革命的托洛茨基派陳某最近有一封信給魯迅先生，反對並詆毀中共抗日救國新政策，魯迅先生覆信，特別揭露該派秉承日嘔嗾使，破壞民族統一戰線的陰謀，這不但表示他偉大作家擁護正義的襟懷，而且是一篇有功民族的文獻，先生在覆這信事時，正當臥病，不能執筆，隨口授內容，令O、V筆記。托陳派的陰謀，自經先生揭露後，群眾更曉然於民族警覺性之更應提高，我們正盼望先生早日康復，領導我們文化界的救亡運動勇往直前，不料先生卻就此一病不起，披覽遺作，令人愴然，，現在特將先生的原信登載在這裏以志紀念。

——編者

在第八十九期余人傑的文章〈紀念「三一八」北京慘案追懷魯迅先生〉中，著者也怒斥了中國的托洛茨基派：

還有更下流無恥的陰賊陰毒的賣國漢奸，就是中國那般托洛茨基匪徒。他們受託洛茨基匪頭子的指令，專門做出賣的勾當，他們拿日寇的金錢，用盡一切卑劣可恥的手段，特別慣用「左」的口號來鼓惑群眾，進行其破壞反日民族統一戰線的活動。

隨著政治形勢的變化，對於中國托陳派份子，已經公開提出要剷除消滅他們。如在在一九三七年十月二十日的〈魯迅先生逝世一周年紀念〉的文章中，特別列出四條口號，其中有一條就是「繼續魯迅先生的素志、剷除托洛茨基陳獨秀匪幫」。在同期的〈魯迅先生逝世一周年〉的文章中，著者更是通篇批判中國的托洛茨基份子，把漢奸和托洛茨基分子一同視為剷除的對象。「清除內部的親日漢奸和托洛茨基匪徒以鞏固後方，正是爭取對日抗戰徹底勝利的主要條件之一。」可以看出，從追悼魯迅逝世開始，到逝世一周年

紀念，建立和維護抗日統一戰線以及反對托陳派始終貫穿於《救國時報》上所有悼念魯迅的文章中。

二、發揮橋樑作用，溝通國內外悼念魯迅的活動

作為立足巴黎，面向國內讀者和海外僑胞的報紙，國內國外各占一半的發行量。從報紙的內容上看，也主要分國內和國外兩部分。所以，《救國時報》它本身就是一個溝通國內外各種消息的橋樑。具體來講，就是把國內的重大消息傳播到世界各地去，把國外的重大消息傳回國內。讓國外讀者瞭解中國正在發生的大事，也讓國內的讀者瞭解正在發展的世界形勢。《救國時報》登載的悼念魯迅的文章或報導也很好地起到了溝通國內外悼念魯迅的活動。下面分別把刊登國內和國外悼念活動的文章進行介紹。

從六十三期到一三〇期，《救國時報》迅速地向海外讀者傳達了魯迅逝世及其以後的相關報導。

〈我國偉大的革命文學家魯迅先生逝世〉第一句就是「廿日上海訊，中國文學界泰斗魯迅氏於昨（十九）晨在滬因喉炎症（係肺結核之誤）逝世」。在〈魯迅先生精神不死〉又簡要報導了出殯情況，內容如下：

> 廿三日上海電：上海昨舉行「中國高爾基」、魯迅氏出殯典禮，執紼者各界萬餘人，而尤以學生及智識界為眾多。魯迅先生為一偉大的文學家與民族革命家，故殯禮同時成為一盛大愛國示威，在示威中群眾高呼：中國解放萬歲！打倒日本帝國主義！魯迅先生精神不死！等口號。又據各外報載，各界救國聯合會於送葬時發散大量反日傳單，號召武裝抗日以謀中華民族之解放並號召大家參加救國會工作會。

在後來的〈魯迅先生之哀榮〉、〈魯迅先生紀念委員會籌備會公告第
一號〉、〈在滬成立魯迅先生紀念委員會〉、〈魯迅先生輓歌〉、〈上海
各界人民熱烈紀念魯迅先生〉等文章中，把國內自魯迅逝世後一年
來的各種紀念活動逐一向海外讀者加以簡要地介紹。

　　海外悼念魯迅的活動又可分本報的紀念活動和其他各地的紀
念活動兩部分。《救國時報》是以一封唁電拉開了其悼念魯迅的序
幕。在六十三期的第一版以顯著位置登載了該報的電文內容：

　　本報同人追悼魯迅先生電

　　　上海申報館轉蔡子民先生：驚悉我國文學泰斗，愛國先覺魯
　　　迅先生逝世，不勝悲悼，敬致弔唁，乞轉先生家屬。

　　　　　　　　　　　　　　　　　　　　巴黎救國時報同人

　　同期，又登載了本報同人的〈追悼魯迅先生〉、王明的〈中國
人民之重大損失〉、蕭三的〈魯迅先生與中國文壇〉等悼念文章。
在後來的紀念文章中，還特設過「紀念魯迅先生」欄，在魯迅先生
逝世一周年之際，又設魯迅先生逝世一周年紀念特刊等。這些文章
的著者大多旅居巴黎或莫斯科等地，登載這些文章本身就是海外紀
念魯迅的活動之一。此外，從〈本報為編印《悼念魯迅》專冊啟事〉
可知《救國時報》社還編印過《魯迅創作選集》和《悼念魯迅》紀
念專冊。如有下面一段啟事內容：

　　　我國文學泰斗、民族革命鬥士魯迅先生逝世，海內外有心人
　　　士莫不慟惜。本社除行將出版《魯迅創作選集》外，並擬編
　　　印《悼念魯迅》專冊一部，一以紀念先生，一以供讀者留置。
　　　茲特向海內外明達徵求下列材料。收到之日，除在本報陸續
　　　發表外，儘量編入悼念冊中。切盼不吝賜玉，襄成此舉，實
　　　深感禱！

除了本報的紀念活動外，《救國時報》還介紹了巴黎和馬來亞兩地華僑的紀念活動。在第七十一期的〈巴黎僑胞同聲追悼偉大民族作家〉中，詳細地介紹了十二月十五日巴黎各界華僑召開的追悼魯迅先生大會。地點在巴黎大學門前左手二號國際中心大廳。到者有各華僑團體代表，我國旅巴各方聞人。吳康教授主席，並首先發表演講。次由旅法中國畫家陳士文先生、方振武將軍、中國畫家王子雲先生、陳銘樞將軍、胡秋原先生發表演說，他們從不同方面指出了魯迅先生的偉大之處。如陳銘樞將軍指出魯迅為中國文壇上首屈一指的先進左翼作家。胡秋原從六個方面談及魯迅先生在文藝上的不朽事業等。大會還通過快郵代電二則，一致上海文化界，各團體，各報館，一致魯迅夫人景宋女士及魯迅介弟建人先生。在八十七期上又刊登了〈馬來亞僑胞熱烈紀念魯迅〉的報導。相比法國的追悼魯迅大會相比，馬來亞僑胞的紀念活動顯得慢得多。報導對此表示不甚滿意，指出文化界儘管有各種提議計畫，但是「只停留在口頭上，看不見有實際行動的回答。」直到一九三七年元旦，北部馬來亞的文化界在檳成舉行了一個「北馬來亞文化界晚會」，在這個晚會上，才決定召開「北馬來文化界追悼魯迅先生大會」，過了一星期左右，這個大會便召開了。同時，還介紹了出席大會的情況以及大會召開以後的反響等。

總之，《救國時報》利用在海外辦報的有利條件，可以較自由地大量登載悼念魯迅的文章，既把魯迅逝世後的葬禮以及後續的紀念活動迅速及時地向海外僑胞以及世界各國進步人士廣為傳達，也把海外紀念魯迅的各種活動告知國內讀者報告，溝通世界各國紀念魯迅的各種資訊，使海內外的讀者認識魯迅、理解魯迅，使魯迅的精神得到了極大的發揚，擴大魯迅的世界聲譽。

三、蕭三、楊之華和王均初的悼念文章

　　從《救國時報》上登載的紀念文章來看，作者大多旅居海外，但與魯迅有過密切交往的作者只有蕭三、楊之華和王均初三位（史平即陳雲只與魯迅有一面之交，故不能算有密切交往）。三位作者一共刊發了六篇悼念文章，而且每篇文章的篇幅都比較大。因他們與魯迅有密切的交往，紀念文章自然也會憶及逝者的音容笑貌，增加讀者對魯迅先生的瞭解。同時，作為魯迅先生親密朋友，對魯迅先生的介紹和評價也更有助於海內外普通讀者對偉大魯迅的認同。所以，這六篇是《救國時報》上非常重要的紀念文章，有必要逐一加以簡要介紹。

　　魯迅與蕭三儘管始終未能會面，但從一九三〇年開始，他們就有了書信交往。一九三〇年在蘇聯召開國際革命作家代表大會時，蕭三就寫信邀請魯迅先生去參加。之後又多次寫信，邀請魯迅去參加在莫斯科舉行的「五一」和十月革命的慶祝活動。在長期的通信交往中，蕭三由欽佩魯迅、崇敬魯迅轉向宣傳魯迅。「把宣傳魯迅作為最大的任務之一。他是當時唯一最早在蘇聯向全世界宣傳魯迅和茅盾等進步作家的中國文學家。」[2]蕭三也曾回憶說：「我在國際革命作家聯盟和《國際文學》時，所作的最大工作之一，就是宣傳魯迅，……當時在蘇聯和其他國家，沒誰知道魯迅，雖然已經有人翻譯了他的《阿Q正傳》，但是沒人介紹，人們還是不知道他的情況。所以，我想到應該把魯迅介紹給蘇聯和世界各國人民。這也是我們中華民族的驕傲！」[3]魯迅逝世後，蕭三化悲痛為力量，用俄

---

[2] 　王政明，《蕭三傳》，北京圖書館出版社，1996年版，第215頁。
[3] 　轉引自王政明《蕭三傳》，北京圖書館出版社，1996年版，第217頁。

文、英文、漢語寫了大量的悼念魯迅的文章。而《救國時報》在這一年時間中也刊登了蕭三三篇悼念魯迅先生的文章，共計兩萬餘字，是該報悼念魯迅的文章中篇數最多，占的版面也最大。在六十三期上登載了〈魯迅與中國文壇〉，蕭三高度評價了魯迅在中國文壇的巨大影響和不朽的功績。指出先生是「病態社會不幸的人們」的代言人，是忠實的現實主義者，是改進社會的英勇戰士，偉大的革命家。認為魯迅先生「是中國現實主義文學底第一個拓荒者。他是現代中國最傑出的、最原本的作家。」在魯迅逝世後的第二天，上海《大公報》（第四版）刊發了一則關於魯迅的短評《悼魯迅先生》，短評指出：「可惜在他的晚年，把許多的力量浪費了，而沒有用到中國文藝的建設上。與他接近的人們，不知應該怎樣愛護這樣一個人，給他許多不必要的刺激和興奮，慫恿一個需要休息的人，費很大的精神打無謂的筆墨官司，把一個稀有的作家的生命消耗了，這是我們萬分悼惜的！」蕭三立即寫了〈反對對於魯迅的侮辱〉，發表在《救國時報》第六十七期上。文章逐一痛斥了短評的不實之詞，指出「像大公報短評那種曲解污衊的說法簡直『真是糊塗蟲』，簡直是對於魯迅的一種侮辱！」在魯迅逝世一周年紀念之際，蕭三又寫了〈紀念魯迅逝世一周年〉長篇論文，刊於《救國時報》第一三〇期上。文章全面介紹了魯迅的生平、創作和鬥爭事蹟。全文共列出論及魯迅的十三個方面，從這些方面的論述可看出蕭三為宣傳魯迅付出的心血和他對魯迅的崇高敬意。這篇文章也產生了廣泛的國際影響，後被收入在蘇聯科學院東方學院出版的《紀念魯迅》一書中。[4]

　　作為瞿秋白的夫人，楊之華很早就與魯迅相熟，在上海協助瞿秋白進行「反文化圍剿」的鬥爭時，就同魯迅結下了深厚友誼。瞿秋白逝世以後，魯迅及家人給予她無私的幫助。一九三五年九月

---

[4]　蕭三《蕭三詩文集》（散文篇），第 199 頁，北京圖書館出版社，1996 年版。

初，楊之華在中共駐共產國際代表團的安排下，與陳雲、陳潭秋、曾山等上海前往蘇聯，參加共產國際第七次代表大會，之後任國際紅色救濟會中國代表，為該會常務委員。據魯迅日記記載，楊之華此後仍繼續與魯迅保持著書信聯繫。魯迅逝世之後，楊之華也寫下了多篇紀念文章，《救國時報》刊登的〈回憶敬愛的導師——魯迅先生〉（署名文尹）就是其中之一，由於作者與魯迅一家有過密切的交往，她滿懷失去導師的沉痛心情，深情地回憶了自己與魯迅先生的一次交談以及後來先生與她的通信。她指出「他真實的站在被壓迫者方面，他為真理而鬥爭，他說的是人話，做的是人事，走的是人路，自然人話不免使那些反人道的人們受著又痛又癢的苦痛。」最後，她呼告：「我們只有以光大先生的寶貴遺產來填罪——我們願學先生的對敵人的頑強，對朋友的真誠，對自己的虛心，對人格的自尊和對工作的責任心！」

畫家王均初在三〇年代與魯迅先生也有過密切的交往，並得到魯迅先生的指導。一九三五年王鈞初去蘇聯學習，魯迅還曾向友人蕭三等人介紹他，還將一部日本印行的《唐宋元明名畫大觀》贈送給他。魯迅逝世之後，遠在列寧格勒的王均初也迅速寫出了悼念先生的文章〈魯迅先生逝世哀感〉。文章首先以魯迅回覆陳獨秀的信指出魯迅是支持中國共產黨提出的抗日聯合戰線，接著談及最近幾年先生不屈不撓地與一切反動勢力作鬥爭。作者又沉痛地敘述了魯迅在與自己的交往過程中，無私地對青年朋友進行幫助和指導，表達出對逝去的導師的無限哀悼。由於王均初從事美術活動，與魯迅的交往也更多在美術方面。所以，稍後，他又在《救國時報》第七十四期上發表了另一篇紀念文章〈魯迅的美術活動〉，對魯迅的美術活動給予極高的歷史評價：「魯迅對於美術，是一個中國的歷史遺產的整理者，是國際藝術的介紹者，藝術的理論家，批評家，並且是革命美術運動的宣導者。中國美術有了他的活動以後，不只是

把中國的美術遺產提出來整理，而且也給中國的革命美術奠定了正確的道路和基礎。」作者對魯迅在美術事業上留下來的遺產和教訓有一個較為詳細的總結，論及四個方面：一、魯迅的藝術思想出發點；二、魯迅整理民族藝術遺產的工作（又具體談了六個方面）；三、魯迅介紹國際藝術的理論和作品；四、魯迅對於中國革命美術的宣導和工作。

　　此外，《救國時報》在刊載悼念魯迅的文章時，還登載了十餘張照片，有的文章還配有魯迅先生的墨蹟。文字和圖片、手跡相得益彰，加深了廣大讀者對魯迅先生的認識，使魯迅的形象在海內外廣大讀者心中紮下了根。必須承認的是，《救國時報》作為中國共產黨在海外從事抗日救國的機關報，必須緊密結合當下的政治形勢，政治宣傳是它的主要任務和出發點。魯迅逝世後，報上登載的紀念魯迅、發揚魯迅精神的文章，主要提及的還是魯迅革命性的一面，而無暇顧及到作為文學家、思想家的魯迅。正如四〇年代楊之華（此楊之華不是瞿秋白的夫人）就曾指出：「每逢魯迅先生的誕辰（八月三日）或其死忌（十月十九日），在近幾年來的文壇上都出過不少的『紀念特輯』，但其內容，倘不是流於如何如何崇拜魯迅，敬仰魯迅……之類的八股式的論調，便是曲解魯迅先生的言論，抹殺其一生正大的言行，甚至假借了先生的言論作為他們的盾牌，天天在宣揚什麼『聯合統一戰線』，什麼『新民主主義』之類。其實，他們對於魯迅先生的偉大，何曾知其百中之一二呢？」[5]但是，對於正處於中華民族生死存亡的時刻，在中國共產黨的領導下，作家、進步人士和報紙編輯等的共同努力下，《救國時報》克服了政治上的威脅和壓迫，以及經濟上時常陷入上入不敷出的窘境，堅持刊出大量悼念魯迅先生的文章，本身就是一個值得載入史冊的光輝業績。

5　楊之華編，《文壇史料》，中華日報社發行，1944 年版，第 7 頁。

徐蔚南主編《民國日報・覺悟》述略

　　抗日戰爭勝利後，在葉楚傖的支持下，經國民政府中宣部批准，《民國日報》於一九四五年十月六日在上海復刊。社長為胡朴安，主筆為管際安，經理為葉季平，地址在河南北路五十九號。由於《民國日報》副刊《覺悟》曾經是二〇年代著名的的四大副刊之一，所以此次《民國日報》在復刊的同時，副刊《覺悟》也一同恢復，該欄目的主持者為徐蔚南。[1] 由於徐本身是作家，又有豐富的編輯出版經驗。讓徐蔚南主持《覺悟》副刊可謂知人善任。《覺悟》在他主持的的一年多的時間裏，特別是開設月月徵文活動以後，[2] 不但吸引了上海一地的青年朋友，甚至連內地四川、貴州的青年朋友都深受影響，紛紛投稿應徵。後又舉辦覺悟茶話會活動，創辦覺悟社，出版《青年文選》，成為全國青年文藝愛好者的理想園地，培養和團結了一大批青年作家，[3] 豐富了抗戰後的中國文壇。而作為

---

[1]　徐蔚南(1900-1952)，筆名澤人，吳江盛澤鎮人。著名的散文家、史學家、翻譯家、出版家。 早年留學日本，精通日語、法語。二〇年代初為新南社社員。1928 年在上海世界書局聘任為總編輯，主持編輯百科知識性質的《ABC 叢書》，風行於時。由於從小與邵力子相識，得以追隨其左右。抗戰前，邵力子任中央宣傳部部長，邵邀徐去南京擔任部主任秘書。全面抗戰爆發後，國民參政會在大後方成立，邵調任秘書長，徐亦改任參政會機要秘書。抗戰勝利後徐復員返滬，除擔任上海市通志館副館長外，還擔任《民國日報》社務委員會委員並具體主持《民國日報》副刊《覺悟》的編輯工作。

[2]　從 1945 年 10 月 6 日到 1947 年 1 月 31 日，徐蔚南主持該欄目前後共 16 個月。

[3]　姚福申、管志華在《中國報紙副刊學》中指責徐主持的《覺悟》政治上不夠進步，沒能吸引進步青年，這種以政治立場來看待《覺悟》的成就並不可取。

欄目主持者的功勞不容抹殺。[4]拙文以徐蔚南主持《覺悟》為論述
對象，試圖還原這一段歷史。

一、設立月月徵文活動

《民國日報》復刊後，
但由於版面限制，《覺悟》每
一期只有 2000 餘字篇幅，故
該欄在一九四五年的三個月
裏鮮有作為。一九四六年一
月一日，《民國日報》改版，

由對開半張擴大為一大張。[5]《覺悟》副刊也在這次改版中版面擴
大了一倍。由於版面的增加，主持者徐蔚南決定舉行「月月徵文」
活動，以便吸引讀者。在本月一日的第四版刊出了徵文啟事，內容
如下：

> **青年徵文**
>
> 本報覺悟欄，自本年起，每月擬舉行青年徵文一次，以選拔
> 青年作家為目的，希望各界青年男女踴躍參加應徵。徵文條
> 例如下：

4　由於徐蔚南去世的時間較早，再加上其個人的政治立場等原因，他主
　　持副刊《覺悟》這一活動並不為現代文學研究者關注。在他的生平介
　　紹中，也鮮有提及。在一些對《國民日報》副刊《覺悟》的研究中更
　　多關注其 20 年代的成績，而對 1945 年復刊後《覺悟》的成績則基本
　　忽略。

5　筆者所見到的《國民日報》係影印本，改版後的報紙，由原來的單張兩版
　　擴大為兩張四版。

（一）應徵的文章，概用白話文，加上標點，分清段落。每
　　　篇以千字至三千字為限。

（二）凡應徵而入選的作品，得發表於本欄，並致酬稿費，
　　　每千字千元。

（三）入選作品發表時，主選者得作文字上的修飾。

（四）原稿概不退回。

（五）應徵者用楷書寫明姓名及地址。

（六）每月一日發表徵文題，每月十五日為截止應徵期。

正月份徵文題　使我最感動的一本小說（或電影或話劇）作
法要點：

（一）記述使你最為感動的一本小說（或電影或話劇）的本事。

（二）記述使你感動的理由。

　　由於是初次徵文，讀者知道消息的並不多，來稿數量不多，品質也不高。一月二十日，編者在覺悟欄寫了《致青年作家——關於青年徵文並及整個覺悟》，及時地彙報了本月徵文的情況：「沒有失敗，但也沒有預期的成功」，「原來希望每兩天發表一篇以至二篇的入選文章，但本月份只發表了七篇」，而且這七篇都是很冗長的文章。此外，並對個別讀者來稿未被入選作了說明。並再次重申了青年徵文「是為了選拔青年作家而設置的，能對青年作家多盡一點力，一定盡力的。青年作家們勇敢地來投稿吧！」

　　很快這種情形得到了改觀。自二月一日公佈二月徵文題目開始，青年朋友的稿件就開始增多了。二月九日，主持者在覺悟欄刊出了〈編者敬啟〉，主持者以喜悅的心情報告了本月的應徵情況：

　　　承蒙各位熱烈地賜稿，使得覺悟成為青年們愛好的精神食糧
　　　了。本月份的內容，編者斗膽可以誇口說，將更能使讀者滿
　　　意，因為各位已經寄來的許多稿件，內容是那麼充實，而寫

法又如此引人入勝！……

二月份的青年徵文，照已寄來的應徵稿件來看，似乎不致失敗。入選的作品，我們當儘量使其刊出，因為入選的內容都是極生動的，有的竟是極好的短篇小說，有的是絕妙的散文。……

在徵文應徵期截止之後的二十三日，主持者又向讀者報告了徵文來稿情況：一是來稿十分踴躍，每天都收到一堆應徵稿；二是預告稿費將在三月份增加；三是長篇來稿太多，版面有限，希望以一千字左右為宜。

到了三月份，應徵稿件情況更加喜人。自三月一日刊出徵文題目之後到十五日截止。主持者在十六日就刊出了《致青年作家》，彙報了本月應徵的情況：一是稿件像潮水般地湧來，日有數十起。二是應徵作品內容感人，「不只是應徵者的熱情可感，就是作品的內容，實在也太動人了。」三是不僅男青年踴躍，就是女青年也特別增多。四是應徵者職業多樣、地域廣泛。「就應徵者的職業而論，從公務員，軍人，商店店員，自由職業者，大學生以及初中學生，式式俱全。就地域而論，從本報館起直至四川、貴州以及京滬、滬杭沿線各地都有。」五是版面出現緊張，許多老作家的作品都不能及時發表，就是老舍給覺悟欄的稿件都得不到及時刊登。

可見，從二月份開始，月月徵文活動已出現良好的發展態勢，應徵稿件數量非常多，但由於版面限制，編者只能儘量刊登，出現了稿件太多版面不夠的緊張局面。這種情況一直持續到一九四七年一月三十一日《民國日報》停刊為止。總體上看，主持者徐蔚南舉辦的月月徵文活動取得了巨大成功。從一九四六年一月開始至一九四七年一月報紙停刊，一共進行了十三個月，發表的青年徵文達四百餘篇。此外，還有數量不少的不屬應徵的青年來稿，都得到了刊

登的機會。主持者對來稿做了一個統計，學者的寄稿占十分之二，大學生占十分之四，大學以下學生占十分之二，職業青年占十分之二。青年應徵者的踴躍，使得編者看到了覺悟欄發展的前景，在〈青年朋友都來經營覺悟〉（三月三十日）中主持者道出了《覺悟》發起月月徵文活動的更大野心：

> 邀請青年們來參加覺悟的寫作，還不是徵文的目的。我們並不想專門訓練青年的寫作。我們青年徵文的最大目的，是要結集最大多數優秀青年來共同創造一個青年的園地，最低限度是共同來充實覺悟，使覺悟成為青年們所有的日日所必需的精神食糧。我們要做到《覺悟》不是編者一人的覺悟，覺悟不是民國日報一報的覺悟，而是每個青年自己的覺悟。

為了實現《覺悟》更大的目的，除了繼續辦好月月徵文之外，主持者又接連舉行覺悟茶會，建立覺悟社，出版《青年文選》，這些活動都得到了青年朋友的熱烈響應，團結、扶持、培養了一大批青年朋友，真正成為了青年朋友的一個理想的園地。

二、舉辦覺悟茶會和成立覺悟社

由於應徵者踴躍，《覺悟》欄上的青年作者越來越多，為了讓青年作家們加深瞭解，建立更緊密的聯繫，在社長胡樸安的提議下，編者徐蔚南在五月十一日《覺悟》欄上以〈一個提議〉刊出了舉辦茶會的消息。內容如下：

一個提議

有人正式提議：覺悟欄作家那麼多，而成績又那麼斐然，應該由覺悟編者發起一個茶話會，約請覺悟欄作家都來參加，

大家聯歡一下。編者當然極其贊成，會場想借青年會，茶點準備每人一客，這件事都須預先籌備的，因此不得不請求作家先寫信來。現擬訂三個條例於後：

（一）凡曾投稿於覺悟的作家，不論男女老少，不論文章已未發表，一律歡迎參加，不收任何費用。

（二）請先來信，聲名參加，信中寫明：姓名，地址，以便發信通知茶會日期地點。

（三）有遊藝才能，請先填寫，如：口琴，唱歌，音樂，京戲，笑話，朗誦等，以便在開會時請求表演，使與會者皆大歡喜。

希望投稿覺悟者人人來參加，快快寫信來通知。

徐蔚南敬啟

〈一個提議〉一經刊出，該欄的作者十分踴躍，編者第二天就收到了潘之華等十位作家通知參加的來信。到十六日，聲明參加者就已達四十餘人，並且有人踴躍報名表演節目。甚至遠在揚州的一位作家克服交通、住宿不便等因素也寫信來希望參加。五月二十日，編者刊出《關於覺悟茶話》，向讀者公佈進一步的情況：人數大致有八十餘人，選定一個星期日上午舉行，還宣佈了茶會的特點和主要內容：誠懇的友誼；濃厚的文藝空氣；青年的生趣。這三個特點具體表現出來，就是活潑的談笑，喝一點清茶，進一點茶食，唱唱歌，彈奏一點音樂。編者希望來參加茶會的作家，不要拘束，就像走親朋好友家一樣，爽爽朗朗，說說笑笑，沒有過分親呢，但也沒有過分生疏，希望通過這個集會來調濟作家們平日裏單調的生活。

五月二十六日上午九時，在四川路青年會的餐廳內已經擠滿了參加覺悟茶話會的朋友。其中有社會知名人士胡樸安（社長）、朱應鵬（畫家）、胡道靜（記者）、新程（版本專家），楊寬（上海市

立博物館官長），李融之（古典文學學者）、李棉（畫家）、朱恒如（作家），潘之華（文化鬥士），何彬兮（作家），汪倜然（記者），鍾憲民（翻譯家）等，還有更多的大學生、中學生、社會青年，如徐天明、舒澤帆等，一共一百餘人。可謂老中青三代濟濟一堂，其樂融融。茶會在九時半正式開始。活動程式是：最先由覺悟主編徐蔚南先生報告本次茶話會的籌備情況，強調了青年朋友對國家社會的貢獻力量以及覺悟的編輯方針。接著是西洋音樂欣賞，然後又一致通過設立覺悟社並慰問覺悟創始人邵力子先生的提議。稍後，有詩朗誦、京劇欣賞、唱英文歌曲和中國歌曲、創作談等。到中午十二時正，這個充滿青年朝氣的聚會，由徐蔚南先生宣佈圓滿結束。主持者還在當天《民國日報》的《文化彙報》中刊出了此活動的消息：

> 今日上午九時，本報覺悟欄特約投稿覺悟青年作家百餘人舉行茶會，假座上海四川路青年會餐廳，節目有演講，口琴，歌唱，中西音樂等，以助雅興，管弦齊奏，談論風生，當極一時之盛。

隨著茶話會的結束，成立覺悟社的籌備工作開始。在徐蔚南寫的〈致青年〉（六月十七日）一文中，介紹入社手續的具體辦法。凡是擁護覺悟的青年，請即開示姓名，籍貫，年歲，性別以及通信地點等等，寄到《民國日報》副刊《覺悟》來即可。稍後，編者又刊出了新陳的〈關於覺悟社〉（七月一日）一文，向讀者介紹了覺悟社的章程，筆者歸納為以下七點：

（一）宗旨是「以文會友」。

（二）結集青年作家，所說青年係指精神上的，不以年齡為標準。

（三）舉行青年活動，如出版刊物，開設講座，團體旅行，茶會聚餐等。

（四）設正副社長各一人，支持社務，並推覺悟的開路先鋒邵力子先生為名譽社長。

（五）只要愛好文藝，擁護覺悟，熱心公眾的事業，均可申請加入。

（六）男女不限，地域不限。

（七）不收入社費。

六月二十五日、七月一日連續公佈了兩批入社名單，第一批有二十六人，第二批又有三十七人。可見，覺悟社一成立就有六十餘人的規模，真是盛況空前。

召開覺悟茶會以及成立覺悟社使《覺悟》的聲譽達到了頂點。在徐蔚南所寫的〈致青年〉（六月十七日）一文中，支持者總結了這半年來的成績，認為它已成為了青年的園地，選拔青年的作品已完全做到了，也完全實現了。不但如此，它現在已成為上海報刊界所效法的對象，「各報都追從上來，爭開文化的專欄」。由於《覺悟》欄作家多，甚至有刊物的編輯寫信給徐蔚南，請代為向青年作家們約稿。同時，許多名家前輩也開始關注覺悟欄上發表的青年作品，竭力誇獎，並認為「《覺悟》是上海唯一的青年園地，現在上海沒有第二個這樣的青年刊物。」此外，還得到了像于佑任、邵力子這樣的國民黨元老的鼎立支持，于佑任讚揚了《覺悟》取得的巨大成績，為《覺悟》題詞：為民前鋒。邵力子每天讀《覺悟》，對上面刊登的青年作品都比較滿意，來上海時專為《覺悟》題詞：自覺乃能覺人，一悟尤須悟百。

三、編選出版《青年文選》

隨著月月徵文活動的持續進行，覺悟欄發表的青年作品愈來愈多，怎樣使這些作品更好地保存下來，傳播得更遠、更廣，這是覺悟主持者徐蔚南需要考慮的問題。作為有豐富出版經驗的他知道，收集精選這些青年佳作，結集成書確實是一個可行的措施。但要出版圖書，不但要有文稿，更要有出版機構的支持。一九四六年的出版界，由於政治形勢的緊張，出版業逐漸凋敝，而《覺悟》欄的作者既非名家，又非財力雄厚，出版機構又多以贏利為目的，這種情況下出書確實頗為艱辛。巧的是，此時世界書局的朱聯保、俞梅、盛順基、顧炳章等人合辦的日新出版社剛成立，地址設於南京東路哈同大樓內。因徐蔚然曾在世界書局任過編輯，這些人自然與徐相識，通過與徐蔚南的接洽，《青年文選》的出版就確定由這家剛開張的出版社承擔。

從時間上看，幾乎在籌備茶話會和成立覺悟社的同時，編選出版《青年文選》就已經在緊鑼密鼓地進行了。作為這套文選（叢書）的主編徐蔚南在五月八日的《覺悟》上刊出了〈致愛覺悟的青年〉首次向讀者報告了《青年文選》的編選計畫：

> ……值得告訴諸位青年同志的，我們已有一個計畫了，就是把覺悟內的文字，再精選一過，將最動人的，最為青年們所愛好的，值得保存的文章，匯集一起，決定印《青年文選》第一輯及第二輯，每輯字數約五萬，由日新出版社發行。這是一個好消息。

但是，日新出版社作為一個業餘的出版機構，自然也需要贏利，接受《青年文選》的出版是冒著蝕本的風險做的一次嘗試，只要前兩

輯銷路不錯，自然還很樂意繼續出版。所以，為了打開銷路，主編在文章的最末號召青年朋友們廣為傳播，竭力購買《青年文選》，使日新出版社不致因銷路而灰心：

> 青年諸君今日要印刷一本書是如何的困難，而日新出版慨然允許為我們出版這《青年文選》，實在令人感謝不置的。如果《青年文選》銷路廣大，那麼將來第三輯第四輯自然會繼續發行的。《青年文選》等於《覺悟匯刊》，這兩輯青年文學的出版，自然仍舊要求各位熱烈的支持，方始可以使這部《青年文選》暢行於世！

五月份確定《青年文選》的出版計畫後，文選的編選以及出版有條不紊地進行。六月份，第一、二輯已付印，三、四輯又開始編選，七月份，一二兩輯出校樣，九月份一二輯出版，十月份三四輯出版，五六輯開始付印。為了促銷，圖書價格非常低廉，六百元一冊。主編徐蔚南為《青年文選》寫了序言，主要交代了文選的編選緣起、出版過程以及對青年們的價值：

> 我每月在民國日報覺悟欄中舉行一次青年徵文，獲得青年作家們偉大的支持，紛紛以佳作惠寄，每天所得到稿子，要超過覺悟所能容納的兩倍以至八倍。我細心地選擇文筆最好的，內容最動人的作品來刊載，幸蒙各界讀者，尤其是青年學生們，一致予以鼓勵和讚許。這不是我個人勞作所致，而是寄稿者的功績。
>
> 日新出版社約我將覺悟中發表的作品，再加一遍選擇，把可以給青年們欣賞觀摩作品提拔出來，作為青年文選叢書，印成單行本。這個提議，恰好可以滿足一般青年屢次要求覺悟所選每月發行匯訂本的渴望，我所以立刻就接受了。

青年文選叢書所選的文字，並不限於青年作家，老作家以及已成名的作品，只要富於青年精神而且富有滋養的，我也選錄了。或者，這更足以啟發青年寫作的技巧，所選的文字，依體裁分類，如論文、小說、詩歌、書信等七八種，這不僅使青年們對於各種文體能得到認識，並且也使青年們在多種多樣的詩文中，得到極濃的閱讀興趣。

我相信這部青年文選對於青年們可以有點益處的。第一，青年們閱讀青年文選，至少在思想上必不致落伍腐化。在知識上可以增加新鮮而正確的觀念，其次，即就練習作文，也可從這部青年文選裏，得到許多觀摩之處。

現在這部青年文選從書開始發行了，希望各地的青年們都能以愛我的熱誠來愛好這部叢書。

到一九四七年一月《覺悟》停刊為止，《青年文選》一共出版了六輯，此後又陸續出版了六輯，共出版了十二輯，一直持續到一九四九年三月為止。各輯出版的具體情況如下：

1. 《家的召喚》，71 頁，日新出版社一九四六年八月初版，[6] 一九四七年一月再版，一九四七年七月三版。

2. 《聖潔的靈魂》，79 頁，日新出版社一九四六年八月初版，一九四七年九月再版。

3. 《新生》，74 頁，日新出版社一九四六年十月初版，一九四七年一月再版，1947 年七月三版。

---

[6] 據徐蔚南的報告推斷，第一、二兩輯應該在 1946 年 9 月出版，但圖書上卻標明是 8 月初版，提前了一個月。這種情況在民國出版界應屬正常現象。

4. 《小主婦》（書名原計劃為《女同學林娜》，為了便於促銷改名為《小主婦》），76 頁，日新出版社一九四六年十月初版，一九四七年一月再版，一九四七年七月三版。

5. 《童年的夢》，74 頁，日新出版社一九四七年一月初版。

6. 《長春》[7]，55 頁，日新出版社一九四七年一月初版。

7. 《黎明》，72 頁，日新出版社一九四七年七月初版。

8. 《前程》，79 頁，日新出版社一九四七年七月初版。

9. 《等待的心》，68 頁，日新出版社一九四七年九月初版。

10. 《血與淚》，74 頁，日新出版社一九四七年九月初版。

11. 《鴨綠江畔》[8]，77 頁，日新出版社一九四七年十一月初版，一九四九年三月再版。

12. 《沒有太陽的地方》[9]，36 頁，日新出版社一九四七年十一月初版，一九四九年三月再版。

　　平均每一輯收文章三十餘篇，收通論、論說、批評、散文、遊記、小說、詩歌、書信、譯作、史地、傳記、札記、預言等各種文學體裁。從銷路上看，《青年文選》的銷路應該還不錯，有些輯甚至印行了三版，該套叢書還是有相當大的讀者市場。

---

[7] 收入《長春》的作品均沒有在《覺悟》上發表，而是在《東南日報》文藝副刊《長春》欄問世的。1946 年 6 月，《東南日報》滬版創刊時，徐蔚南約去暫時編輯文藝副刊《長春》，因報紙剛創刊，無人投稿，他便拉了一批《覺悟》欄的青年作家去幫忙，所以雖是《長春》上發表的稿子，實則是《覺悟》青年作家的作品，所以主編還是選遍了五萬餘字的稿件納入《青年文選》中，把這一輯書名確定為「長春」，是紀念稿件最初發表的場所。

[8] 這一輯所選的內容與其他輯沒差別，封面設計與其他輯也一樣，但本卷首書名刊「青年文學特刊」之一。

[9] 據《民國時期總書目》介紹，此書收雜文 31 篇，但未題作者姓名，係個人文集。但封面設計與其他《青年文選》一樣。

四、結語

作為《覺悟》辛勤的園丁，徐蔚南至始至終主持了《覺悟》所舉行一些列活動，由於他的坦誠和熱情，贏得了全國各地青年朋友們的信任和愛戴，他是《覺悟》的靈魂

人物。由於《覺悟》始終堅持為青年服務，每月都大量刊載青年作家作品，使得各地青年紛紛投稿，《覺悟》成為青年作家露面的平臺，提攜一大批青年作家。覺悟茶話會的舉行、覺悟社成立以及青年文選陸續出版更增加了《覺悟》的魅力。在一九四六年一年間，《覺悟》發表了一百五十餘萬字，圖畫與書法數十副，文化匯報四十六期。[10]初步形成了以上海各大學各高級中學的優秀青年為主，還包括南京、杭州、鎮江，福州、重慶青年界的中堅，一共數百人的《覺悟》作家群，[11]大大充實了中國新文藝陣線。正因為《覺悟》一年來所取得的巨大成績，主持者在一九四七年一月一日刊出的〈回顧與展望〉中信心滿滿地展望了新的一年《覺悟》的宏圖：

---

[10] 從 1946 年 1 月開始，《覺悟》欄在每週周日以《文化彙報》為題，主要刊載一周內中外文化界各種消息。

[11] 《覺悟》青年作家群的數量可從編者的〈一個報告〉（1946 年 7 月 5 日）中可見一斑：五月份的覺悟，刊出的文章，約計 140 篇左右，為七十四五位作家所寫。六月份的覺悟，刊載百餘篇詩文，由七十餘位作家所寫，而這些作家中老作家只占十分之二左右。

今年的覺悟，我們可以預料到的，便是比了去年，內容方面一定更為充實與老練，因為青年作家已多了一年的訓練與經驗了，他們的作品當然更進步到成熟的境界，並且因為都是言之有物，有血有淚有笑的真作品，而將更博得讀者的歡迎的。讀者方面，人數一定更可增加，而且對於覺悟一定能夠經常投寄意見，加以指點。總之，覺悟的編者作者與讀者，在今年這一年間，一定是更緊密的親熱地互相合作的，這是絲毫沒有疑問的！

但是，與《覺悟》的熱鬧相比，復刊後的《民國日報》就一直面臨窘境，慘澹經營，「至一九四六年，銷路慘跌到千份以下，每天都是寅吃卯糧，在乞討借貸中度過。」[12]到了一九四七年一月底，《民國日報》已經山窮水盡，不得不宣告終刊。由於《民國日報》的停刊，《覺悟》不得不跟著停刊。在一九四七年一月三十一日《覺悟》的最後一期，主持者徐蔚南刊出了一首詩，也宣告了副刊《覺悟》的結束：

> V
> 親愛的，再會，
> 不用悲傷，
> 你們的熱情，
> 都已留在我的胸懷；
> 心上的鎖鏈，
> 是斫不斷的愛，
> 這是時代的悲哀。
> 但是我們更創造，
> 創造一個偉大的時代！

---

[12] 葉元，〈一張未能復刊的午報〉，《新聞與傳播研究》，1986 年 1 期。

我們親過了嘴，
我們握過了手，
還得伸起兩個手指來，
做一個紀念——V！

又見「匯校本」

　　據悉，中南地區一家以出版文學作品為主的出版社擬在二○○九年上半年推出《〈邊城〉匯校本》。如果一切順利，該社還將陸續出版一些現代文學名著的匯校本。作為一名文學研究者，這個消息令人振奮。

　　現代文學作品匯校本久不見出版了。從上個世紀八○年代初開始，陸續有現代文學作品匯校本出版。據我所知，有《〈女神〉匯校本》（郭沫若著，桑逢康校，湖南人民出版社一九八三年版），《〈太陽照在桑乾河上〉修改箋評》（丁玲著，龔明德評，湖南人民出版社，一九八四年版），《〈文藝論集〉匯校本》（郭沫若著，黃淳浩校，湖南人民出版社，一九八四年版），《〈棠棣之花〉匯校本》（郭沫若著，王錦厚校，湖南人民出版社，一九八五年版），《〈死水微瀾〉匯校本》（李劼人著，龔明德校，四川文藝出版社，一九八七年版），以及《〈圍城〉匯校本》（錢鍾書著，胥智芬校，四川文藝出版社，一九九一年版），只有寥寥可數的六本。而《〈圍城〉匯校本》成為二十世紀文學作品匯校本最後的絕唱。如果從一九九一年算起，現代文學作品匯校本已有十八年沒有出版了。這不得不說是一個令出版界、學術界頗為尷尬的事。

　　這裏不得不舊事重提因《〈圍城〉匯校本》而引發的侵權訴訟案和學術論爭。一九九一年五月，四川文藝出版社出版了由胥智芬匯校的《〈圍城〉匯校本》。責任編輯龔明德當即給錢鍾書夫婦匯寄了該書。此前，四川文藝出版社確不曾聯繫上錢鍾書先生，也未告

知出匯校本一事。在看到書後，錢先生認為，這本匯校本出版前，沒有徵求他本人的意見，是變相的盜版。而且，他認為出版《圍城》匯校本是不尊重他的修改權。在不瞭解錢鍾書先生將《圍城》一書的專有出版權授予人民文學出版社的情況下，事先沒有徵得人民文學出版社的同意即出版匯校本，也構成侵權行為。所以，一九九三年六月中旬，錢先生的代理人與人民文學出版社以一紙訴狀將胥智芬和四川文藝出版社推上了被告席。其後一些媒體加以炒作，紛紛指責《〈圍城〉匯校本》是變相盜版本。上海市中級人民法院一九九四年十二月九日一審判決如下：

（一）被告胥智芬和四川文藝出版社應當承擔侵害原告錢錢鍾著作權的責任，停止侵害，並在《光明日報》上公開向原告錢鍾書賠禮道歉（該書面賠禮道歉內容需經本院審核）。

（二）被告胥智芬和四川文藝出版社共同賠償原告錢鍾書人民幣 88,320 元。

（三）被告胥智芬和四川文藝出版社應當承擔侵害人民文學出版社的專有出版權的責任，停止侵害，在《光明日報》上公開向原告人民文學出版社賠禮道歉（該書面賠禮道歉內容需經本院審核）。

（四）被告胥智芬和四川文藝出版社共同賠償原告人民文學出版社人民幣 11.04 萬元。案件受理費 5,140 元由兩被告承擔。

兩被告對一審判決不服，遂向上海市高級人民法院提起上訴。一九九六年歲末，上海市高級人民法院二審判決，維持了一審判決，二審上海市高級人民法院判決如下：

（一）維持第一審民事判決的第一項。

（二）變更第一審民事判決的第二項為：胥智芬和四川文藝
　　　出版社共同賠償錢鍾書損失人民幣 87,840 元。

（三）維持第一審民事判決的第三項。

（四）變更第一審民事判決的第四項為：胥智芬和四川文藝
　　　出版社共同賠償人民文學出版社損失人民幣 109,800
　　　元。本案第一、二審訴訟費人民幣 10,924 元，由胥
　　　智芬、四川文藝出版社承擔。

　　筆者不惜筆墨長篇累牘地轉引判決內容，就是為了說明出版匯校本「後果很嚴重」。這一判決產生了強大的「震懾」，十八年來，原本準備校勘文學作品、出版匯校本的出版社不敢出版匯校本了。

　　與此案同時，學術界對《圍城》匯校本所引發的現代文學作品的校勘、版本等問題展開了廣泛的論爭。參與這場論爭的有施蟄存、黃裳、朱金順、陳思和、何滿子等，他們就作品修改和校勘提出了各自的觀點。楊絳先生認為，像「三國」、「紅樓」這些書，因年代久遠，有研究版本的價值，而《圍城》的作者還活著，大可不必搞匯校本。黃裳先生在〈《圍城》書話〉中也對此發表了自己的看法，他認為作家有著作權，有修改自己的作品權，自然也有是否重印舊作的權利。而不經作者同意就擅自翻印，自然是侵權。[1] 陳思和先生則在〈為新文學校勘工作說幾句話〉中對現代文學作品是否有必要校勘提出了自己的看法，他以《女神》的修改和巴金的序跋為例，指出研究新文學者，一定要從初刊文初版本出發，也就是首先要做匯校工作，才談得上研究。現代文學作品的匯校本正是為適應這種高層次的研究而出版的，出匯校本是花費了匯校者的嚴肅

---

[1]　黃裳，〈《圍城》書話〉，羅思編《寫在錢鍾書邊上》，文匯出版社，1996 年版，第 186 頁。

勞動，而且有益於新文學研究的工作。[2]緊接著，黃裳先生又寫了
〈《圍城》書話續〉回應，他主張有條件地校勘，重申出版作家作
品的匯校本，應該在作家過世，作品已成古典時，研究者才能進行
這種工作。朱金順先生也寫了〈也談「匯校本」〉參與爭鳴。他引
用錢鍾書《人・獸・鬼》和《寫在人生邊上》「重印本」序文的內
容，表達了對一些老作家拒絕匯校的理解。但他認為，簡單地認定
出版《〈圍城〉匯校本》就是變相盜版，恐怕不是實事求是的結論。
如果因它出現了糾紛，就斷定新文學領域沒有校勘問題，不需要有
什麼匯校本，也是失之武斷的。稍後，陳思和先生又寫了〈再為新
文學校勘工作說幾句話〉，對黃裳先生的觀點又展開了辯駁。雙方
你來我往，各執一詞，誰也說服不了誰。這一論爭的餘波至今未平。
二○○五年四月，王得后先生在《中國現代文學研究叢刊》上又發
表了支持匯校的看法：「匯校是研究者的本分工作，是公民勞動權
利中的一種權利。作者有修改自己作品的權利，但修改過的作品一
經出版，不說這已經是商品，總可以說已經是社會公器吧？那麼，
研究者就有進行比較，校讀和匯校的權利。這兩種權利互不干涉；
只能也應該互相尊重，但彼此是平等的，誰也不能禁止的。」[3]

　　何謂「匯校」？要理解「匯校」，先弄清「校勘」。《中國大百
科全書》新聞出版卷中對「校勘」有如下解釋：校是查校古書中文
字的異同；勘是勘正古書流傳過程中出現的錯誤。同一本書籍，在
流傳過程中，字句可能有所不同，校勘就是補正文字上的種種錯
誤，校出古書中字句或內容上的異同，以使人們獲得較為可靠的，
較接近於原稿的本子。校勘一般採用四種方法，即對校法、本校法、
他校法和理校法。而匯校則是把同一作品的多種版本的文字逐一加

---

[2]　陳思和，〈為新文學校勘工作說幾句〉，《文匯報》，1993 年 9 月 18 日。
[3]　王得后，〈中國現代文學的匯校和校記問題〉，《中國現代文學研究叢刊》，
　　　2005 年第 2 期。

以對照，找出每一版本間的文字差異。而「匯校本」，龔明德先生有如下解釋：「匯校同一著述在各個印本中的差異，總成一個完備的系統的帶有版本變遷全貌的本子，稱之為『匯校本』」。[4] 就匯校本的價值而言，它不僅能為研究者的科學研究提供極大便利，也能讓讀者直接看到作品版（文）本變遷的原貌，看到一部作品的成長或衰退。而且還能為寫作學、比較語言學、比較修辭學等提供研究實例。現代文學作品由於政治原因、歷史變遷、個人思想變化等諸多因素，作家不停地修改作品，從而在不同時期出現不同的版本，這給研究者帶來了極大的麻煩，要使現代文學研究科學化，重視作品的匯校是一項基本的學術常識。而清理這些修改，出版現代文學作品的匯校本，顯然是一項嚴肅的學術工作。出版作品匯校本自然要牽涉到作品的版權、以及作家的名譽等問題。儘管研究者對於發掘的喜悅樂此不疲，但出版匯校本前還是應該事先考慮到作家本人的感情接受問題。當然，作為文學研究自有它的獨立性，但是研究者和作家本是一條戰壕的朋友，沒有必要「相煎何急」。反過來看，作家不願在身前看到自己作品的匯校本的心情也是可以理解的，但是，既然自己修改過作品，自然應該對自己的作品負責到底，而出匯校本不但是對普通讀者負責，更是對歷史負責的嚴肅工作，作家不應該因為害怕「自掘墳墓」而阻止匯校本的出版。所以，在我看來，現代文學作品匯校本應該出，而且應該多出。至於涉及到作品的版權以及經濟上的利益等問題，這些都是可以協商解決的。

　　現代文學作品匯校本的出版因為這場官司而中斷，但現代文學研究界對作品的版本研究以及作品的匯校卻取得了長足的進步。《中國現代長篇小說名著版本校評》（金宏宇著，人民文學出版社，二〇〇四年版）、《重建新文學史秩序：一九五〇至一九五七年現代

[4] 龔明德，〈淺談文學名著匯校本〉，《中國文化研究》，1994 年第 2 期。

作家的選集出版研究》（陳改玲著，人民文學出版社，二〇〇六年版）等版本研究的力作問世。此外，還有大量的關於版本研究的論文發表。研究者在作品的匯校上都下了極大的工夫，而在此基礎上得出的研究成果也獲得了學界的好評。新文學版本學家金宏宇先生曾深有體會地說：「我的校讀，是將一部作品的不同版本兩相對校，找出異文。多半是一個人獨自反覆對校，往往苦不堪言。間或，我持一個版本看，妻持一個版本讀，像『冤家相對』，則稍添樂趣。做的疲乏時，常常希望能有一個現成的匯校本。」[5]金先生這樣的現代文學研究者希望有現成的「匯校本」，但由於《圍城匯校本》一案，實際上已經關閉了出版匯校本的希望。一些已經完全可以納入出版計畫的匯校本，如龔明德匯校張恨水的《八十一夢》、金宏宇匯校的《駱駝祥子》等也由於種種原因胎死腹中。想起這些，不能不扼腕痛惜！

　　黃裳先生早在一九九三年預言：如果出《家》的匯校本，真不能想像會校成什麼樣子。儘管匯校本不能出版，但許多現代文學研究者在這十多年裏仍在進行作品的匯校。像《家》、《子夜》、《駱駝祥子》這樣改動次數多，並且改動大的作品都已經有人進行了匯校。可以肯定，如果條件允許，《家》、《子夜》等現代文學名著的匯校本馬上就可以納入出版計畫。現在，終於在二〇〇八年年末聽到又將出版現代文學作品的匯校本，這怎不令人興奮呢？耳邊回蕩起王得后先生那擲地有聲的話：「歷史的正義，必然隨著歷史潮流滾滾向前，必然大浪淘沙，將有關現代文學作品匯校中的一切濁泥污水沖刷乾淨，展現一片湛藍湛藍的青天。」[6]

---

[5]　金宏宇，〈《中國現代長篇小說名著版本校評》後記〉，《中國現代長篇小說名著版本校評》，人民文學出版社，2004 年版。

[6]　王得后，〈中國現代文學的匯校和校記問題〉，《中國現代文學研究叢刊》，2005 年第 2 期。

書評、隨筆

向高考伸出尖銳的筆

——讀《磨尖掐尖》有感[1]

> 你經歷過高考嗎？你被高考折磨過嗎？你知道現在老師要
> 經歷什麼樣的「磨練」？恢復高考三十年，參加人數上億，
> 幾乎所有的中國家庭都正在經歷或曾經經歷。那千軍萬馬廝
> 殺成團的高考，是「指揮棒」還是「魔棒」？是黑色還是黑
> 色幽默？尖子生遭黑幕交易，狀元種子被逼瘋，高三老師成
> 奸細……如今的高考戰場，咋就這般空前絕後，慘烈無
> 比……

這是人民文學出版社為小說《磨尖掐尖》所撰寫的廣告詞，雖
然是廣告，說得很是切實。從 一九七七年全國恢復高考以來，至
今已整整三十年。高考也作為一種制度存在並發揮出重大的作用。
三十年來，高考已成為中國社會的一個重要話題，常說常新。當人
們以各種形式紀念恢復高考三十年之際，作家羅偉章以真誠的心用
小說的形式向高考伸出了尖銳的筆。

小說中的巴州城是一個擁有近二十萬的地級城市，錦華中學是
一所剛建立不久的高完中。要想在眾多的學校中取得競爭的優勢，
必須通過高考來確立。因為自從大學擴招以後，升學率已不能判斷
學校的教學品質，高考成績才是學生、家長認同的「硬指標」。只
要在高考中有學生能考上北大、清華等全國名牌大學，學校也就遠
近聞名了，自然下一年的招生就有了保障。如能考出市狀元、省狀

---

[1] 羅偉章，《磨尖掐尖》，人民文學出版社，2007 年 7 月版。

元，那就更風光了。省市媒體連篇累牘地進行報導，狀元不僅成了全省的新聞人物，學校也成為了全省的焦點。學校在九月開學的情形，正如作者所描繪的那樣：「別說只隔一條河，就是相隔數十公里，甚至上百公里，只要學校出風頭，就帶上了迷人的香氣，家長會帶著孩子和行囊，蜜蜂一樣從條條道路往那方向聚集。」生源爆滿，財源就滾滾而來了。尖子生是學校的活廣告，他們給學校帶來的，既是聲譽也是生源，更是財源。有了好的生源，三年後又會出好成績，這樣的學校自然在學校競爭中就有巨大的連鎖優勢。錦華中學要迅速地建立自己的聲譽，從而使自己建立起連鎖優勢，必須採取攻勢。正如教務主任張成林的邏輯是：「同行之間，誰也不可能成為誰的朋友。你不去動他，他就把你當朋友嗎？不會的，你不動他，你就是肉，他就是狼。」在你死我活的生競爭中，不但要保護好自己的尖子生，而且還要想辦法挖掉別人的尖子生，壯大自己，打擊別人。

尖子中的尖子——狀元種子，更是各個學校關注的焦點。因為狀元才是旗子，才是一個學校教學品質高最明顯的標誌。狀元出在那一所學校都對該學校的未來發展極為有利。因為從某種程度上講，尖子生的高考成績與學校的生源、財源直接聯繫起來。他們已成為維繫學校生存的重要砝碼，是學校可以利用的資源。所以每所學校要保護好自己的尖子，必須牢牢看住學生的名冊，看住學生家長的電話號碼。而且也想盡一切辦法對其他學校的尖子生進行秘密打探，用高額的物質利益來誘惑學生和家長，以便讓學生以「自願」的形式轉學。錦華中學把德們中學的尖子——于文帆挖來後，給的條件是把于文帆的母親安排在學校圖書室工作，不但她來學校的一切費用全免，而且還為起母解決了工作。此外，學校還有承諾，如于文帆考上省狀元，學校獎勵十萬；市狀元，獎五萬；省市狀元都沒拿到，只要上了北大，獎三萬。同樣，別的學校也在想辦法挖尖，

德門中學的條件也是十分誘人：只要上了他們教室後牆的尖子生，提供一個最低給六千，要是名字下面劃了紅槓，至少八千。就七個阿拉伯數字，只需要一個電話，就是八千。所以，學校裏的校長、主任、教師的一項重要工作是既防別人揢自己的的尖子，同時又要去揢別人的的尖子。這是一場沒有硝煙但又十分殘酷的競爭。

作為學校的老師，特別是高三老師，面臨校際間的惡性競爭，他們又處於什麼樣的境地呢？在小說中，作者以語文教師費遠鐘為敘述中心，對錦華中學的老師給予了更多的關照。小說主人公費遠鐘就是一位多年教高三的語文老師，還是火箭班的班主任，學校裏絕對的骨幹人物，語文學科全市冠軍的有力保障。但是，這樣一位優秀的教師，對自己班上的學生鄭勝，他所關心的僅僅是鄭勝的成績，視之為狀元種子，而對鄭勝心理存在的疾病卻不敢去觸及，他給鄭勝講的數番大道理無疑就是想讓他在高考中奪魁。自然，作為他的班主任也會風光一回。他幾次到鄭勝家裏去家訪也並沒有把鄭勝從懸崖邊上拉回，而是協同學校以「精神失常」為由開除了他，把他推向了萬劫不復的深淵。妻子作為教師家屬安排在學校守教學樓大門，整天飽受學生的戲弄，他心有餘而力不足，他向領導請求調換妻子工作，也未獲批准。孩子也因學琴需要巨大的物質支援。工作的壓力、妻子的處境以及家境的清貧使得他時常處於精神的焦慮中。在物質利益的驅使下，他的做人原則受到了考驗，儘管最後自己抵擋住了金錢的誘惑，但同樣遭到了學校領導的猜忌。

英語老師錢麗是一位對工作近乎癡狂的人，以學校為家，整天在學校忙於自己的工作，走路像跑！經過多年的努力，終於讓自己站到了最頂端的講臺上。因為是第一次帶高三，她特別地拼命，每節課拖堂，午飯後和晚飯後都要擠出半小時來講課。以至在春節期間，吃完團年飯後，馬上就開始備課。但是，這麼敬業的老師因為一時的疏忽，使得學生名冊上的電話號碼被洩露，從而導致自己班

上的學生被別人「掐掉」。想把重點快班變成火箭班的野心已很難實現。因她付出比別人多得多的心血付諸東流，以至與在夢中都驚呼：「我的尖兒被掐了！我的尖兒被掐了！」而物理老師周世強則是一個徹底的現實主義者。他把這個世界看得很透，他的邏輯是「我們這個社會早就市場化了，市場社會是實用主義的社會。既然整個社會都實用主義化了，我為什麼不能使用主義一下呢？」所以，他一面教書，一面掙錢，而掙錢的對象已伸向自己班上的學生，他讓他班上的學生都到他家開的小食店去吃飯，按月收錢。為了省掉家裏的兩塊飄窗錢，他可以去找費遠鐘，打聽他班上是否有學生家裏在做飄窗生意。老師把學生當作掙錢的對象，無疑會使老師的形象在學生心目中的大打折扣。教師成了商人，還是人類靈魂的工程師麼？

如果費遠鐘、錢麗以及周世強是現行高考政策的忠實執行者，那麼語文老師莫凡鐘應該說對當下的教育和高考制度有一定的清醒認識。在他看來，照現在這個搞法，最多二十年，甚至不需要二十年，整個中國就會消滅最後一個創新的頭腦。在大力提倡素質教育的二十一世紀，當我們的中學教師還在拼命地向學生灌輸知識，指導學生如何學會猜中答案時，我們確實應感到悲哀了，難道教育的目的就是為了讓學生去考高分，高分能代表素質嗎？當把考場作文變成一項填空遊戲時，學生的創新能力也就被扼殺得一干二盡了。如果教育發展到這種地步還不想辦法加以改變，中國的未來看來真要被莫凡鐘說中了。難道中學教師不應該對此負責嗎？可能他們也會覺得他們是迫不得已，但明知此路是懸崖，卻引導學生往懸崖跳，這不更顯得殘酷麼？但是，莫凡鐘的話也就是牢騷而已，他也在這個應試的大環境裏被迫與現實妥協，他不還是作為高三的教師，瞄準高考！無論是費遠鐘，還是莫凡鐘，在高考指揮棒的揮舞下，他們身不由己，但也是合謀。每個教師不都是為了一點蠅頭小

利，而掙得頭破血流！他們與學校管理層共同向學生要效益。既然教師、學校唯一的資源就是學生，就要學會利用，他們的賭注就是學生！

　　作為學校的主體——學生在現今高考制度下的生存狀態無疑更加令人擔憂。現在的中學，到了高三，一般都分火箭班、重點班和普通班，學生之間人為的劃出了等級。進入火箭班的唯一標準就是成績，從高分依次排列，其他方面的情況則根本不予考慮。同時，火箭班的教師配置也是最好的。進入火箭班的學生都是尖子生，是學校創名的主要依靠對象，自然是學校領導的關注重點。作為火箭班的尖子——狀元種子，那更是老師、學校關注的焦點。費遠鐘花費了大量的時間來扭轉鄭勝，確立鄭勝的狀元目標。對掐過來的于文帆悉心地照顧，定時督促她吃藥等，使得老師大量的時間、心血耗在尖子生身上。而對非尖子生的關心勢必會減少，對他們的學習、心理的忽略勢必帶來許多問題。教育資源因人為的劃分向尖子生傾斜，這種預言性質的劃分，對普通班學生的心理無疑會造成了極大的傷害，沒進入重點班或火箭班的學生在學校自覺低人一等，學習上沒有動力，自然就很難考上大學了。更有學生自暴自棄，自毀前程。由於學校向尖子生傾斜，作為未成年的高中學生自然增長了他們的特權心理。正如作者所說：「每到高三，尖子升就前所未有地知道了自己的重要性，領導和老師看他們的眼神，跟他們說話的口氣，在處理同學間糾紛時對他們百分百的偏心，學生食堂專門為他們開闢的尖子生通道，都讓他們看到了自己身上的珠光寶氣，也看到了自己身上的特權。」甚至尖子生威脅、頂撞、打罵老師，因為他是尖子生，而教師不得不作出犧牲。學生也正是看到了自己對學校和教師的重要性，所以有恃無恐地對待老師！這已經不是正常的師生關係了，而是一種利益關係！教師、學校和尖子等於在進行一種交換，你為我提供知識，我為你掙錢！

　　這就是現今中學培養的尖子生，這就是祖國的未來嗎？稍有違背自己意願，竟然就這樣對待自己的老師。對老師一點尊重都沒有，這還是未來的大學生嗎？只要教師與尖子生發生矛盾，倒楣的只可能是教師。教師在學生心目中的地位轟然倒下。導致而起的是誰成績好，誰就有特權。這樣的環境培養下的學生，學生的心靈已不再單純，而是傲慢、冷漠、焦慮、缺少同情心。可以想像，張永亮這樣的學生即使能考進大學，他的結局也可能與梁波一樣被學校開除。正如莫凡宗所說：「不知道報答師恩，連基本的尊重也沒有，這樣的尖子生究竟有什麼用？我就不相信國家將來靠這樣一批人能撐得住！」作者敏銳地觀察到了競爭所對學生心靈造成的污染。他無疑在告訴我們，在中學教育階段，學校僅僅培養的是學生的應試能力，而對學生的做人方面的引導則是根本缺失的，這樣培養的人才豈是教育的目的？如果一個學生對自己的學校和老師毫無感恩之心，那麼，人際間最後一點溫情都消失殆盡了，我們還能指望這些未來的國家接班人嗎？作者的揭示不但讓我們感到悲哀，更讓我們感到恐懼！

　　而造成學校、教師、學生如此扭曲的最終原因到底是什麼呢？是高考，是現今高考制度。確實，自一九七七年恢復高考以來，高考為國家培養了大量的人才，現今社會的各類人才大都通過高考的選拔而成長起來的。他們為國家作出了或正在作出重要的貢獻。在上個世紀八〇年代，各個中學也有競爭，但是，作為公立中學，學校的經濟利益和教師的經濟收益則不會因為競爭有很大的影響。但市場經濟作為中國社會主要的經濟體制建立以來，教育的市場化、產業化也開始推行，為了解決教育經費的不足，教育主管部門允許每個學校可以招收一定數量的擇校生，這樣一來，各所學校的競爭就空前加劇了。擇校費少至上千，多至上萬！每所學校能招收更多的擇校生就意味著學校有更大的收入。但是，擇校生能否來就讀該

校就看學校的教學品質,而評價學校教學品質的簡單標準就是你的上線率!但是,由於大學擴招,上線率已看不出中學教育品質的高低了。現在學生、家長看的就是重點率,就是學校高考能上多少重點大學。當然,如能在高考中奪得省、市狀元,自然是學校教學品質最好的體現,再加上媒體對狀元的宣傳與炒作,誕生狀元的中學自然也就風光無限。家長、學生自然願意到學校來就讀,財源也就滾滾而來。所以,學校、老師只好想辦法培養尖子生,想辦法去「招尖」。這樣,高考因人為賦予起太多虛幻的光環,就變成了鉗制正常人性的桎梏。

羅偉章以小說的形式表達自己對現實的強烈關注,體現了一個作家應有的真誠與良心。在當下的寫作環境裏,當許多作家都在瞄準市場,迎合時尚,而他選擇了介入社會,對社會問題發言,體現了作家的擔當意識。他曾說過:「無論你有多麼宏大的文學理想,如果對自己生活的時代視而不見,這種理想很可能就只是空中樓擱。」[2]正因為自己與現實的血肉聯繫,使得他深入到生活的底層,深入瞭解他們的生活,在寫作對象中注入自己的感情,作為有過教師經歷的他來說,洞悉目前中學教育界的真實現狀,而這種現狀如果不能得到根本的改變,那麼所帶來的後果是極為嚴重的,影響國家、民族的未來,這種畸形的競爭中直接造成教師、學生的心理的戕害,教師扼殺了學生的創新精神,而創新是一個民族所立足世界的根本。所以,他認為文學必須有所擔當,從事文學的人,應該具有使命感。他的創作無疑典型地體現了這一點。

2　羅偉章,〈真實、真誠與迷戀〉,《文藝理論與批評》,2007 年第 4 期。

莫道晚景短　最美夕陽紅

——讀《桑榆憶往》札記

　　近讀文史大家程千帆先生的《桑榆憶往》（上海古籍出版社，二〇〇〇年版），這本以先生晚年回憶錄為主幹的小書讓我手不釋卷，一鼓作氣讀完（對不少篇目還讀了不止一遍）。這種興奮而激動的讀書滋味，只有在讀羅爾綱的《師門五年記》（生活・讀書・新知三聯書店，一九九八年版）和陳平原等編的《王瑤和他的世界》（河北教育出版社，二〇〇〇年版）時才有過。真正的好書不會因歲月的流逝而損其精神魅力，倒是會給後人愈來愈多的精神給養。全書主要由勞生志略、音旨偶聞、書紳雜錄三個部分構成，現結合這三部分談談我的一點讀後感，與大家共勉。

　　「勞生志略」部分主要是程先生的自傳。程千帆先生原名逢會，改名會昌，字伯渠，四十以後，別號閑堂。千帆是他曾用過的許多筆名之一，後來就通用此名。原籍湖南寧鄉，一九一三年生於長沙一書香門第之家。曾祖父程霖壽、伯祖父程頌藩、叔祖父程頌萬以及父親程名康都是飽學之士，並有文章留世。程千帆年幼時即接受了嚴格的、傳統的家庭教育。一九二三年全家遷居武昌。一九三二年進入金陵大學中文系學習。在樸學、詩學、文學史、目錄學等方面下了工夫。畢業後，主要在國立武漢大學任教。一九三七年，程千帆與沈祖棻結婚。他們二人的結合，一時在學術界傳為佳話。沈尹默以「昔時趙李今程沈，總與吳興結勝緣」的詩句，來稱譽這一文壇佳偶。夫妻兩人攜手四十年，「不但在詩詞寫作中有琴瑟唱和之樂，而且在學術上互收切磋之益」。一九七七年，沈先生在一

次車禍中不幸遇難。一九七八年，程先生被迫轉南京大學任教，開始了其生命中最輝煌的時期。科研、育人碩果累累。二〇〇〇年六月三日，程先生辭世，享年八十七歲。

程先生親歷了本世紀的許多動盪歲月，其不平坦的一生，正應了莊子所謂「大塊載我以形，勞我以生」。如果說解放前的程先生，主要以教書育人在亂世中還能得以避禍全身，而解放後的政治運動中，則首當其衝。一九五七年，一場針對知識份子的政治運動開始了。程先生本著對新中國的希望，幫助黨整風的忠心，推心置腹地把自己的意見說了出來。誰能想到這竟是主政者「引蛇出洞」的「陰謀」。於是，程先生在一夜之間變成了被視為人民之敵的「大右派」，誣稱「右派元帥」。他被剝奪了一切權利和尊嚴，發配到農村勞動改造，遭受到非人的待遇。一位循循善誘、誨人不倦的良師從此消失在武漢大學的校園裏。他苦苦熬了十八年，一直到一九七五年，才摘掉了右派的帽子。本想老驥伏櫪重拾學術研究的程先生，卻被學校當局以「自願退休，安度晚年」的名義迫使他離開了自己所熱愛的教育工作。於是，他變成了每月僅有四十九元收入的街道居民。但是，一個被廢黜的退休教師，卻在另外一所高校裏讓自己的餘生煥發出耀眼的光芒。在他人生的最後二十年中，爭分奪秒，發憤著述，在校讎學、歷史學、古代文學、古代文學批評等方面都取得卓著成就，出版了《校讎廣義》、《史通箋記》、《文論十箋》、《程氏漢語文學通史》、《兩宋文學史》等十多部重要學術著作，以精深的學術造詣受到國內外學術界的重視。同時精心培養了一批名揚海外的程門弟子，並帶領大家把南京大學的古代文學學科建設成為學界公認的一流學科，從而贏得了人生最為輝煌的二十年。

清華大學校長梅貽琦曾說過：「所謂大學者，非謂有大樓之謂也，有大師之謂也。」可以說，大學的生命在於有一大批在各自的學術領域聞名全國乃至世界的教授，正如人們懷念蔡元培時期的北大，

正是因為學校管理者學術上實行「相容並包」的政策，物質上和精神山也給予教師極高的禮遇和尊崇。可是，作為教授的程先生不但遭到了長達十八年的放逐，既使在平反後仍受到學校當局的不公正對待。對於想為國家、社會貢獻自己畢生才學卻被無情拒絕的程先生，這一段的落寞和悲涼自是非親歷者所能體味的。正如程先生自己所說：「整個說來，我在武漢大學是被迫離開的。我在那所學校有三十多年，沈祖芬也是在那裏過世，我的父親也是在武漢去世。所以，不是萬不得已，我是不願意離開武漢的。」[1] 而學校當局竟然容不下這樣一位對學校有深厚感情又有淵博學識而且還深受學生歡迎的教師，而使之被迫離開。幸運的是，南京大學能不拘一格聘用已退休的程先生，使他的才學得以有用武之地。歷史證明了哪些讓程先生退休的個別領導的愚蠢和無知，武漢大學的學生從此無緣得以親炙先生的學識。也正因為這樣，武大學生的不幸成就了南大學生的幸福，南大的校園裏、講臺上又多了一位學識淵博、循循善誘而誨人不倦的良師益友。

　　「意旨偶聞」部分則主要記錄下了程千帆先生所問學或共事過的大師宿儒。程千帆先生出生於湖南長沙一書香門第之家，從小就有大量機會得以結識許多碩儒魁學。從中學開始，又負笈文人匯集之地南京。畢業後，又在國立四川大學、國立武漢大學等高校工作。程先生「或從之問學，或與之共事」的知名學者就有黃侃、汪辟疆、胡小石、劉衡如、黃焯、劉永濟、劉博平、唐圭璋等。與之同輩交往的學界名人更多，如趙景深、趙少咸、金克木、朱東潤、朱光潛、陳源、蘇雪林、郭安仁（麗尼）、畢煥午等。名德重望，耳濡目染，這些回憶師友文章讀後不但可瞭解這些人的生平、學術成就以及個性、佚聞，更使人對昔時學人、學壇生無限景仰羨慕之情，這種「逝

---

[1]　程千帆，《桑榆憶往》，上海古籍出版社，2000 年版，第 41 頁。

去的風景」在現有的學術體制下已萬難再現了。如《憶劉永濟先生》中對劉永濟先生的一生有簡要的回顧和介紹，可作為劉先生的一個小傳。劉永濟（1887-1966），字弘度，別號誦帚，齋名易簡，湖南新寧人。一生經歷了晚清、民國、新中國三個時期。文中論及先生的一些事蹟頗體現其個性，如記錄劉先生在清華求學的一段往事。

入學不到一年，因有學生不滿校中當局的一些措施，加以批評，反被開除學籍。這事引起了全校學生的公憤，於是推選代表，向學校要求收回成命。不料校方仍然採取高壓手段，將十名代表一併開除。後經教授調停，要由代表們寫具」「悔過書」，才能恢復學籍。但先生和吳芳吉卻認為無過可悔，斷然拒絕了這種無理要求，放棄了官費留學的機會。

劉先生的學術成就自然也是該文的重點部分，作為武漢大學中文系當年「五老」之首的「弘度大師」，在五十多年的學術生活中，在古典文學領域內，從研究到創作，取得了非凡的成果。程的回憶文中把劉永濟先生的二十種學術成果分類逐一簡要論述，自是不知悉劉先生的學問者所不能為也。劉先生早年在長沙就與程家祖輩有交往，這讓青年程千帆就得以知悉劉先生，後來又讀過劉先生許多文章，早就對先生非常欽佩。所以，「一到樂山，便去拜見先生，並把自己和祖棻的習作呈請批改。先生不以我們為愚頑不堪教誨，很熱情地接待了我們，而且送了我們一首詞。」[2]而程千帆能到武漢大學任教，也與劉先生的鼎力推薦有關。其中程先生憶及的一段往事就可見劉先生的為人：「那時，我才二十八歲。先生怕我不能勝任，就在我講課的課堂隔壁，旁聽了一個星期，才算放心。」[3]作為晚輩後學，程千帆從劉先生學習多年，頗得劉先生治學精髓。文

---

[2] 程千帆，《桑榆憶往》，上海古籍出版社，2000 年版，第 85 頁。
[3] 程千帆，《桑榆憶往》，上海古籍出版社，2000 年版，第 86 頁。

中歸納出劉先生治學的特點，求真、勤奮和由博返約仍然值得後世學人借鑒。此外，程先生在文中還談到劉先生不但是一位卓越的學者，還是一位傑出的詩人。而且「從先生所寫作的詩詞當中，我們可以看出他對於偉大的祖國，偉大的人民，是多麼熱愛；而對於她和他們在解放前處於水深火熱之中，多災多難的情況，又是多麼悲憤和憂傷。」程先生與劉先生在武大共事達十四年之久。一九五七年，程先生失去自由，離開學校去外地勞動改造，失去與先生失去見面機會，而劉先生也在「十年浩劫」中含冤去世。一九七九年黨為劉先生平反，開追悼會，但因人為的原因，程先生未能出席，他送的挽聯也拒絕懸掛，成為程先生的終身遺憾。這一部分還有如〈黃季剛老師逸事〉、〈我與黃季剛先生〉、〈《汪辟疆文集》後記〉等都記錄下了一些大師碩儒的生平、交往以及學術成就等方面的情況，其中頗有些佚聞趣事，可見出他們的獨特個性。可以說，程先生與這些學術大師的交往已成為一筆寶貴的精神財富，而他「將其聞見錄而為文，正可使晚輩後學們『多識前言往往以蓄其德』」，更見其用心良苦。

　　「書紳雜錄」部分主要是先生門人記錄整理的程先生與他們交談的部分言行。程先生一生一直把培養學生作為自己的第一要務。移硯南京後，既有其等身著作的次第問世，更有一批弟子在他的悉心指導下在學術界嶄露頭角，以致在現今的古典文學研究界，形成公認的「程門」。先生在廿年中給眾弟子的教導不但可瞭解先生的學術視野、學術心得，更是瞭解先生如何培養學生成長的重要門徑。在目前的學術體制下，導師對學生研究能力培養尤為重要。這一部分所記下的程先生的言行不但對現今的研究生有指導意義，也值得碩導、博導們借鑒。先生對自己弟子的八字綱領要求就是：敬業，樂群，勤奮，謙虛。這八個字，看似平淡無奇，但先生卻有新見解。

敬業，「是指你對你所從事的事業應抱一種非常嚴肅認真的態度，學習目的要十分明確，不能把讀博士學位當成個人的功名。」「把你的工作同人民的事業結合起來，學習的目的是為了使祖國的文化得到發展。」「一切從基本操作開始，書寫與敍述要求規範化，養成嚴肅的工作態度。」「作業引用材料要可靠，要根據第一出處，要注明卷數、版本、出處。有異文要說明。力求對字句理解準確，是成說還是私見，要分清楚。」

樂群，「就是說師生之間、同學之間，關係要處得好，要親師取友，用現在的話說，就是要團結友愛。」「道德品質上互相規勸，學習上互相幫助、支持，決不可互相妒忌和搞小動作。」「做學問要心胸開闊，要有氣象，要能規勸別人，也能容納別人的批評。」「你自卑、自滿，就會把前進的道路也堵塞了；你妒嫉別人，就把從別人那裏取得益處的道路也堵塞了，堵來堵去，你就成了孤家寡人。」

勤奮，「要抓緊時間，多讀點書。但也要掌握節奏，善於生活，興趣廣泛一些。」「勤奮學習，還要注意學於思的關係，即吸收和消化的關係。古人說要篤學，又要慎思、明辨。『學而不思則罔，思而不學則殆』，學就是積累，思就是去吸收，抽象、條理。」

謙虛，「狂妄或驕傲也意味著自信，問題是怎麼把它區別開來，是不是可以謙虛，同時又有自信，這個分寸比較難於掌握，但最好要掌握。」「既要謙虛，又要自信。」「謙虛的困難不在於當你是一張白紙的時候，而是在你小有成就的時候。」[4]

---

[4] 程千帆，《桑榆憶往》，上海古籍出版社，2000 年版，第 177-181 頁。

作為導師，程先生主張什麼都要教。他以門人蔣寅給他贈書的行款「程先生雅正，學生蔣寅敬贈」為例，指出稱自己的老師應為「千帆先生」或者「千帆吾師」，「雅正」是同輩之間的客氣說法，前後輩應用「教正」或「誨正」。對於學生的治學，他也提出了自己的主張。如「做學問一定要把基礎打牢一些、打寬一些」、「寫文章一定要思路清晰，邏輯嚴密。有何觀點，要拿出證據來，不要說廢話。」「畢業論文的選題，要求能解決文學史上某一懸而未決而又有意義的問題，要有獨到的藝術見解，要努力創新。」「即使寫很小的問題，我也喜歡站在高點看它，從中闡述些大問題。」「博士論文不宜搞一個作家研究，應取一個詩派或一段文學史最好，因為這可鍛煉和表現出綜合概括能力。」程先生針對目前學科的發展，認為「以論文、專著以及其他不同的表現形式為載體，將這些學術研究成果記錄和表達出來，也早已是十分必要和無庸置疑的了。」但是，一定要慢工出細活，重品質輕數量。「寫十篇一般性的文章，不如寫一篇有品質的文章。」「同學的論文都壓在我這兒，要修改補充，過一兩年再說發表的事。」等等。可以說，正是程先生指導有方，他的學生在後來的學術研究中，真正做到厚積薄發，「程門弟子」也逐漸成為學術界的榜樣，一些碩士、博士以是程門弟子以及再傳弟子而自豪。鍾振振教授有一首悼詩說得好：繞籬芬馥盡蘭蓀，大道所存師所存。每恨江南無積雪，不教孺子立中門。

至情至性的散文寫作

——讀蘭善清的《我寫故我在》

蘭善清的《我寫故我在》是他繼《筆照心海》之後的又一部散文隨筆集。它的出版發行，再次向讀者展示了一位把寫作當作「有益於正業的副業」的業餘寫作者的實力。

作者曾在一所縣師範學校任教二十餘年，一心育人，為國家培養了數以萬計的「人類靈魂的工程師」，這兩年又做了教育行政幹部，社會活動增多，整天忙於公家事。但在工作之餘，在別人休閒娛樂的時間裏，他爭分奪秒，挑燈夜戰，發表各類文學作品共一百多萬字，而收在這裏的僅僅是他近十年來在全國各報刊上發表和少許未發表的作品共計五十篇。全書分六個部分：（一）難忘親情；（二）蒼生略記；（三）今生有緣；（四）成長記憶；（五）放眼風物；（六）浮生有感。在本書的的內容提要中有如此評價：「作品顆粒飽滿，成色金黃，沒有浮躁浮華浮詞，是一種長足了月後的瓜熟蒂落的成品。文章經歷生命春秋歷練而來，因而，文筆乾淨爽朗，情思練達綿長，言詞劌切貼意，意蘊深沉得當。關注人生人世，清醇而一腔憂患；體悟世道人心，敢言而一語中的；看待紛紜世象，睿思而不媚俗常；感受種種事理。深摯而直奔精髓；把握事體，獨到而富有創見。」可以說，涉及到作者的各個方面，是瞭解作者以及其成長歷程，並進而折射社會世情變遷的成長史、心靈史、社會史。

中國早就有「知人論世」之說，就是說先要知其人才能論其文。清代章學誠說：「不知古人之世，不可妄論古人之辭也。知其世矣，

不知古人之身處；亦不可以遽論其文也。」¹進行文學批評，也必須知人論世，才能對作品作出正確的評價。目錄學家余嘉錫也曾說：「吾人讀書，未有不欲知其為何人所著，其平生之行事若何，所處之時代若何，所學之善否若何者。此即孟子所謂知人論世也。」²所以，在進入蘭善清的作品之前，還是先來瞭解蘭善清這個人。蘭善清出生農家，兄弟姊妹八人，在那講家庭成分的年月裏，因他家被化為上中農，而遭到了諸多不幸。父親被批鬥，全家受到恣意漫罵和故意挑釁也只得忍氣吞聲。而在文革即將結束之際，父親又撒手人寰。作為最小的兒子，多受父母和兄姐的呵護，被寄予了重振家業的重任。因那段非正常歲月，時代把他誤得太深，蘭善清的基礎教育只得草草度過，正如他自己所說：「高中相當於從門前過了一趟，書只挨了一下皮，就過去了」「不懂物理化學，不懂歷史地理，不懂生物外語，聽不懂樂曲，看不懂畫筆，連見人打招呼也用不出一個像樣詞句。」如果沒有　一九七七年的恢復高考，蘭善清的人生命運也許與他的父輩門一樣：臉朝黃土背朝天。正是　一九七七年國家改革招生制度，使他終於有了一次公平競爭的機會。他抓住了這次命運的垂青，幸運地走進了大學，讀出了兩隻翅膀。古人云：「艱難困苦，玉汝以成。」從社會底層走出的他，自然會倍加珍惜這份得來不易的擁有。磨難鍛煉了他，也給了他豐富的人生閱歷，更為他日後的工作和寫作提供了取之不竭的動力和源泉。也正因為他曲折的人生歷程，形成了他為人處事的獨特之處，而與之有密切交往著名作家梅潔有切身的體會。她認為蘭善清「做人善良、忠厚、塌實、勤勉」，辦事「老到、練達、持重、嚴肅」。蘭善清的為文又怎樣呢，一句話，文如其人，尤其散文、隨筆更是他個

¹　章學誠，《文史通義》，上海書店影印出版，1988 年版，第 81 頁。
²　余嘉錫《目錄學發微》，中國人民大學出版社，2004 年版，第 42 頁。

性、人品、心理、境界的直接現實，蘭善清先生是個麼樣的人，不熟悉他的人也許瞭解不多，但讀了他的作品，讀者就毫不費力地感覺到他的本色人生了。在他的作品中，我們時時會閱讀到一種精神骨氣，聽到一種不同流俗的聲音。

翻開《我思故我在》，首先就被那濃濃的懷念親情所感動。在〈父親，一個文化農民〉、〈我的含辛茹苦的母親〉、〈岳母一生不容易〉等懷念父輩的文章中，作者筆端飽含感情，樸素的文字寫出了父輩們養育兒女的艱辛，儘管父輩們都是普普通通的農民，但是平凡的他們卻為撫養眾多子女做出了不平凡的偉績。在寫父親不幸因病去世後，「老人家一生安撫了無數亡靈，為無數喪親之家送去歌聲，卻在他逝世後冷冷清清，淒淒涼涼，無一句歌聲為他送行，而且呆在自家門外，度過了他人間最後一晚。」寫母親為了全家吃好，「最孬最低等的食物都是母親先受用，好像她生來的職責就是先受罪的，習以為常了，家人都忘了關照母親該享受點什麼。」這些至情至性之文不但寫出了父輩們在特殊時代的人生遭際，更寄託了兒子對父母們的深切懷念。在〈要強的二姐〉、〈四姐的悲劇〉和〈老家有個好侄子〉等文章中，作者交代二姐、四姐和侄子的悲劇命運，感歎生命的脆弱。他們的非正常死亡既有對生命的過度透支，也有時代、社會的桎梏使然。本可以延續的生命就這樣萎縮、夭折，令人扼腕悲歎。作者把往事不加想像地復原，活生生地描述出來，很不容易，寫到具有歷史的份量，看了油然而生感傷。

在文集中，我們也讀到了他大量關注現實的隨筆、散文，對當下的人情事態、風雲世相、社會問題、家事國事等等，表達一下見識，反映出對社會的一種責任意識和文人操守。對現實的注意和介入，最能體現一個作家的應有內涵，最能說明他作為作家所具有的時代責任感和寫作活力。在〈嫁給城市的遭遇〉、〈擠面店的懷念〉、〈店鋪有好男〉〈姑娘，你愛心如玉〉等文章中，作者對素昧平生

的普通人物的生存狀態寄予了關照，他們的故事也時時在我們身邊發生，而作者卻用他手中的筆，對這些人物的命運遭際作了簡要地勾勒，顯示了人性中悲憫情懷。在另外的一些篇章，如〈給他一雙耳朵〉、〈交往不能承受其重〉、〈一幀寄自途中的賀卡〉等有大量的論時談世的言語，又是作者生活閒餘的思考，是敏感的人對現實的留心留意之筆，表現了蘭善清一種很重的憂患意識和批判意識。在同情弱者中流露出鮮明的對世道人心中某些不良因素的譴責，他希望這種譴責能對不平的世道有所補益，對不良的人性有所挽救。在〈我的基礎教育〉、〈命運，一九七七〉等文章中，在陳述自身所經歷的往事時，不玄不虛地再現塵封的記憶，極富歷史涵養的表達那苦那難，相當有分寸地把握著個人的情緒和歷史的態度。把早已淡出了人的記憶的往事活現如昨，把一已之恩怨、個人之哀痛化作了歷史的聲響，讓今天乃至以後的人們深長地去反思那段歷史，從中去冷靜認識歷史進程中的一些問題。

作者是一位非常樂觀的人，他熱愛生活、熱愛工作、熱愛事業，在平凡的生活裏，他傾心把握著每一個日子，咀嚼思考著每一份時光。如果說廣泛地接觸生活給了蘭善清的文章以廣度，那麼感受生活、思考生活則使得他的作品還具有深度。生活在思考中過濾，過濾的生活留給了他無數經典的儲存。他的散文中，記錄下了大量的生活箴言。如「生存是一種交待」、「交往，不能承受其重」、「日記，生命的帳簿」、「同學，一世因緣」等。這些頗有哲理的語言生成於他在生活的實踐中，是他思考生活之所得。你看他對婚姻的緣分的理解顯然是從現實生活中思考得來的：「什麼是緣？多半就是人為之後的適應。怦然心動並一動到底，這只能是梁山伯、祝英台們那古典派。我的曾經的故事、現在的生活，似乎經歷了這兩種緣的體驗。當那個不變的夢，規律地呈現於我的第六感時，我才認識到，我們曾經那先天的兩半是幸運的遇合過，那就是命定的緣；而今的

生活裏，感覺著夫婦也生息相依，兩位一體，便感到後天的緣分也這樣因家而肌理相生。」看來那些「緣分天註定」之類的說辭只是自欺欺人罷了，人與人之間的相交需要彼此互相調整、互相適應，所謂的「緣分」是相交之後才有的。又如他對書信的認識，確實是透過這日常的活動看到了它的本質。「書信在不受矛盾場干擾的情況下把話說個一清二楚，將心理和盤端出，可以達到相互的理解。人們發明了書信，是人心交流的一個歷史性進步。當面不能說的，可以放到書信中去說，當面說不好的，讓信去斟酌著說，信可以彌補直接的語言交流中很多不足。」「寫信是對人的寄望和信賴，回信是對人的尊重和理解，這是一種文明，是文明人之間的一種對等文明，我們應該彼此保持這麼一份古典文明的素養而不被功利化的現代文明所沖淡」等。這些認識雖然是作者個人的書信實踐中的體悟，但他的認識確實是深刻的。讀了這樣的文字，長學問，長見識，長知識。正是具有這樣的廣度和深度，他的散文隨筆渾然而成一種大氣象、大格調、大風範來。這樣好的散文隨筆讀後，異常觸動靈魂，以洞達世事而成就學問，學問和學識又不時滋育著他的情操，使其練達而中正，其文也便功到自然成了。

　　除了這類帶有生活哲理的散文之外，蘭善清還寫了一些部分十分精彩的遊記散文。在「放眼風物」部分中，他帶我們神遊了上海魯迅公園、山東的蓬萊島、神秘的野人谷、驢頭狹、神農福泉等風景名勝，作者用他他生花妙筆，給了我們一次次難忘的紙上遊歷。在〈到蓬萊想起楊朔〉中，對蓬萊閣的描寫：「遠遠地，只見那丹崖之上紫氣氤氳的朱薨碧瓦，如虹如霓，煙籠霧繞的飛簷翹閣，神聖莊嚴，恍似天宮瓊樓，煞是奇偉。在遙觀其下，層崖千仞，重溟萬里，浪潮波湧，白鷺交物，一派仙景。」在〈野人谷記遊〉中對房陵暮春的描寫：「房陵暮春，雄峰蒼茂，幽壑沉黛。齊天的林濤煥發著海潮般的生機，杜鵑花啼血萬山，箭竹筍鮮嫩臨風，禿椿枯

枝也盛裝蔥蘢;如雲如舞的綠色氤氳漫過天際,直抵雲端,無處不在的鳥語花香,傾國傾城。」作者善用長短句,在錯落有致的組合中,筆下的景物躍然紙上。在景物描寫中,作者還善用各種修辭手法,如對排比的運用,如「石林石柱擎天立地,氣象非凡;石仙石獸姿態憨頑,栩栩可愛;石瀑石簾飄飄有韻,逗人人入夢;石宮石殿措措有致,華貴氣派。更兼石針石線,纖秀可玩;石門石徑,可鑽可穿,玲玲瓏瓏,滿目滿途。」這些修辭的巧妙運用,不但增加了文章的氣勢,讀來朗朗上口,更使得景物也增添了無限魅力。

　　總之,蘭善清散文隨筆很文氣,他不專門去引用文化來顯示文化,但在行文需要引用時,他也能興手一用,很恰切地昇華了文章的思想,增進了表達的強度。所以,他的散文隨筆同時富有哲理、詩意和思辨特質,在文章結構上注重鋪展,更注重蘊藉,注重佈置,更注重自然;在語言上,講究清晰幹練,通脫暢達,樸實的表達中感受到一種親情的灌注、生命的感悟,讓你讀後有回味、有餘香。蘭善清在他的《我思故我在·後記》中曾說:「我更想追求一種寫作情懷下的工作方式,也就是時時用寫作那種文思指導著自己的工作狀態,像寫作那樣講究主題、立意、結構、謀篇等方面,去對待每一次的工作或工作的每一方面,這樣,處在一種寫作狀態下工作,就會工作得有激情,有條理,而盡善盡美。」[3]這本散文隨筆集只是蘭善清寫作理想一次嘗試。我相信,蘭善清還會不斷有新作問世,他的這種理想追求勢必會愈走愈寬!

---

[3] 蘭善清,〈《我寫故我在》後記〉,《我寫故我而在》,中國文聯出版社,2007年版。

時間意識

──理解魯迅思想的新入口

　　作為八〇後的吳翔宇先生，是「明知山有虎，偏向虎山行」，孜孜矻矻於魯迅研究，歷數年時間完成了《魯迅時間意識的文學建構與嬗變》（中國社會科學出版社，二〇一〇年十二月版），可謂近期魯迅研究界的又一成果。

　　從書名可知，著作以「時間意識」為切入點，力圖透過時間問題，探視魯迅的歷史觀、宇宙觀和人生觀，考察魯迅對傳統文化的批判，分析他關於革命、進化、生命、人生意義及自我拯救等問題的思考。在著者看來，與其說魯迅是一個珍惜時間的思考者，不如說是一個睿智的時間思考者。在他的筆下，時間不僅是聯結歷史的信使，還是熔鑄生命的燭火，歷史的長河和生命的情狀匯成了其豐富而深邃的文學現場。透過這一現場，我們分明洞悉到了魯迅在人的現存世界和精神世界間奔突和自娛的思維張力，融會古今、交通中西的胸懷和視野。應該說，這是一本在繼承前人成果又有所突破的著作，在以下三個方面頗有特色：

　　一是從魯迅創作的整體出發，歷時地梳理出了魯迅時間的衍變過程。著者以早期作品《吶喊》和《彷徨》、中期的《野草》和晚期的《故事新編》為文本參照對象，勾勒了魯迅不同時期的時間意識。早期是以進化的思維為主導，建構了以「現在」為內核、「過去」和「將來」為參照的時間場域。中期則以「執著現在」為內核，依靠領悟當下的時間境遇，建構了時間「辯證性」和反抗絕望的「走」

的時間品質。晚期則以「現實──過去」相互關照的時間形式，建構出一種具有歷時唯物主義的歷時話語和時間意識。

二是指出了魯迅思想內在理路中的「常」與「變」。從時間意識切入，但落腳點還是在魯迅思想上。就「常」而言，執著於「現在」是魯迅思想的起點。魯迅對於革命、進化、生命、人生意義及自我拯救的反思源於他所處的社會現實，這一思考路徑貫穿他整個創作的始終。就「變」而論，主要體現在「中間物」意識和「進化論」思想的嬗變上。「中間物」經歷了從作為「由這到那」的中間狀態到作為生成性的「中間物」，再到作為歷史推演的「中間物」的衍變。「進化論」則經歷了從關注「人」的啟蒙的進化論到關注「人」存在的進化論，再到關注歷時文化實踐的進化論的流變歷程。

三是把魯迅文學思想的探究放置於「現代性」這一話語系統中來關照和思考。應該說，「現代性」與「時間」本就是密切相關的。馬泰‧卡林內斯庫認為：「現代性是一個時間／歷史概念，我們用它來指在獨一無二的歷時現實性中對於現時的理解。」著者以「時間意識」來進入魯迅思想，將「歷史」和「人」融入時間想像的現代性邏輯框架內，進而達到了對過去、現在和將來的歷時思考，在一種開放的時間結構和充滿問題性、未完結性的歷時意蘊中生成一種深刻的現代精神。

著者具有較強的抽象思辨能力，在邏輯清楚、層次分明、深入淺出的論證過程，逐一論證了魯迅時間──思想的嬗變過程，讀來給人行雲流水之感。梁啟超在《清代學術概論》中總結治學經驗時說：「然學者之聰明才力，終不能無所用也，只得取局部問題，為『窄而深』的研究」。[1]本書是著者博士論文修改基礎上完成的，在魯迅思想研究上凝聚了著者數年的心血和思考，確也可算是「窄而深」之列。

---

[1] 梁啟超，《清代學術概論》，中國人民大學出版社，2004年版，第132頁。

戰時西南聯大的文學風景

　　西南聯大是一所神奇的大學，它在異常艱苦的戰爭環境中，培養了一大批蜚聲中外的人才，在烽火連天的歲月書寫了一段中國大學的傳奇，成為了中國教育史上的豐碑。近年來，隨著有關西南聯大的史料、回憶錄、書信和日記的問世，對西南聯大的研究逐漸成為學界的熱點。就我所知的關於西南聯大的研究成果，就有謝泳的《西南聯大與中國現代知識份子》、姚丹的《西南聯大：歷史情景中的文學活動》、鄧拓華的《西南聯大詩人群研究》、臺北劉順文的《西南聯大文人群的生活文化研究》、美國易社強的《戰爭與革命中的西南聯大》等。而中華書局二〇一一年十二月問世的《季節燃起的花朵——西南聯大文學社團研究》（李光榮、宣淑君著，下簡稱《季節》）可謂又一部關於西南聯大的力作。

　　「所謂大學者，非謂有大樓之謂也，有大師之謂也。」西南聯大實際上的主持人、清華大學校長梅貽琦曾如是說。教授群體無疑是西南聯大的精魂。儘管關於西南聯大的史料、回憶以及研究著作對象是聯大的師生，但更多還是以老師為對象。文學研究者著眼西南聯大，多是關注西南聯大師生的文學創作，而以西南聯大學生文學社團為考察對象的，《季節》確實是第一部。著者曾在〈跋〉中表明瞭力圖實現的目標是：「全面系統地研究西南聯大九年間的文學社團，通過具體描述、分析和概括，展示其面貌，評價其貢獻，歸納其特點，揭示其地位，總結出具有規律性的認識，以填補中國現代文學研究在這方面的空白，使成果成為西南聯大文學社團及其

文學、抗日戰爭時期文學、中國校園文學以至中國現代文學研究的基礎性論著之一。」[1]應該說，著者在書中很好地實現了既定的預期目標，取得了令人矚目的成績。

西南聯大九年時間裏，先後產生了一百多個學生社團，其中文學社團就有十多個，但這些社團的歷史早已堙沒在歷史的塵埃中。儘管有一些當事人、親歷者的回憶，但畢竟是碎片式散落各處。《季節》首次把西南聯大的學生文學社團的歷史進行了一次完整而清晰地勾勒。全書共八章，第一章《西南聯大文學社團綜論》中以時間為序對聯大文學社團進行了整體檢閱。根據西南聯大文學社團的歷史以及其他社團的消長變化，書中把聯大文學社團的歷史分為三個時期：前期（一九三七年秋至一九四一年春），中期（一九四一年春至一九四三年秋），後期（一九四三年秋至一九四六年夏）。每一期主要分「綜合社團」、「戲劇社團」和「純文學社團」三個方面加以描述。就純文學社團而言，先有南湖詩社，隨著分校遷回昆明，更名為高原文藝社，後在蕭乾的宣導下，再次更名為南荒文藝社。當南荒文藝社走向蕭條的時候，冬青文藝社又出現了。冬青社後又接受了邊風文藝社、布穀文藝社成員，成為聯大文學社團時間最長的文學社團。在一九四一年初的政治高壓下，又出現了一個純文學社團——文聚社。一九四三年秋季開學後，耕耘文藝社及其《耕耘》壁報開始出現，由於對耕耘社「為藝術而藝術」主張的不滿，《文藝》壁報出現，在與耕耘社的論爭中，文藝社逐漸形成。在聞一多大力推動下，一九四四年四月，聯大學生中湧現了一個新的社團——新詩社，在昆明在中國校園掀起了一場朗誦詩運動。在著者看來，九年間的西南聯大文學社團歷史形成了一個山谷形狀：前期由

---

[1] 李光榮，〈《季節燃起的花朵》跋〉，李光榮、宣淑君《季節燃起的花朵》，中華書局，2011 年版。

南湖詩社到高原文藝社再到南荒文藝社，與冬青社一起形成一座高峰，中期「皖南事變」出現低谷，後期由於文藝社、新詩社以及冬青文藝社、文聚社諸社團空前活躍再構成一座高峰。除了重點介紹各期的重要的純文學社團之外，在每期的「綜合社團」、「戲劇社團」部分也對學生社團的文學創作加以簡要的介紹。儘管綜合社團、戲劇劇團側重的不是文學創作，但它們和其他社團一道營造了民主、自由、創造的氣氛，促進了文學創作的繁榮發展。

在對聯大社團總體上勾勒之後，著者選取了南湖詩社、高原文藝社、南荒文藝社、冬青文藝社、文聚社、文藝社、新詩社七個文學社團逐一論述。對於這七個文學社團，著者從弄清基本事實入手，包括每一個社團從何時成立，因什麼原因而開始；有哪些主要參加的成員，其組織方式有什麼特點；有什麼樣的文學觀念和主張；進行了哪些活動，特別是辦了什麼刊物，發表了一些什麼作品；在文學創作方法、藝術形式上有什麼追求等；各社團之間又有什麼關係等等都進行了全面的介紹和分析。如冬青文藝社，著者根據不同的材料，考證出成立時間是一九四〇年初，是由綜合性社團群社的文藝股獨立而成。成立會召開時，因窗外一排冬青樹在隆冬時節迎風鬥寒、翠綠挺拔，大家一致同意以「冬青文社」命名，又稱「冬青文藝社」。對於文聚社，著者主要歸納了它的五個特點：以刊物為存在形式；靠基本成員和老師支持；集合精英，走向全國；堅持在校外活動；以現代派為主的多元綜合。在《新詩社》一章中，著者又詳細描述了新詩社成立的緣起、經過以及參加人員、詩社的綱領、活動方式等。這些基本事實的呈現，使得各個社團的歷史得以清晰起來。

如果說弄清各個社團的基本事實還算第一步，而更重要的還是對該社團的文學創作加以介紹和評論。如在〈南湖詩社〉一章中，著者對南湖詩社的詩歌成就進行了評析，認為該社由於存在時間

短，「社員只是憑著個人的興趣與愛好進行創作，沒能創立詩社的整體特色，但就個體創作而言，確實寫出了一些好詩，有的稱得上中國二十世紀優秀詩歌，因此，高水準的詩歌是南湖詩社對歷史的基本貢獻。」由於社團成員大多是青年學生，再加上詩歌這種文體的特殊魅力，社團成員的創作主要在詩歌領域，詩人也特別多，以詩歌相號召的文學社團也最多，而聯大文學社團的主要成就也在詩歌領域。但除了詩歌之外，文學社團成員也創作了大量的散文、小說、戲劇。書中除了對詩人詩作的介紹評論之外，也對各個社團成員的其他文體創作給予了介紹。如在〈高原文藝社〉一章中，著者又認為，該社創作品種豐富，數量多，除了詩歌之外，散文和小說有了顯著成績，戲劇創作也有了新的成果。在對社團總體文學成績的評述之後，對重點成員在該社期間的創作則給予了分析和評價，如在《南荒文藝社》一章中，對該社的穆旦、林蒲、辛代、向意、祖文以及莊瑞源、曹卣、陸嘉、吳風、王佐良等人在南荒文藝社期間的寫作的詩歌、散文、小說等進行了分析。《文聚社》中，又對穆旦、羅寄一、許若摩、陳時的詩歌，林元、汪曾祺、祖文、田堃等的小說，汪曾祺、馬爾俄、辛代等人的散文進行了重點分析。這樣點面結合的論述結構，使得各個文學這社團的文學創作情況得到了較全面的梳理。

西南聯大為中國文學培養了一大批作家、詩人和學者，他們在聯大上學期間主要就是依靠參加文學社團而開始了自己的文學創作或藝術實驗。儘管他們在西南聯大社團時期的文學活動還處於未成熟狀態，但這一時期在他們的創作歷程中具有「前史」地位，甚至有個別人就是通過西南聯大的文學社團而閃耀文壇的。《季節》一書大量發掘出了這些後來成為著名詩人、作家的學生時代的創作，並給以了精到的介紹和分析。穆旦應該說就是聯大社團培養出來的現代主義詩潮中生代的代表人物，他前後參加了南湖詩社，高

原文藝社、南荒文藝社、冬青文藝社、文聚社。在這六七年時間裏，穆旦詩歌逐漸成熟。在南湖詩社時期，他的詩寫景狀物，抒情表意的手段已很高妙，但更多還是抒寫青春期的憂鬱和戰亂的憂傷，處於浪漫主義階段，到了高原文藝社時期，開始向現代主義轉變，而完成轉變則在南荒文藝社時期。冬青社時期，穆旦創作了一生詩歌總數的一半，寫出了自己前期的代表作，成長為一個成熟的詩人。而文聚社時期，穆旦不斷為中國文學推出了新的精品，發表的《詩八首》，被學術界推為二十世紀中國文學的經典作品。汪曾祺也是從聯大文學社團開始文學實驗的。在冬青社期間，他寫了二十多篇短篇小說，有〈釣〉、〈翠子〉、〈悒鬱〉、〈寒夜〉、〈復仇〉、〈結婚〉、〈除歲〉等，在沈從文的影響下，進行各種小說體式的探索，並取得了重大成就。此外，關於林蒲、劉兆吉、趙瑞蕻、林元、辛代、劉北汜、王佐良等人早期文學創作的介紹和分析都具有奠基意義的創新論述。

西南聯大文學社團的活動距今已有六七十年的歷史，許多親歷者、參與者都已經離世，再加上二十世紀下半期頻繁的政治運動，大量的社團資料都未能保存下來。要研究西南聯大社團的歷史，首先就面臨搜集史料的艱難。著者在史料搜集方面可謂下了竭澤而漁的功夫，他們頻繁奔波於北京、上海、成都、昆明等地，不但翻閱了大量抗戰時期的報刊雜誌，還採訪了許多西南聯大前輩或其家屬，同時也得到了一些學界朋友的竭力幫助和支持，這些從本書的引用文獻和〈跋〉中可見一斑。此外，對於搜集到的史料，著者也做了大量的考辨工作，去偽存真，去粗取精。錢理群在〈序言〉中對著者涸澤而漁的史料工作給予了高度的好評：「本書在有關西南聯大文學社團史料的發掘、搜集、爬疏、辨析、整理上，可以說是下足了功夫，不僅查閱了可以找到的一切文字材料，而且對可以找到的當事人都進行了採訪，獲取了大量的的『口頭歷史』材料，並

且進行了認真的考訂。」[2]儘管著者盡了一切努力搜尋資料，但有些社團的資料實在沒有辦法找到，對於本書中涉及的早期文學社團的史料，還有大量史料闕如。如著者儘管深知耕耘社在西南聯大文學社團中的地位和對現代文學的貢獻，但資料不足就沒法付諸文字！而對於早期的文學社團如南湖詩社、南荒文藝社等，由於部分史料的殘缺，著者只能選取代表性的社員的少數作品加以分析，明顯感到資料不足，但在論及文聚社時，由於著者有了原始的刊物出版物可查，論述材料充分，結論也底氣十足，容易讓人信服。但總體上看，全書正是由於史料的豐富性，讀來給人強烈的厚重感。

應該說，著者從八〇年代末就開始關注西南聯大，此後又編著了《西南聯大在蒙自》、《西南聯大文學作品選》、《西南聯大名師書系‧語言文學大師風采》等圖書，一步步走進西南聯大。對於西南聯大文學社團的研究，他們早就從九〇年代初開始了，著者「為尋找一則資料寢食不安，為求證一則資料費時數月的事是常有的」。賈島〈劍客〉詩中有「十年磨一劍」，而《季節》的寫作，可謂廿年著一書。儘管書中還有這樣那樣的不足，但是他們在研究和寫作中，堅持了以史料說話的原則，尊重基本的事實，做到言必有據，論從史出。在掌握大量第一手材料之外，不以孤證立論，這些治學方法尤值得借鑒。也正因為著者對西南聯大的特殊感情，嚴謹的治學風格和對研究對象孜孜不倦的鑽研，才寫出了這麼一本扎實厚重、讓後來者無法繞開的學術著作。

---

[2] 錢理群，《〈季節燃起的花朵〉序言》，李光榮、宣淑君《季節燃起的花朵》，中華書局，2011 年版。

後記

　　人的一生，有許多自己選擇人生道路的機會。二〇〇二年六月，我從一所師範大學畢業後，在成都一中學任教。本可以安適地過活下去，但不甘平庸的天性讓我選擇重新回到大學校園，度過碩博五年的珞珈歲月後，又再次成為一名教師，只不過現在是一名從事中國現當代文學研究的高校教師。現在想來，如果大學所學專業的選擇是被動的，那這次選擇可謂是主動「落草」！但我時常反思，像我這樣出生鄉野、渾身飛揚著土氣的下里巴人怎麼會闖進文學研究這樣的領地？

　　幸運的是，金宏宇先生手把手地引我入了現當代文學研究領域。珞珈五年，一直跟隨金先生問學，校對新文學版本、整理新文學廣告、研究新文學序跋、考察新文學叢書等等。多虧金先生的耳提面命，指點迷津，使我時時不敢怠惰。對此，我將終生銘記。

　　本書所收的文章中，最早的寫於二〇〇五年，最晚的寫於二〇一二年，其中以在碩博期間的文章為最多。其中有不少篇什還曾得到金先生的悉心批閱（有些文章曾與金先生聯合署名發表）。部分文章曾得到編輯們的垂青，在《讀書》、《中國圖書評論》、《書城》、《博覽群書》、《粵海風》、《寫作》、《中國社會科學報》、《南方都市報》等報刊上發表過。這些文章的寫作和發表見證了我在武大的求學生涯。此書的出版是對這一段美好時光的一個紀念！二〇一〇年六月，在即將離開珞珈山時，我曾作了一首小詩，特引錄如下，追憶往昔：

　枯讀楓園寂寞伴，聊借群書怡倦眼。

　珞珈五年金門破，訪師問惑哪多嫌。

　同儕東湖共泛舟，聚談交歡已成煙。

　今朝勞燕紛飛去，流落廣闊天地間。

　　在我漫長的求學之路上，父母的鼓勵和支持是我最大的動力。時時感到慚愧的是，在我已過而立之年，不但沒能盡到贍養雙親的責任，反而時時得到雙親的關愛。藉此機會，向父母表示最誠摯的謝意。

　　此書稿曾尋求過出版，但大陸的出版社頗為勢利。在屢屢碰壁之後，幸得到臺灣蔡登山先生的推薦、林泰宏先生的審讀。他們不但接受了書稿，並很快地納入出版程序。他們這種對學術的支持以及行事的高效率令人敬仰！

　　由於本人學識與能力的局限，本書粗疏、淺陋和謬誤之處在所難免，懇請各位方家批評指正。

　　　　　　　二○一二年十一月十八日草於碧雲湖之濱

新銳文叢23　PG0819

新銳文創
INDEPENDENT & UNIQUE

中國新文學廣告研究

作　者	彭林祥
主　編	蔡登山
責任編輯	林泰宏
圖文排版	王思敏
封面設計	王嵩賀

出版策劃	新銳文創
製作發行	秀威資訊科技股份有限公司
	114 台北市內湖區瑞光路76巷65號1樓
	電話：+886-2-2796-3638　傳真：+886-2-2796-1377
	服務信箱：service@showwe.com.tw
	http://www.showwe.com.tw
郵政劃撥	19563868　戶名：秀威資訊科技股份有限公司
展售門市	國家書店【松江門市】
	104 台北市中山區松江路209號1樓
	電話：+886-2-2518-0207　傳真：+886-2-2518-0778
網路訂購	秀威網路書店：http://www.bodbooks.com.tw
	國家網路書店：http://www.govbooks.com.tw
法律顧問	毛國樑　律師
圖書經銷	貿騰發賣股份有限公司
	235 新北市中和區中正路880號14樓
	電話：+886-2-8227-5988　傳真：+886-2-8227-5989

出版日期	2012年12月　初版
定　價	380元

國家圖書館出版品預行編目

中國新文學廣告研究 / 彭林祥著. -- 初版. -- 臺北市：新
銳文創, 2012.12
　　面；　公分. -- （新鋭文叢；PG0819）
ISBN　978-986-5915-19-3（平裝）

　1. 中國文學　2. 廣告

820　　　　　　　　　　　　　　　　101018692

讀 者 回 函 卡

感謝您購買本書，為提升服務品質，請填妥以下資料，將讀者回函卡直接寄
回或傳真本公司，收到您的寶貴意見後，我們會收藏記錄及檢討，謝謝！
如您需要了解本公司最新出版書目、購書優惠或企劃活動，歡迎您上網查詢
或下載相關資料：http:// www.showwe.com.tw

您購買的書名：_____

出生日期：_____年_____月_____日

學歷：□高中 (含) 以下　　　□大專　　　□研究所 (含) 以上

職業：□製造業　□金融業　□資訊業　□軍警　□傳播業　□自由業
　　　□服務業　□公務員　□教職　　□學生　□家管　　□其它_____

購書地點：□網路書店　□實體書店　□書展　□郵購　□贈閱　□其他

您從何得知本書的消息？

　　□網路書店　□實體書店　□網路搜尋　□電子報　□書訊　□雜誌

　　□傳播媒體　□親友推薦　□網站推薦　□部落格　□其他_____

您對本書的評價：(請填代號　1.非常滿意　2.滿意　3.尚可　4.再改進)

　　封面設計____　版面編排____　內容____　文／譯筆____　價格____

讀完書後您覺得：

□很有收穫　□有收穫　□收穫不多　□沒收穫

對我們的建議：_____

_____

_____

_____

11466
台北市內湖區瑞光路 76 巷 65 號 1 樓

秀威資訊科技股份有限公司　　　收

BOD 數位出版事業部

....

（請沿線對折寄回，謝謝！）

姓　　名：＿＿＿＿＿＿＿＿　年齡：＿＿＿　性別：□女　□男

郵遞區號：□□□□□

地　　址：＿＿＿＿＿＿＿＿＿＿＿＿＿＿＿＿＿＿

聯絡電話：(日) ＿＿＿＿＿＿＿＿　(夜) ＿＿＿＿＿＿＿＿

E-mail：＿＿＿＿＿＿＿＿＿＿＿＿＿＿＿＿